예지몽으로 히든랭커 9

2021년 8월 12일 초판 1쇄 인쇄
2021년 8월 18일 초판 1쇄 발행

지은이 이현비
발행인 김정수 강준규

기획 이기헌 왕소현 박경무 강민구
책임편집 백승미
마케팅지원 배진경 임혜솔 송지유 이영선

발행처 (주)로크미디어
출판등록 2003년 3월 24일
주소 서울시 마포구 성암로 330 DMC첨단산업센터 318호
Tel (02)3273-5135 **편집** 070-7863-8595 **Fax** (02)3273-5134
홈페이지 rokmedia.com **E-mail** rokmedia@empas.com

ⓒ 이현비, 2021

값 8,000원

ISBN 979-11-354-9547-2 (9권)
ISBN 979-11-354-9382-9 04810 (세트)

예지몽으로
히든랭커

이현비 게임 판타지 장편소설 ⟨9⟩

CONTENTS

뜻밖의 의뢰

무사히 계약이 마무리된 직후 노라는 굳은 얼굴로 입을 열었다.

"부디 이곳 세이런은 물론 오크라강에 기대어 사는 수많은 사람들을 위해서 수중 던전을 철저하게 부숴 주세요!"

"그렇게 하겠습니다."

던전에서 얻는 경험치가 무려 여섯 배다. 거기에 업그레이드된 파충류 학살자 칭호까지 있으니 최소한 죽지 않을 자신이 있었다.

노라와 달리 의기소침한 얼굴이 된 말톤은 마지막까지 제대로 표정을 펴지 못하고 나갔지만, 가온은 딱히 그에게 분노를 느끼진 않았다.

하지만 퍼슨은 달리 생각하는 모양인지 몹시 민망한 얼굴로 연신 사죄를 청했다.

"제가 좀 더 알아보고 결정했어야 하는데 지부장이 좋은 건이 있다고 말이라도 들어 보라고 하는 바람에……."

"아닙니다. 어쨌든 결과가 좋으면 됐지요."

사실 의뢰에 대한 보수가 두 배였지만 던전에서 얻을 것들에 비하면 1만 골드에 달하는 보수가 크게 생각되지 않았다.

얼마 후 대원들이 몸을 씻고 말끔한 차림으로 모여들었다.

퍼슨이 가온을 대신해서 대원들에게 수중 던전의 존재와 의뢰를 받았음을 알려 주었다.

"수중 던전이면 그 안의 환경은 어떻다고 하던가요?"

매디가 물었다.

"던전 안은 육지가 거의 없는 깊은 늪지라고 들었습니다. 그래서 이쪽 용병 길드에서 늪에서도 비교적 자유롭게 움직일 수 있는 특수한 방어구를 지원해 주기로 했습니다."

깊은 늪지라는 말에 대원들의 얼굴이 심각해졌다. 마음껏 기량을 펼치기 힘든 지형인 것이다.

"그 방어구를 착용한 상태의 움직임은 평상시와 비교해서 어떤지 아시나요?"

그러고 보니 그런 얘기는 듣지 못했다.

퍼슨이 곤란한 얼굴을 하자 매디가 일행을 돌아보면서 다시 입을 열었다.

"우리 중에서 수중전을 경험한 분이 있나요?"

아무도 대답하지 않았다. 얕은 늪에서 나가나 리자드맨 정도를 사냥한 경험이 있는 이들은 있었지만, 물속에서 마수나 몬스터를 상대한 경험은 없었다.

"혹시 던전을 클리어해야 하는 시한이 있나요?"

"되도록 빨리해 달라는 말은 있었습니다. 그런데 그건 왜 묻습니까?"

이번에는 가온이 퍼슨을 대신해서 대답했다.

"시간이 필요할 것 같아서 말입니다. 늪에서는 아무래도 움직임에 제한이 있지 않겠습니까. 마법도 구현하기도 힘들 것 같고요. 대비를 좀 해야 할 것 같아요."

매디의 의견에 가온은 고개를 끄덕였다. 당연히 생각했어야 하는 사항이었고 옳은 소리다.

"로에니."

"왜요, 대장?"

"해당 던전에 들어가 본 경험이나 던전 내부에 대한 상세한 정보가 필요합니다."

아까 들렀던 노라 지부장이나 말톤에게 던전에서 돌아온 이들이 꽤 있다는 내용을 들었기에 그들로부터 알아 오라는 얘기였다.

"알겠어요. 당장 다녀올게요. 오빠, 뭐 해?"

"알았다고."

타람은 아직 몸도 제대로 씻지 못한 상태지만 동생의 채근에 엉거주춤 일어났다.

그 모습을 보면서 생각을 정리한 가온이 입을 열었다.

"퍼슨."

"네, 대장님."

"깊은 늪 속에서 사냥을 해 본 경험이 있는 모험가나 용병의 조언이 필요합니다. 알아보세요."

"알겠습니다. 마론, 같이 가세."

로에니와 타람, 그리고 퍼슨과 마론까지 바로 빠져나갔다.

"샐리."

"네, 대장님."

"말씀하세요."

"이곳에도 마탑 지부가 있습니까?"

"물의 마탑 지부와 바람의 마탑 지부가 있다고 들었어요."

"헤븐힐, 샐리와 함께 마탑 지부를 찾아가서 늪지에서 효과적인 마법이 있는지 알아보고 있으면 구입해 와요, 대금은 로에니에게 청구하고."

선금으로 받은 3천 골드를 모두 로에니에게 주었기 때문에 클랜 공용 자금이 부족할 일은 없었다.

"그럴게요. 매디, 바로, 같이 가자!"

세 사람까지 나가자 남은 사람들도 가온의 지시를 기다

렸다.

"콜, 남은 사람들을 데리고 무구점을 돌아다니면서 배 위에서나 물속에서 활용할 만한 무기를 찾아서 구입하도록 해요."

선원이나 배를 타는 용병들이 즐겨 사용하는 무기가 따로 있을 것 같았다.

가온은 깊은 늪지 환경이라는 던전에 들어가면 배를 대신할 뗏목을 이용할 생각이었다.

"알겠습니다."

콜은 드골을 포함한 남은 사람들을 모두 데리고 바로 나갔다.

그렇게 사람들로 가득했던 공간이 텅 비자 가온은 늪지에서 어떻게 전투력을 발휘할지 고민하기 시작했다.

'늪지 전용 방어구는 어떤 것일지 궁금하네.'

기본적으로 방수는 될 것 같았지만 그 외는 짐작도 되지 않았다.

'수중 던전에 대한 정보가 많을 테니 쓸 만한 것이겠지.'

늪지가 생태 환경인 던전이라…….

당장 어떻게 공략을 할지는 생각나지 않았지만 강한 호기심이 들었다.

혼자 남아서 습지에서 어떻게 거대한 동체에 강력한 독을 가진 콰르와 엄청난 뇌전 방사 능력을 쓰는 거대 뱀장어인 플고렌스를 상대할지 고민하던 가온은 궁리를 해 봐도 마땅한 방안을 생각해 낼 수 없었다.

갓상점에 접속해서 수중전에 효과적인 스킬을 구입해 볼까도 생각했지만 먼저 할 일이 있었다.

'내가 가진 것부터 확인하자.'

가온은 카오스를 소환했다. 그녀의 능력이 가장 다양했다.

"……사정이 이렇게 됐는데 카오스는 물속에서 어떤 능력을 쓸 수 있지?"

─온이 상상하는 모든 것이 가능해. 나는 일반적인 물의 정령과 달리 모든 속성의 힘을 다룰 수가 있으니까. 하지만 온의 정령력이 버틸 수 있을지 모르겠어.

하긴 현재 정령력으로는 카오스를 제대로 활용하기 힘들었다. 치환 반지를 사용한다고 해도 말이다.

그녀를 소환해서 유지하는 것만 해도 많은 정령력이 필요했다.

'혹시 정령력을 대폭 증가시킬 수 있는 방법이 없을까?'

─우리를 자주 소환하고 정령력을 소진했다가 다시 채우기를 반복하는 기본적인 방법을 제외하면 정령력이 함유된 정령석을 활용하는 방안밖에 없어. 아!

카오스의 대답에 실망했던 가온은 그녀가 뭔가 떠올린 얼굴을 하자 다시 기대했다.

－만약에 온의 정령력만 충분하다면 나와 동화를 하는 방식으로 물속에서도 자유롭게 움직일 수 있고 마나나 마력은 물론 물과 관련된 정령술까지 사용할 수 있어.

'동화를 한다고?'

－응. 그래야 우리 둘의 능력을 모두 쓸 수 있거든.

'잘 몰라서 그러는데 그 얘기는 내가 물속에서도 뭍에서 사용하는 검술의 위력을 동일하게 발휘할 수 있다는 거야?'

상상력이 부족해서 그런지 물속에서 카오스의 능력을 활용하는 방식은 생각할 수 없었다.

－응. 내가 속성을 물로 변화시키면 물의 저항이 사라지니까. 대신 마법의 경우 물 속성과 극성인 화 속성은 위력이 현저하게 떨어질 거야.

'대단하네.'

카오스의 능력은 몰라도 자신의 능력을 물속에서도 온전히 쓸 수 있다면 큰 힘이 될 수 있었다.

'네가 쓸 수 있는 정령술을 내가 쓸 수 있다는 게 사실이야?'

－맞아.

'그럼 소모되는 정령력은 어느 정도야?'

－내가 단독으로 힘을 발휘할 때와 비교하면 10분의 1 정도면 가능해.

그렇다면 정령력을 평소보다 10배 이상 쓸 수 있다는 소리인데, 왜 이전에는 이런 말을 알려 주지 않았을까?

그런 생각을 하는 순간 바로 그에 대한 해답이 나왔다.

ㅡ그런데 동화라는 건 쉬운 게 아니야.

'왜?'

일전에 녹스와 동화를 한 적이 있었는데 마치 그녀와 성교를 하는 것과 같은 이상한 감각을 느끼긴 했지만, 솔직히 기분이 좋아서 어렵다고 생각하지는 않았다.

ㅡ정령과 동화를 한다는 건 인간으로 치면 영혼과 육체를 합치는 것과 비슷해. 잠깐이지만 온은 나를 느끼고 나는 온을 느낄 수 있지.

그 말을 들으니 의문점 하나가 풀렸다. 동화를 했을 때 마치 성교를 나누는 것과 같은 기분이 들었던 것 말이다.

ㅡ자주, 오래 동화를 하게 되면 그 정령은 물론 계약자도 서로 영향을 받게 돼. 오래전, 인간 정령사가 많았을 때는 계약한 정령을 아내나 남편으로 생각하고 사는 경우도 많았을 정도야.

서로 영향을 받는 것은 당연했다. 말 그대로 동화니 말이다.

ㅡ자칫하면 인간 세상을 떠나고 싶어 할 수 있어. 인간에 비해 정령은 순수해서 자주 정령과 동화를 하는 정령사들은 온갖 감정과 욕망이 서로 충돌하는 인간계를 떠나고 싶어 하거든.

그래서 정령사들이 보통 은둔 생활을 선호하는 것일까?

영향이 없지는 않을 것이다.

'모든 정령이 다 동화를 할 수 있는 거야?'

─당연히 아니지. 보통의 격으로는 정령사와 계약도 하기 힘들어. 보통 정령계의 정령을 기준으로 하면 상급은 되어야만 해.

가온은 이왕 말이 나온 김에 그동안 궁금했던 것을 물어보기로 했다.

'카오스는 정령계의 정령이 아닌 거야?'

이번 기회에 확실히 알고 싶었다.

'만약 아니라면 너희들은 어떤 존재야?'

─우리는 자연계에서 자연적으로 생성된 정령이야. 다른 차원에서 소환되는 정령과는 전혀 달라.

'어떤 면에서 다른지 얘기를 해 줄 수 있어?'

─일단 우리는 계급이 없어. 진화를 통해서 꾸준히 성장할 수는 있지만 말이야.

그렇다면 하급 정령이나 상급 정령이라니 하는 구분이 없다는 말일 것이다.

─그리고 정령술이라는 것을 몰라.

'정령술을 모른다고?'

─응. 우리는 의지와 심상 그리고 계약자의 정령력으로 계약자가 바라는 현상을 만들어 낼 수는 있지만 그 과정에 특

별한 의식은 필요하지 않거든.

'그럼 정령계의 정령은 정령술을 발휘하는 데 특별한 의식이 필요해?'

─당연히 필요하지. 그런데 나도 자세한 내용은 몰라. 그리고 정령술은 마법처럼 정교한 과정에 의해서 구현되는 것이 아니기 때문에 일단 의사소통이 되어야만 하는데, 상급 아래의 정령은 그게 힘들어.

아무래도 그 부분은 세르나에게 물어봐야 할 것 같았다.

'그러고 보니 정령과 정령술에 대해서 물어본다는 것을 잊어버렸네.'

바쁘게 움직이다 보니 그런 대화를 나눌 시간적인 여유가 없었다. 그동안 함께한 시간은 꽤 되었지만 이동에 수련에 대련까지 참으로 알차게 보냈다.

그렇게 카오스를 돌려보낸 가온은 혹시나 싶어서 갓상점을 열고 정령력을 높일 수 있는 영약 종류를 살펴보았다.

"어!"

눈에 띈 아이템은 '플렉마니체'라는 이름을 가진 투명한 장갑이었다.

그의 등급으로 고를 수 있는 최고의 아이템인지 최상단에 올라와 있었다.

설명을 보니 눈에 확 돌아갔다.

'이건 꼭 사야 해!'

플렉마니체

등급 : 서사
형태 : 투명 장갑
상세
−에너지를 담고 있는 물체에서 에너지를 추출해서 순수한 형태로 전해 준다. 단, 추출할 수 있는 에너지는 대상이 보유하고 있는 양의 1%에서 99%까지 랜덤이다.
−연공을 통해 순화를 하는 방식으로 에너지를 흡수할 수 있다.
−다만 살아 있는 생물을 대상으로는 사용할 수 없으며 반대의 경우, 즉 자신의 에너지를 생물인 상대에 맞는 속성으로 전해 줄 수도 있다.

무려 서사급 아이템이다! 파르와 투명 날개와 동급이라는 얘기다.

흡수할 수 있는 에너지의 양이 랜덤이라는 게 좀 걸리지만 별다른 스킬을 사용하지 않고 물체에서 에너지를 흡수할 수 있다는 내용은 굉장히 마음에 들었다.

'마치 복권 같네.'

평소에 그런 것을 즐기지 않음에도 불구하고 마음이 동했다.

'대박이 날 수도 있으니까.'

정령력을 높일 방법을 찾다가 우연히 발견한 아이템에 눈이 돌아간 가온은 구매 충동을 참을 수 없었다.

'그런데 뭐가 이렇게 비싸!'

명예 포인트가 무려 20,000이나 필요했다.

'젠장!'

지구의 화폐로 환전을 할 경우 그야말로 천문학적인 돈이라서 구입할 엄두가 나지 않았다.

그래도 현재 보유하고 있는 포인트는 14,230으로 아공간에 가지고 있는 모든 것을 처분하면 될 수도 있었다.

잠시 고민하던 가온은 고개를 저었다. 일단 다른 방법으로 시도를 해 보고 효율이 너무 낮거나 반드시 필요하다고 느낄 때 그러기로 한 것이다.

가온은 대신 다른 아이템을 둘러보다가 상급 정령석의 가격이 낮은 것 같아서 시험 삼아서 열 개를 10포인트로 구입하는 것으로 아쉬움을 달랬다. 정령석을 소지한 상태에서 정령력을 소모하면 더 빠르게 채워질 뿐 아니라 정령력도 늘어난다고 했다.

'정령력을 높일 수 있는 연공법이 따로 있으면 좋을 텐데…….'

그래도 상급 정령석을 활용하면 느린 속도지만 정령력이 높아진다고 하니 꾸준히 정령들을 소환해서 한계까지 정령력을 소모했다가 채우기를 반복해야 할 것 같았다.

그런데 갓상점을 막 닫으려고 하던 순간 가온의 얼굴이 확 변했다. 믿을 수 없는 내용의 안내음이 들려온 것이다.

─안녕하세요. 갓상점의 귀하 전담 매니저입니다. 포인트가 부족할 때 해결할 수 있는 방법이 있습니다.

'매니저?'

이런 식의 안내가 올 것은 전혀 생각하지 못했기에 너무 놀라 생소한 단어를 떠올렸다.

그런데 의념이었음에도 불구하고 기대하지 못했던 대답이 왔다.

─네. 온 님의 전담 매니저입니다. 온 님은 신좌에 올라 계신 루님께서 주시하시는 중요한 고객이십니다. 그래서 제안 드릴 것이 있어서 이렇게 직접 나서게 되었습니다.

탄 차원의 주신이자 유일신인 루가 자신을 주시한다는 것은 보상을 통해서 어느 정도는 짐작하고 있었다.

'제안요?'

상대가 누구인지보다는 내용이 궁금했다.

─앞으로 마수나 몬스터를 사냥할 때마다 루께서 명예 포인트를 지급하신다고 했습니다. 받아들이시겠습니까?

이건 자신에게는 무척 좋은 일이다. 하지만 왜 갑자기 이런 제의를 하는지 궁금했다.

'이 제안에 갓상점이 관여된 부분이 있습니까?'

정말 매니저인지는 알 수 없지만 상대가 루를 대신해서 제안을 할 필요까지는 없어 보였다.

─물론 있습니다. 대신 사냥한 마수와 몬스터의 사체는 우리 상점에 판매해 주십시오.

'경매를 통하지 말고 바로 넘기라는 겁니까?'

-네. 가격은 충분히 좋게 쳐드리겠습니다. 요즘 마수나 몬스터를 찾는 수요가 많습니다. 특히 레드 스네이크 이상 등급의 경우 마정석부터 가죽, 뼈, 그리고 고기를 찾는 분들이 아주 많아졌습니다. 그리고 본 상점에 접속하는 분 중 손님은 굉장히 빠른 속도로 고급 등급을 사냥하고 계시거든요.

　그런 거라면 매니저가 직접 나선 것에 대한 이유가 어느 정도 소명된다.

　'괜찮다면 마수마다 획득할 수 있는 포인트가 어느 정도인지 알 수 있을까요?'

　-먼저 등급부터 대략 설명을 드리겠습니다. 본 상점에서는 콰르의 경우 성체는 4등급입니다. 같은 등급에는 오우거와 와이번이 있는데 등급은 10등급부터 1등급 순으로 올라갑니다.

　그렇게 생각하니 새삼 콰르가 얼마나 위험한 존재인지 인식할 수 있었다. 아마 전투력으로는 5등급이겠지만 수생 마수라는 점이 한 등급을 더 올린 것이리라.

　'그럼 트롤은 5등급입니까?'

　-맞습니다. 레드 스네이크, 트롤 그리고 그리핀은 5등급입니다. 그쪽 차원에 개체수가 많은 오크의 경우 7등급이며, 고블린은 9등급이고, 각 등급에는 플러스 등급이 더 있습니다. 그리고 각 종의 보스의 경우 상위 등급으로 계산을 하면 됩니다.

그렇다면 오크의 경우 전사는 7등급이고 전사장은 7등급 플러스, 그리고 대전사장이나 족장은 6등급이란 얘기다.

'그럼 후와는 등급이 어떻게 됩니까?'

—후와의 경우 오크와 동급이라고 할 수 있지만 일부 차원에만 서식하는 변종이기 때문에 희소성을 이유로 6등급으로 책정이 되어 있습니다. 콰르와 플고렌스도 원래는 5등급이지만 비슷한 이유로 등급이 상향 조정이 되어 있습니다.

그럼 콰르와 플고렌스는 4등급이란 얘기다. 사실 콰르의 전투력만 보면 같은 등급의 트롤보다 떨어지는 편이다.

'그럼 최고 등급은 어떻게 됩니까?'

—1등급 위로 S, 더블S, 트리플S 등급이 있으며 위에 EX 등급이, 마지막으로 갓급을 뜻하는 G급이 있습니다.

이제 등급에 대해서는 어느 정도 감이 잡혔다.

'그럼 등급당 획득하는 포인트를 말해 주십시오.'

—루님과 협의한 결과 10등급에 점수가 없으며 9등급에 1점을 기준으로 하고 상위 등급으로 올라갈 때마다 6등급까지는 하위 등급의 3배를 지급하기로 했습니다. 플러스급은 반올림을 해서 1.5배입니다.

그렇다면 10등급은 아예 점수가 없고, 9등급은 1점, 8등급은 3점, 7등급은 9점, 6등급은 27점이 된다.

예컨대 오크는 7등급이니 9점이고 보스의 경우 27점이다. 전사장은 당연히 18점이다.

'그럼 5등급 이상은 어떻습니까?'

－트롤과 오우거가 각각 대표적인 대상인 5등급과 4등급은 하위 등급의 5배를 획득할 수 있습니다. 물론 보스의 경우 상위 등급에 준하며 플러스 등급은 2배가 적용되고요. 바실리스크가 대표적인 3등급은 10배의 포인트를 획득할 수 있습니다.

그렇다면 트롤의 경우에는 무려 135점을 획득할 수 있으며 4등급인 콰르의 경우 무려 675점을 획득할 수 있다.

'꿀이잖아!'

매니저의 설명을 들은 가온은 후와를 떠올리며 입맛을 다셨다. 탄 차원에만 서식하는 변종이라서 그런지 지닌 능력에 비해서 획득할 수 있는 포인트가 많았기 때문이다.

－탄 차원에는 2등급은 거의 존재하지 않으니 그쪽은 신경을 쓰지 않으셔도 됩니다. 그리고 그게 끝이 아닙니다. 루께서는 탄 차원 전체에 긍정적인 영향을 미칠 수 있는 행위를 할 때마다 추가적으로 포인트를 지급하겠다고 하셨습니다.

보너스도 있다는 말이다.

'알겠습니다. 받아들이겠습니다.'

가온의 입장에서는 거부할 이유가 전혀 없었다. 사체를 따로 팔 수 없다는 게 좀 마음에 걸리지만 도축 과정의 어려움과 처분의 번거로움을 고려하면 이쪽이 훨씬 더 나았다.

그런데 매니저의 용건은 그게 끝이 아니었다.

-그런데 혹시 대출을 받으실 생각이 있습니까?

'대출도 됩니까?'

-그 정도 실력이시라면 당연히 되지요.

'대출은 됐습니다.'

예지몽에서 대출이 얼마나 위험한지를 생생하게 경험한 가온은 대출 쪽은 아예 생각하지도 않았다.

-아쉽네요. 아무튼 앞으로 많은 사냥을 부탁드리겠습니다.

'아! 거래는 어떻게 합니까?'

-상점에 접속해서 판매 카테고리를 열고 매대에 처분을 원하는 사체를 올리시면 알아서 처리를 해 드리겠습니다.

'알겠습니다. 더 하실 말씀이 있습니까?'

-아닙니다. 건투를 빕니다.

그렇게 갓상점의 매니저와 의미 깊은 대화를 나눈 가온은 루 여신이 자신에게 얼마나 좋은 기회를 준 것인지 실감할 수 있었다.

아마 그런 결정에는 비공식이기는 하지만 차원을 건너온 이계인들 중에서는 비교할 수 없는 엄청난 업적을 쌓은 것이 크게 작용했을 것이다. 그래서 비록 세상 사람들에게 자신의 레벨을 알릴 수는 없지만 무척 뿌듯했다.

'차라리 이게 나아.'

사람들의 관심을 받고 인기를 끄는 것도 나쁠 것 같지

않지만 지금 생각해 보면 골치 아픈 점들도 많을 것 같았다.

'음모를 꾸미는 건 아니지만 암중의 흑막, 아니, 암중에서 탄 차원을 구하는 것이니 백막이 되는 것도 괜찮겠네.'

갈수록 어나더 문두스가 더욱 마음에 들었다.

그날 오후 가온이 지시한 일들을 알아본 사람들이 여관으로 돌아왔다.

먼저 로에니가 먼저 보고를 했다.

"수중 던전은 거대한 늪지 환경이 맞아요. 물 위로 드러난 땅이 아예 없는 것은 아닌데 그곳까지는 입구에서 꽤 거리가 있는 것 같고요. 늪은 얕은 곳은 허벅지나 허리가 빠질 정도지만 조금만 안으로 들어가도 깊이를 알 수 없을 정도라고 해요."

"그곳에는 콰르는 물론 거대 전기뱀장어인 플고렌스도 있지만 사실 가장 무서운 존재는 따로 있답니다."

"그게 뭔데요?"

타람의 보고에 헤븐힐이 눈을 빛내며 물었다.

"블러드히루도라고 손바닥 길이에 몸통은 손가락 크기의 거머리인데 불과 몇 분 안에 제 몸의 50배에 달하는 혈액을 빨아먹는다고 합니다. 몸이 투명해서 놈들이 달라붙는 것을 거의 알아차리지 못하는 데다 일단 몸에 달라붙으면 해당 부위를 마비시켜서 놈들이 떨어져 나간 후에야 놈이 흡혈을 했다는 사실을 알 정도라고 합니다."

블러드히루도에 대한 설명을 들은 대원들은 남녀를 불문하고 몸을 부르르 떨었다.

"그래도 지금 연금술 길드에서 만들고 있는 특수 방어구를 입으면 블러드히루도의 위험은 어느 정도 막을 수 있을 것 같습니다."

"어떻게 말입니까?"

가온 역시 반가운 얼굴로 물었다.

"방어구는 두 겹으로 되어 있는데 내피는 오크 가죽이고 외피는 리자드맨 가죽에 두껍게 고무액을 덧칠했다고 합니다. 고무액은 감전을 막아 줄 뿐 아니라 블러드히루도가 달라붙어도 흡혈할 수 있는 구멍을 뚫을 수 없답니다."

"그거 반가운 소식이군요. 수중전에 경험이 있는 용병들은 있었습니까?"

"있었습니다. 그런데 콰르나 플고렌스는 물 밖으로 나오는 경우가 거의 없고, 늪지라서 제대로 균형도 잡을 수 없는 상태였기 때문에 A급이나 S급 용병들도 제대로 된 실력을 발휘할 수 없을 거라는 말만 들었습니다. 어지간하면 들어가지 말라고요."

A급은 검기를, 그리고 S급은 검사나 검강을 사용할 수 있는 강자들인데도 사람들이 그렇게 얘기를 했다는 건 그만큼 인간이 수중전에서 얼마나 불리한지를 말해 주고 있었다.

원래 인간은 두 발을 단단히 디디지 못하면 힘을 제대로 쓰지 못한다. 하물며 물속이니 더욱 그랬을 것이다.

"그래도 산 쪽 방향의 성벽 너머에 마수화가 진행되는 것으로 추정되는 대형 악어들이 서식하는 넓은 늪이 있어서 모의 실전은 할 수 있을 것 같습니다."

"노라 지부장이 말하길 전용 방어구도 오늘 저녁이면 완성될 것 같다고 했습니다."

잘됐다. 방어구의 기능이나 방호력도 확인해 볼 겸 내일은 종일 늪지에서 사냥을 해 봐야 할 것 같았다.

가온은 이번에는 콜을 쳐다보았다.

"던전에서 유용하게 쓸 수 있는 무기는 바로 이겁니다."

콜이 탁자 위에 올린 것은 레이피어와 비슷하지만 좀 더 가늘고 길었다.

길이가 3미터에 이르는 그 무기는 검이라고 하기에는 너무 길고 가늘었으며 창이라고 하기에는 대의 양쪽에 날이 세워져 있었다.

"이곳 사람들은 전기가 통하지 않는 마수의 뼈로 만든 이 본소드 혹은 본스피어를 테라브라고 부르더군요. 베기도 가능하지만 찌르기 전용으로 검신이 길어서 동체가 길고 민활한 콰르와 플고렌스를 상대하는 데 효과적이라고 합니다."

하긴 몸길이가 10미터가 넘는 콰르도 그렇지만 4 내지 5미터인 플고렌스를 상대하려면 이쪽 무기도 길어야만 하고 감전을 우려해서 이렇게 마수의 뼈로 만든 무기여야만 할 것이다.

"테라브의 끝에 마비독을 바르면 찌르기 공격이 더욱 효과적이라고 해서 장인에게 주문해서 끝 부분에 가는 구멍을 뚫어 달라고 했습니다. 그리고 그곳에 독액을 집어넣고 충격이나 압력을 받으면 독이 흘러나오게 만들었습니다."

아주 탁월한 아이디어였다.

"잘했습니다. 그런데 독이 부족할 텐데요."

그동안 녹스가 모은 독이 꽤 되는 것으로 알고 있었지만 그녀에게 달라고 하기에는 미안했다. 보유하고 있는 독도 꽤 많았지만, 그것 역시 녹스에게 지원할 생각으로 구입한 것이니 쓰기가 좀 그랬다.

"걱정하지 마십시오. 한동안 사냥이 이루어지지 않다 보니 가게마다 독 보유량이 많았습니다. 종류도 많고 무엇보다 가격이 많이 싸더군요. 그래서 로에니와 상의를 해서 충분한 양을 구입했습니다."

테라브뿐 아니라 화살과 볼트에도 발라야 하니 독의 구입은 꼭 필요했다.

"잘했습니다."

가온은 알아서 준비한 콜 일행의 태도에 만족했다.

이번에는 헤븐힐 쪽을 쳐다봤다.

"지금까지 수중 던전에 들어간 마법사가 꽤 많은데 귀환하지 않아서 그런지 마탑 지부의 태도가 굉장히 호의적이었어요. 우리 온 클랜의 이름도 잘 알고 있었고요. 꼭 클리어를 해 달라고 신신당부를 하더라고요. 그리고 늦지 던전이기 때문에 냉계 마법과 뇌계 마법이 효과적일 거라면서 스크롤을 비교적 싼 가격에 판매해 주었어요. 물론 로에니와는 논의를 했고요."

가온이 생각하기에도 냉계 마법이나 뇌전 마법이 효과적이기는 했지만 범위가 문제였다. 특히 콰르의 동체가 워낙 크기 때문에 어지간해서는 제대로 된 충격을 주기가 힘드니 말이다.

"좋습니다. 정령사들은 따로 준비할 게 없습니까?"

이번에는 세르나에게 물었다.

"정령석을 좀 구입했으면 좋겠어요. 이곳에서 파는 정령석은 중급이 한계지만 가격이 싼 편이라서 수량이 많으면 도움이 될 것 같아요."

정령석을 이용하면 정령을 좀 더 오래 소환할 수 있다고 들었는데, 그래서 필요한 모양이다.

"가격은 어느 정도나 됩니까?"

"수요가 거의 없어서 그런지 정령석이 이곳에서는 주로 건강을 위해 소지하는 장신구의 재료로 사용되고 있다고 하더군요. 그래서 같은 등급의 마정석인데도 다른 곳에 비하면 5분의 1 정도로 저렴해요."

그렇다면 중급 마정석의 판매가가 50골드 정도이니 10골
드 정도라는 얘기다. 거기에 이곳은 더 싸고.

가온은 내심 기분이 좋았다. 상급 정령석이 이곳 탄 대륙
에서는 개당 대략 100골드인데 자신은 갓상점을 통해서
400골드에 열 개나 구입한 것이다. 1명예 포인트는 대략
40골드에 해당한다.

"수량은 얼마나 필요합니까?"

"많을수록 좋기는 한데 그래도 개인당 5개 정도는 필요해
요."

그 정도라면 충분히 지출할 수 있다.

가온은 기회를 봐서 네 사람에게 나중에 상급 정령석을 하
나씩 선물하기로 마음을 먹었다.

"로에니, 세르나가 필요한 돈을 내주세요."

이제 수중 던전에 도전할 준비는 얼추 갖춘 것 같다.

"아! 랄프는 로에니와 함께 무구점에 가서 샐리와 마법사
들을 보호할 수 있는 큰 방패를 사도록 해."

힘이 좋은 랄프라면 탱커 역할을 훌륭하게 잘해 낼 것
이다.

"그럼 돌아오는 길에 공방에 들러서 방패 표면에 고무액을
잔뜩 바르는 것이 좋겠어요."

매디가 좋은 의견을 냈다. 그렇게 한다면 플고렌스의 전기
방출에 충분히 대비할 수 있었다.

"아예 고무액을 충분히 구입하도록 해요."

돈을 가지고 있는 로에니에게 추가로 지시를 내렸다.

"얼마나요?"

"보통 어떻게 팝니까?"

"잘은 모르지만 와인 통을 활용하는 것 같아요."

와인 통에 고무액을 채워서 판매한다는 얘기다.

"개인적으로도 사용할 생각이니 200골드에 해당하는 양을 구입하세요."

뭐든 필요할 것 같으면 대량으로 구입해 버리는 것이 습관으로 굳어진 가온이 따로 돈을 챙겨 주었다.

"그리고 나머지는 테라브를 사용하는 연습을 해 보도록 하지요."

숙달까지는 아니더라도 사용할 수 있도록 손에 익어야 한다는 사실 정도는 다들 알고 있었다.

본격적으로 수련을 시작하기 전에 1시간 정도 휴식을 하기로 하고 따로 시간을 가진 가온은 갓상점에 접속했다.

'본 것 같은데.'

물의 저항을 적게 받는, 꼬챙이처럼 가늘고 날카로운 긴 창을 다루는 스킬을 본 것 같았다.

'여기 있다!'

찾았다.

비싸지는 않았다. 스킬북은 아니고 테라브의 기본적인 활용에 대한 개론서에 불과했다.

그래도 다들 생소한 무기라 도움이 될 것이기에 10명예 포인트를 지불했다.

책의 내용을 잠시 살펴보던 가온은 고개를 끄덕였다. 생각보다 내용이 충실해서 다양한 사용법을 그림과 함께 설명하고 있었기 때문이다.

가온은 생명의 아공간으로 들어가서 시간의 흐름을 늦추고 먼저 수련을 시작했다.

가늘고 길기는 했지만 기본적으로는 창의 범주에 들어가기 때문에 이미 익힌 창술의 영향으로 익히기는 그리 어렵지 않았다.

일단 기본적인 형(形)과 식(式)을 익힌 후 마나를 사용하니 테라브의 속도가 놀랍도록 빨라졌다. 창대가 가늘고 가벼워서 그런 것 같았다.

마침내 기본적인 테라브 활용법을 충분히 익힌 가온은 생명의 아공간에서 나와 연무장으로 향했다.

얼마 후 연무장에 온 대원들은 가온의 지도로 테라브의 사용법을 숙지하기 시작했는데, 마법사들을 빼고는 다들 쉽게 다룰 수 있었다. 검과 창의 혼합 형태라서 적응하기가 쉬웠다.

그날 저녁, 밤늦게까지 여관의 연무장은 불이 환하게 밝혀져 있었다.

준비

다음 날 새벽, 수련을 마친 가온은 식사가 나오려면 아직
시간이 꽤 남았다는 사실을 확인하고 산책할 겸 여관을 나
섰다.

세이런의 번화가는 선착장 근처로 강과 접하고 있는 지역
이었는데, 시간이 일러서 그런지 아직 상점들은 굳게 닫혀
있었다.

가온은 자연스럽게 큰 도로를 따라서 산 쪽으로 올라갔다.

오크라강과 멀어질수록 집들이 허름해지더니 나중에는 강
물에 떠내려 온 것으로 보이는 잡동사니로 지어서 겨우 밤이
슬을 가릴 정도의 판잣집들이 보이기 시작했다.

'세상 어디나 마찬가지네.'

저 허름한 집 안에서 전날의 고된 노동을 하고 곯아떨어졌거나 굶주림을 참으며 겨우 잠이 들었을 사람들을 생각하자 처음 랑트의 외성 마을을 봤을 때와 같은 측은한 감정이 들었다.

아마도 이들은 세이런 근처에서 살다가 마수와 몬스터가 창궐하자 정들었던 고향을 떠나 이곳으로 와서 힘겹게 삶을 이어 가고 있을 것이다.

맹수도 쉬이 오르기 힘들 정도로 가파른 경사를 가진 산 쪽에 있는 성벽까지 가는 동안 그런 판잣집들이 다닥다닥 붙어 있었다.

마침내 도착한 성벽.

성벽 쪽은 따로 경계 병력이 없었다. 높이만 무려 10미터에 달해서 어지간한 마수는 뛰어오르기 힘들었다.

가볍게 도약해서 성벽 위에 올라선 가온의 눈에 세이런성의 전경이 들어왔다.

계획도시는 아니지만 선착장과 가까운 구역은 잘 정비되어 있었다. 하지만 최근 몇 년 사이에 들어온 피난민들로 인해서 본래는 농지나 목초지였을 구역은 허름한 집들이 무질서하게 들어서 있었다.

성벽 위에서 보니 산 쪽에서 흘러내린 물이 세이런성을 지나 오크라강으로 흘러드는데, 줄기가 두 개였다.

둘 다 강이라고 하기에는 크지 않았지만 하나는 크게 S 자를 그리며 세이런을 관통해서 오크라강을 향해 흘렀고 다른 하나는 마치 그물처럼 세이런 전역을 흐르고 있었다.

이번에는 오늘 훈련을 할 늪이 있는 산 쪽으로 시선을 돌렸다.

'늪지대가 꽤 넓네.'

늪은 물안개가 피어오르는 늪은 성벽을 따라 쭉 이어졌는데 가파른 경사의 산기슭까지는 약 400미터나 떨어져 있었다.

늪 중간에 나무가 자라는 단단한 땅들이 간간이 있기는 했지만 크기도 작아서 산 쪽에서 내려올 수 있는 마수나 몬스터를 자연적으로 막아 주는 것 같았다.

그렇게 성벽 안팎을 살펴본 가온은 여관으로 돌아가기로 결정하고 이번에는 올라온 길이 아닌 성벽을 따라 크게 도는 길을 선택했다.

가온은 아직 시간이 일러 아무도 없는 성벽을 따라 움직였다. 세이런을 둘러싼 성벽은 마치 시위를 건 활대와 형태가 비슷했기에 따라서 걷다 보면 강과 인접한 구역에 도착할 것이다.

5분 정도 걸었을 때 성벽 아래로 무릎 깊이에 폭이 약 3미터 정도인 작은 강이 보였다. 아까 성벽 위에서 본 두 물줄기 중 그물처럼 세이런 전역을 흐르는 헤테강인 것 같았다.

이 작은 강은 세이런 전역을 그물처럼 흐르고 있어 유속이 느린 편이었으며 맑고 깨끗한 것으로 보아서 이곳 사람들의 식수원 혹은 생활용수가 되어 주는 것 같았다.

반면 다른 물줄기인 로테강의 경우 오크라강 쪽으로 갈수록 색이 혼탁한 것으로 보아서 하수를 처리하는 용도로 생각되었다.

가온은 마음을 바꾸어 성벽 대신 이 헤테강을 따라 걷기로 했다.

판잣집들이 헤테강을 따라 이어졌지만 집을 지을 때 감안해야 할 규칙이라도 있는지 사람 둘 정도가 나란히 걸을 정도의 강둑이 있었다.

그렇게 구불구불 흐르는 강줄기를 따라 걷던 가온의 발이 멈추었다. 희미하게 들려오는 어린 여자아이의 울음소리가 귀에 들어왔던 것이다.

"……조금만 참아, 데릴. 오늘은 우리 구역이 죽을 배급받는 날이니까 해가 뜰 때까지만 참으면 돼."

"흐흑! 배고파!"

보통 사람들이 일어나기에는 이른 시간이었는데 배고프다고 울고 있는 동생과 그녀를 달래는 가냘픈 목소리가 어쩐지 관심을 끌었다.

'얼마나 배가 고프면 잠도 제대로 못 자는 거지?'

마수와 몬스터 창궐 사태로 사냥은 물론 고기잡이도 쉽지 않기 때문에 당연히 이곳도 식량 사정이 안 좋을 거라고 생각했지만, 실제로 기아에 허덕이는 아이들을 보게 되니 마음이 아팠다.

"언니, 혹시 엄마도 아빠처럼 죽은 거야? 아니면 파트가 놀리는 것처럼 우리를 두고 도망을 친 거야?"

울던 여자아이는 문득 생각이 났는지 그렇게 물었는데, 언니로 짐작되는 소녀는 잠시 아무런 대답을 하지 못하다가 큰소리를 냈다.

"데릴, 다시 말하지만 엄마는 도망간 것도 죽은 것도 아니야. 돈을 벌기 위해서 부잣집으로 일을 하러 가신 거야. 쉬는 날이 한 달에 한 번이기 때문에 우리를 보러 오지 못하는 거야. 지난달에도 오셨잖아. 그리고 아빠는 돌아가신 게 아니야. 던전에 들어갔다가 아직 못 돌아오고 계실 뿐이야."

던전에 들어갈 정도라면 꽤 실력이 뛰어난 사람일 텐데 남은 가족들은 이렇게 살고 있다니 가슴이 아팠다.

"파트, 이 나쁜 녀석! 거짓말을 했어! 우리 아빠도 죽었고 엄마는 도망을 갔다고 놀렸다고. 죽 먹고 나서 힘이 나면 실컷 때려 줄 거야! 히잉! 그런데 너무 배가 고파! 이틀 전에 우리 차례일 때 배급소에서 죽 한 그릇을 먹은 이후에 강물을 빼고는 아무것도 못 먹었잖아."

"……."

듣는 것만으로도 참으로 억장이 무너지는 대화였다. 마수와 몬스터로부터 간신히 몸을 피하기는 했는데, 일시에 많은 사람이 농지가 거의 없는 작은 성에 모이다 보니 먹을 것이 부족한 것이다.

성의 자치 위원회에서는 주민이 이틀에 한 번 죽을 먹을 수 있도록 하는 모양인데, 그것으로는 목숨만 겨우 붙여 놓는 정도에 불과했다,

"이게 다 콰르와 플고렌스 때문이야! 그 괴물들 때문에 어부 아저씨들이 엄청 많이 죽었잖아. 옛날엔 강에서 낚시도 할 수 있었는데……."

아무래도 이런 아이들을 위해서라도 수중 던전을 없애고 오크라강에 서식하는 콰르와 플고렌스의 씨를 말려야 할 것 같았다.

그 전에 너무 배가 고파서 잠조차 못 이루는 사람들을 어떻게 도와줄 방도는 없을까?

자신이 아그레브와 소베토에서 잔뜩 사 둔 식량을 푼다고 해 봐야 인구가 무려 3만이나 되니, 언 발에 오줌 누기에 불과할 것이다.

그때 여기로 오는 동안 선장인 악스펄이 했던 얘기 중 하나가 생각났다.

―오크라강에는 올이라는 고기가 있습니다. 물의 혼탁도에 상관없이 어디에서나 잘 적응하고 다른 물고기와 달리 알

을 엄청나게 많이 낳으며 심지어 성장도 엄청나게 빠릅니다. 올은 영양분도 풍부하고 맛도 기가 막혀서 기근이 발생하더라도 오크라강을 기대어 사는 사람들은 굶어죽을 염려가 없습니다. 우리에게는 밀이나 쌀보다 더 친숙하고 고마운 존재입니다. 그런데 콰르와 플고렌스 때문에 올조차 잡기가 힘드니 참으로 걱정입니다.

왜 갑자기 그 생각을 떠올랐을까?

가온은 유속이 매우 느린 혜테강의 맑고 깨끗한 강물과 올을 번갈아 생각하다가 갑자기 이마를 탁 쳤다.

'양식이야!'

이곳 사람들도 이 작은 강물을 식수로 사용하기 때문인지 물은 비교적 깨끗했다. 세탁이나 하수는 다르게 처리를 하는 것 같았다.

탄 대륙에서도 양식을 하는지 모르겠지만 생각해 볼 여지는 충분했다.

'일단 저 아이들부터.'

가온은 판잣집의 벽을 두드렸다.

"……누구세요?"

언니로 짐작되는 가냘픈 목소리에는 이 새벽에 문을 두드리는 상대에 대한 깊은 불안감과 두려움이 깃들어 있었다.

"나는 어제 세이런이 들어온 온 클랜의 온 훈이라고 한다.

지나가다가 너희들이 얘기하는 것을 들었는데 묻고 싶은 게 좀 있구나."

"정말 온 클랜의 온 훈 대장님이 맞나요?"

가온은 언니의 물음에 내심 크게 놀랐다. 물어보는 것으로 봐서는 자신의 존재를 알고 있는 것 같았다.

'설마 세이런에 우리 클랜에 대한 소문이라도 퍼진 건가?'

그게 아니라면 온 클랜이나 자신의 이름을 알고 있을 리가 없었다.

"맞다. 내가 온 훈이다."

대답할 때 목소리에 약간의 마나를 불어 넣자 금방 떨어져 나갈 것 같은 문이 조심스럽게 열렸다.

예상과 달리 실내는 그리 어둡지 않았다. 벽과 천장 역할을 하는 판자들이 제대로 마무리가 되지 않아 벌어진 틈으로 새벽의 미명이 들어오고 있었다.

가온의 복장을 살펴본 아가씨가 약간 얼떨떨한 얼굴로 입을 열었다.

"저는 그릴이라고 해요. 뭘 물으시려는지요?"

얼굴은 성인식을 막 치렀을 정도의 나이로 보였지만 굉장히 마른 몸을 가지고 있는 그릴은 하도 덧붙여서 누비처럼 변한 허름하고 때가 탄 원피스를 입고 있었는데, 그녀의 허리 뒤에는 열 살 정도 되어 보이는 소녀가 숨어 있었다.

"반갑다, 그릴. 일단 목이 마른 데 마실 게 있니?"

"물이라면 있긴 한데……."

"한 잔 줄 수 있겠니?"

"네."

그릴은 대체 왜 고귀한 기사처럼 보이는 가온이 이른 아침에 자신의 집을 찾아서 물을 달라고 하는지 알 수 없었지만 두렵거나 걱정은 되지 않았다. 처음 목소리를 들었을 때부터 묘한 호감이 들었기 때문이다.

물때가 선명한 나무잔에 담긴 물을 단숨에 마신 가온은 기분 좋게 미소를 지었다.

"시원하구나. 혹시 얘기할 공간이 따로 있니?"

"안에 어른이 안 계셔서……."

아무래도 성인 남자를 집, 아니 방 안으로 들이려니 걱정이 되는 모양이다.

"내가 이곳에 대해서 물어볼 게 꽤 많은데 어쩌지? 대답만 잘하면 빵을 주지."

배가 고픈 상대의 경계심을 누그러뜨리려면 먹을 것이나 돈이 최고다.

"누추하지만 들어오세요."

빵이라는 소리에 눈이 커진 그릴이 슬며시 뒤로 물러났다.

둘이 누우면 남은 공간이 없을 방 한쪽에 앉은 가온은 무슨 얘기를 어떻게 할까 잠깐 고민하다가 입을 열었다.

"본의 아니게 지나가다가 너희 애기를 들었다."

"……."

그릴 자매는 자신들의 대화를 남이 들었다는 사실이 부끄러운지 단박에 얼굴이 붉어졌다.

"내 이름을 들어 봤다면 내가 뭐 하는 사람인지, 뭘 할지 알고 있겠지?"

"네."

역시 온 클랜이나 자신에 대한 소문이 성내에 퍼진 모양이다. 세이런이 들어온 지 불과 하루도 안 되어서 말이다.

"네 아빠가 던전에 들어갔다는 말을 들었다. 우리 클랜도 내일 그 던전에 들어간다. 혹시 그 던전에 대해서 아는 것이 있니?"

"아!"

그릴은 이제야 왜 가온이 자신들의 대화에 관심을 가지게 되었는지 알 것 같았다.

"저도 잘은 몰라요. 그냥 어른들이 하는 말을 들었을 뿐이에요."

"뭐라도 좋으니 말해 보렴. 우리는 많은 정보가 필요해."

"아빠와 함께 들어갔다가 혼자 나온 세인 아저씨가 말하길, 던전에 들어가는 순간 멀쩡한 땅이 나타나는데 늪이 시작되는 곳까지 가면 어느새 그 땅이 순식간에 늪으로 변해 버렸다고 했어요. 세인 아저씨는 장비를 맡았는데 빠진 게 있어 늦게 출발했다가 땅이 늪으로 변해 버리는 혼비백산해서 다시 던전을 빠져나왔다고 했어요. 그렇게 던전을 빠져나온 분들이 꽤 있는 것으로 들었어요."

이런 내용은 노라나 말톤은 물론 조사를 담당한 퍼슨과 마론에게도 들은 적이 없었다.

'그러니까 던전 입구가 처음부터 늪 지형은 아니라는 거군.'

"또 다른 건 없니?"

"세인 아저씨가 아빠가 살아 있을지도 모른다고 하셨어요. 좀 멀긴 했지만 상당히 큰 땅이 몇 개 있었다고요. 그리고 그 땅에는 나무들도 있다고 했어요. 그런 곳이라면 사람이 충분히 생존할 수 있다고요."

노라 지부장도 던전 안에 굳은 땅이 좀 있다고 했지만 생존자가 있는지 확인하지는 못했다고 했다.

그 밖에는 가온이 이미 들은 내용이었지만 그릴은 조금이라도 도움이 되고 싶은 듯 열성적으로 얘기를 했다.

그러던 중에 갑자기 '꼬르륵' 소리가 났다. 열성적으로 얘기를 하던 그릴의 배에서 나는 소리였다.

"아! 미안하구나. 이거부터 먹으렴."

가온은 아공간에서 큼지막한 밀 빵 두 덩어리를 꺼내 그릴 자매에게 나눠 주었다.

잠깐 가온의 눈치를 보던 그릴과 데릴은 빵을 한 입 물더

니 이내 눈이 동그랗게 되어 정신없이 먹기 시작했다. 일반
밀 빵이 아니라 설탕을 충분히 넣어서 단맛이 나니 더 맛있
을 것이다.

　얼마 후 얼굴 크기의 빵 한 덩어리를 해치우고 물을 벌컥
벌컥 마신 그릴과 데릴의 얼굴은 이전보다 한참 더 밝아
졌다.

　"덕분에 도움이 되었다. 이건 고마움의 표시라고 생각하
고 받아라."

　가온은 밀 빵 열 덩어리를 꺼내 그릴에게 주었다.

　"감사합니다! 아껴서 잘 먹을게요."

　그릴은 사양하지 않았다. 자신은 몰라도 동생이 굶주리고
있는 형편이 아니던가.

　"그런데 부탁이 하나 있어요."

　"뭐지?"

　"혹시 들어가서 제 아빠를 만나면 꼭 데리고 와 주세요.
대장님은 그 무서운 레드 스네이크와 콰르도 사냥하셨으니
가능하실 거예요."

　아마 악스펄 일행이 그 얘기를 퍼트린 모양이다.

　"아빠 이름이 어떻게 되지?"

　"라우트예요!"

　지금까지 낯을 가리고 있었던 데릴이 대답을 했다.

　"그래, 알았다. 살아만 있다면 반드시 데리고 나오마."

예지몽으로
히든랭커

이건 진심이다. 이 두 소녀를 위해서라도 반드시 던전을 클리어할 생각이다. 무슨 수를 쓰든지 말이다.

⊱⋅⋆⋅⊰

"대장!"

씻기는 했지만 새벽 수련으로 달아오른 몸이 식지 않아서 아직도 솟아오르는 땀을 닦고 있던 패터가 벌떡 일어나서 돌아오는 가온을 반겼다.

"방어구가 왔어!"

그 말에 탁자를 살펴보니 음식 대신 잠수복과 비슷한 옷이 놓여 있었다. 어제 늦게 완성한다고 했던 특수 방어구다.

방어구를 살펴본 가온은 내심 깜짝 놀랐다.

'이건 지구의 다이빙 전용 슈트와 비슷하네. 확실히 두 겹이고 사이에는 공기층이 있어 움직임이 가볍겠어.'

그것만이 아니다. 발 부분은 실제 발보다 세 배 정도 커서 몸무게를 분산시킬 수 있었고, 앞쪽에는 오리발이 달려 있어 늪 지형에서도 활용도가 컸다.

"자동 맞춤 마법과 경량화 마법이 인챈트되어 있어서 몸에 완벽하게 밀착한 상태로 착용할 수 있고 외피와 내피 사이에 공기층이 있어서 물속에서 오히려 더 편하게 움직일 수 있다고 하더군요."

마론이 설명을 해 주었다.

"그리고 외피에 고무액을 두껍게 발라서 블러드히루도가 빨판을 부착하는 것과 감전을 막아 준다고 합니다."

설명을 들으니 굉장히 고민해서 만든 것 같았다.

"그리고 이건 얼굴에 뒤집어쓰는 것으로 눈, 코, 입만 나오는데, 눈과 코는 이 물안경으로 가리면 된답니다. 그리고 물속에서 호흡이 가능하도록 입에 무는 관도 있습니다."

마론의 설명이 시작되었을 때 접속해서 방어구를 구경하던 헤븐힐 일행과 콜 일행의 고개가 갸웃했다.

"이건 마치 스쿠버 장비 같잖아!"

"그러게요. 산소통만 있으면 완벽한 스쿠버 장비인데요."

콜과 바로가 놀란 얼굴로 말했다.

"아무래도 이곳에 해당 장비와 관련이 깊은 플레이어가 있는 모양이네."

매디의 추측이 맞는 것 같다. 정말 지구의 스쿠버 장비와 유사했으니 말이다.

"아무튼 장비를 보니 던전을 클리어할 가능성이 높아진 것 같아서 만족스럽군요. 오늘은 어제 말한 대로 식사 후에 성벽 너머 늪지에서 훈련을 하기로 합시다. 모두 든든하게 식사를 하세요."

오늘 훈련의 성과에 따라서 대원들의 자신감 정도가 달라진다. 그러니 이런 좋은 방어구까지 추가되어 예감은 아주 좋았다.

대원들이 아침 식사를 막 끝나 갈 무렵에 익숙한 얼굴이 홀로 들어왔다. 물론 가온은 이미 식사를 마친 상태였다.

"노라 지부장님."

"아침부터 어딜 그리 다녀오세요?"

"네?"

"호호호. 아까 전에 방어구를 가지고 왔거든요. 잠깐 아는 사람과 얘기를 하고 있었고요."

그래서 가온이 부재중이라는 사실을 알고 있는 모양이다.

"그렇군요. 산책을 할 겸 세이런을 둘러보고 오는 길입니다."

"볼 게 참 없지요. 극히 일부를 뺀 주민들의 삶이 참으로 팍팍해요. 배가 제대로 뜨지 못하니 일거리도 거의 없고 성 밖으로는 나가질 못하니 말이에요."

"그런 것 같더라고요. 그런데 헤테강에는 왜 아무것도 살지 않습니까?"

"헤테강에 뭐가 살아야 하나요?"

노라가 이상하다는 얼굴로 물어보는 것을 보니 이 탄 대륙은 양식의 개념을 잘 모르는 것 같았다.

"헤테강은 생활하수를 버리거나 세탁을 하는 로테강과 달리 세이런을 그물처럼 연결할 뿐 아니라 물이 맑고 깨끗해서 생활용수로 쓴다고 들었습니다."

"맞아요. 식수는 우물물을 쓰지만 몸을 씻거나 식기를 세척할 때는 헤테 강물을 길어다가 하지요."

대신 강폭이 넓고 수량이 풍부한 대신 세이런의 중앙을 관통해서 흐르는 로테강은 주로 생활하수를 흘려보내는 데 사용한다.

"헤테강처럼 맑은 물에서 서식하는 물고기를 기를 생각은 해 보지 않았습니까?"

"물고기를 기른다고요?"

"그렇습니다. 가구 수에 맞게 강의 일정 구간을 할당한 후 그물을 치면 충분히 양식이 가능할 텐데요."

"양식이라면 인간이 직접 물고기를 기른다는 건가요?"

이제 가온이 무슨 소리를 하는지 알아들은 노라가 눈을 빛내며 물었다.

"맞습니다. 올처럼 적당히 먹이만 주면 잘 자라는 물고기들도 있지만, 민물 게나 조개 등 기를 수 있는 것은 많습니다. 구간마다 그물을 쳐 두면 소유권을 두고 다툴 일도 없고요. 그물코를 빠져나갈 수 있는 어린 치어들이야 소유권을 주장할 수 없지만요."

"올이라……."

가온의 말을 들은 노라의 얼굴이 확 달라졌다.

"확실히 올은 어느 곳이든 잘 자라고 빠르게 성장하긴 하네요. 지금까지 그런 생각은 해 보지 않았는데, 지금처럼 고기잡이가 힘든 시기가 아니더라도 양식을 고려해 볼 여지는 충분하네요. 아무래도 자치 위원회를 소집해야 할 것 같아요. 대장님, 아이디어 감사해요!"

방어구도 전할 겸 던전 공략에 대한 얘기를 할 생각으로 이곳에 왔을 노라가 황급히 자리를 뜨는 모습을 지켜보던 가온은 일면 이곳 사람들을 이해할 수 있었다.

'이제까지는 배만 띄우면 물고기를 잡을 수 있었으니 굳이 양식을 할 필요가 없었겠지.'

그런 생각을 하고 있을 때 다른 대원들이 약속이나 한 듯 식사를 끝냈다.

늪지대의 훈련은 생각보다 도움이 많이 되었다.

가장 먼저 연금술사 길드에서 제작한 새로운 방어구에 적응하는 데 시간을 할애했다.

두 겹으로 만든 방어구는 공기층이 있어서 움직임이 한결 가벼웠다. 원래 부력 때문에 물속에서는 움직임이 한결 편했는데, 방어구까지 착용하자 더욱 가벼워진 것이다.

거기에 눈, 코, 입만 드러나는 안면 보호구를 쓰고 코와 눈의 경우 유리와 고무로 제작한 고글 형태의 아이템을 쓰자 물을 크게 두려워하지 않아도 되었다.

방어구에 적응한 후에는 깊은 늪에서 어떻게 움직여야 하는지부터 시작해서 가슴까지 차는 물속에서 테라브라고 부르는 꼬챙이 검을 어떻게 사용해야 하는지 다들 숙지할 수 있었다.

다른 때는 몰라도 정령사들은 늪지에서 큰 활약을 했다. 물의 정령을 이용해서 물의 방어막을 만들어서 스스로와 동료를 보호해 봤는데, 그 워터 실드는 생각보다 뇌전까지 어느 정도 막을 수 있었다.

다들 거대 전기뱀장어인 플고렌스를 어떻게 상대해야 할지 두려워했는데, 일단 그 부분이 어느 정도 해결되니 사기가 많이 올라갔다.

대지의 정령들은 펄을 물 밖으로 끌어 올려 단단하게 만들어 다른 대원들이 발을 디딜 수 있는 안전한 발판을 만들어 주기도 했다.

그렇게 늪에서 반나절 정도 수련을 한 온 클랜원들은 빵과 육포로 식사를 한 후부터는 깊은 늪 중앙으로 가서 이 늪의 주인이라고 할 수 있는 거대 악어를 사냥했다.

영역을 침범당한 거대 악어들이 순식간에 일행을 포위했지만 아무도 두려워하지 않았다.

원거리 전투조원들은 대지의 정령이 만든 단단한 땅 위에 서서 랄프의 거대한 방패 뒤에서 안전하게 독을 묻힌 화살과 볼트를 날렸고 마법 공격을 퍼부었다.

그 공격을 뚫고 가까이 접근한 놈들의 경우, 꼬챙이 형태의 본소드에 검광을 발현한 근거리 전투조원들은 가차 없이 놈들의 눈과 코를 집중적으로 찌르자 악어들은 하나둘 빠르게 죽어 갔다.

가온이 빠졌음에도 대원들은 50여 마리에 달하는 거대 변종 악어를 효율적으로 사냥하는 데 성공했다. 심지어 다친 대원도 없었다.

그렇게 오후 늦게까지 적응 훈련을 성공적으로 마친 온 클랜원들은 마지막으로 매직 스크롤을 사용한 훈련을 진행했다. 먼저 물의 정령을 통해 워터 실드를 친 후 10미터 거리를 두고 선더볼트 마법이 내장된 스크롤을 찢은 것이다.

지지지직!

매질인 물을 타고 시퍼런 뇌전이 순식간에 온 클랜원들을 덮쳤다.

가온을 포함한 대원들은 잔뜩 긴장했지만 놀랍게도 뇌전은 거의 영향을 주지 않았다. 워터 실드와 방어구 외피인 리자드맨 가죽에 골고루 덧바른 고무액이 감전을 막아 주었다.

무기인 테라브 역시 재질이 마수의 뼈이기에 뇌전의 영향을 거의 받지 않았다.

그렇게 마지막 훈련까지 끝낸 온 클랜원들은 잡은 거대 악어 중 한 마리를 그 자리에서 해체해서 구이와 스튜로 조리해서 먹으며 훈련과 사냥의 피로를 풀었다.

마수화가 진행되기는 했지만 충분히 식용이 가능한 악어

고기로 끓인 스튜는 심지어 맛도 좋아서 다들 크게 만족했다.

대원들과 헤어져서 혼자 다시 찾은 그릴 자매의 집.

"정말 저희한테 주시는 건가요?"

도축을 한 거대 악어 고기 한 덩어리를 받은 그릴이 믿어지지 않는 얼굴로 물었다.

"그래. 고기라서 상하니까 오늘 먹어 치워야 해."

집을 둘러보니 조리를 해 먹을 변변찮은 조리 도구가 거의 보이지 않았다.

가온은 아공간 주머니에서 큰 냄비 하나를 꺼낸 후 물을 적당히 담고 냄새를 잡아 주는 허브들을 넣은 후 고깃덩어리를 잘라 넣고 끓이기 시작했다.

스튜로 끓이거나 굽다가는 근처 사람들이 다 몰려들 것을 우려해서 수육으로 먹이려는 것이다.

마침 바람이 없어서 고기 삶은 냄새는 멀리 퍼지지 않아 그릴과 메릴은 가온이 두껍게 잘라 주는 수육을 여유 있게 먹을 수 있었다.

악어 고기는 맛이 꼭 닭고기 같았다. 두껍게 자른 고기는 씹을수록 쫄깃한 식감과 함께 구수한 육즙이 나왔고 금방 녹아 버리듯 목 안으로 사라졌다.

"이렇게 맛있는 고기는 처음 먹어 봐요!"

"정말 고맙습니다!"

배가 빵빵해진 그릴과 데릴은 너무 행복했다.

새벽에 빵을 먹은 데다 배급소에 죽까지 먹은 그릴 자매는 매일이 오늘만 같았으면 좋겠다고 종일 생각했는데, 저녁에 그 귀한 고기를 배부르게 먹을 수 있게 될 줄은 몰랐다.

오랜만에 고기가 들어가니 벌써 힘이 넘치는 것 같았다.

"고기가 좀 남았지만 금방 상할 테니 그동안 신세를 졌거나 같이 먹고 싶은 사람들이 있으면 불러 오렴."

"네!"

신이 난 그릴과 데릴이 나가자 마침 고기 냄새를 맡은 이웃 주민들이 코를 벌름거리며 다가왔다.

하지만 익숙한 얼굴이 아닌 가온의 모습이 보이자 흠칫 놀란 얼굴로 다가오지 못했다. 차림새로 보아 용병으로 보였는데, 그들은 보통 사람들에게는 무서운 존재였던 것이다.

얼마 후 그릴의 집에 사람들이 모여들기 시작했다.

"그릴이 직접 나눠 주도록 해."

같이 먹고 싶어도 집이 워낙 작아서 다 들어올 수도 없었다.

가온은 아공간에서 빵을 적당히 꺼내어 주먹 크기로 자른 고기와 함께 주도록 했다.

"아농 아주머니, 그동안 감사했어요. 아주머니가 음식을 나눠 주지 않았다면 우리 자매는 벌써 굶어 죽었을 거예요."

"고맙다. 그런데 저분은 누구니?"

"온 클랜의 온 훈 대장님이세요."

"헉! 정말?"

아농 부인도 그 무시무시한 콰르를 사냥했다는 온 클랜이 성을 방문했다는 소문을 들어서 알고 있었다.

"대, 대체 너희들과 어떻게 아시는 거야?"

"아빠도 용병이잖아요. 예전부터 아빠와 알고 지내셨대요. 이번에 성에 방문했다가 찾아오셨어요."

그릴은 미리 가온이 알려 준 대로 소개를 했다.

"아!"

아농을 비롯한 주변 사람들은 그릴의 아버지가 용병이라는 사실은 들어서 알고 있었지만, 온 클랜의 클랜장과 알고지낼 정도라는 사실은 몰랐기에 깜짝 놀랐다.

'그릴과 데릴의 엄마가 허풍을 떤 게 아니었어.'

자매의 엄마는 무시받는 것이 싫어서 주위 사람들에게 남편이 유명한 용병이라고 얘기를 했었다.

저 젊은 남자가 진짜 온 훈인지, 또한 이들과 정확히 어떤 사이인지는 알 수 없지만, 꼭 필요한 친절을 베풀고 있는 것은 사실이다.

'나중에도 잘해 주어야겠다.'

먹을 것을 받은 사람들은 그릴에게 고마워하면서 한편으로는 그런 마음을 품었다.

이렇게 받을 것을 바라고 도와준 것은 아니지만 고작 호밀
한 줌을 준 것에 비하면 아이 머리통 크기의 빵 하나와 큼지
막한 고깃덩어리는 굶주리는 자신과 아이들에게는 그 무엇
과도 비교할 수 없을 정도로 값졌다.

가온은 그렇게 변하는 사람들의 태도를 감지했다.

오가는 얘기를 들어 보니 그릴과 데릴이 데리고 온 사람들
은 친구들이 아니라 그동안 두 자매에게 빵 한 조각이라도
주었던 이들이었다. 이때라도 그동안 받은 은혜를 보답하고
싶은 것이리라.

'그릴이 아주 영리하구나.'

나중에 그가 다시 이곳을 찾을 가능성은 별로 없지만 사람
들은 더 이상 그릴 자매를 무시하지 못할 것이다. 이렇게 크
게 베풀 능력을 가진 사람을 알고 있다는 것만 해도 이들에
게는 큰 배경이 되는 것이다.

그것만이 아니다. 저 멀리에서 겁먹은 얼굴로 이쪽을 훔쳐
보는 험상궂은 인상의 사내들도 긴장한 기색이 역력했다.

유명한 온 클랜의 클랜장이 이들 자매의 뒷배임을 알았으
니 앞으로도 감히 괴롭힐 생각은 하지 못할 것이다.

나중에는 소문을 듣고 사람들이 찾아왔지만 그때는 이미
음식이 동이 났다.

그런 사람들은 입만 다셨지만 빵과 고기를 받아 간 사람들
이 이전에 조금이라도 두 자매에게 도움의 손길을 내밀었다

는 사실을 알고는 힘없이 발길을 돌렸다.

그런 사람들은 다음에는 혹시 모르니 여유가 있을 때 다른 사람들에게 작은 도움이라도 주겠다고 다짐했다.

그렇게 힘없이 돌아가는 사람들을 보는 가온의 마음도 편치 않았다. 아공간에 아직 많은 식재료가 있었다.

하지만 이렇게 사람들이 지켜보는 가운데 음식을 꺼낼 수는 없었다. 만약 먹을 것을 꺼내면 사람들이 벌 떼처럼 몰려들어 큰 혼란이 벌어질 것이다.

다들 불쌍한 사람들이지만 이런 상태의 빈곤은 누구도 구제할 수 없었다.

가온은 마지막으로 두 자매가 건강하게 성장하길 바라는 마음에서 골드비의 로열젤리를 희석시킨 포션을 마시도록 했다.

포션은 그동안 제대로 먹지 못해서 깨진 몸의 균형이 어느 정도는 맞추어질 것이다.

그릴과 데릴은 그동안 제대로 먹질 못해서 골드비의 로열젤리 효과가 제대로 날 것이다.

얼마 후 약효가 제대로 도는지 얼굴이 붉게 달아오르고 몸에서 열이 나는 자매의 모습을 확인한 가온은 자리에서 일어났다.

"이제 자고 일어나면 몸이 거뜬해질 것이다. 그리고 언제든 힘이 필요하면 용병 길드를 찾아서 지부장인 노라에게 부탁하거라. 내 얼굴을 봐서 어지간한 일이면 들어줄 거다."

"네, 온 님!"

그렇게 주위에서 귀를 기울이고 있는 사람들에게 경고성 말까지 남긴 가온은 비로소 여관으로 향했다.

수중 던전

밤늦게 여관에 도착하니 노라가 와서 기다리고 있었다.

"일은 잘 보셨어요?"

"네. 덕분에요."

"온 대장님, 내일 일은 변함없죠?"

"그렇습니다."

따로 볼일이 있어 외출했다는 말을 듣고 무슨 일인가 싶었던 모양이다.

"수중 던전이 있는 곳까지는 악스펄이 직접 안내를 하기로 했어요."

"그거 잘됐군요."

이왕이면 안면이 있는 이가 안내를 해 주는 것이 나았다.

"아침에 대장님이 말씀하신 거 말이에요?"

"물고기 양식 말입니까?"

"네. 자치 위원회에서 만장일치로 양식을 해 보기로 결정했어요. 수소문을 해 보니 근처에서 들어온 사람들 중에 큰 개울의 양쪽에 그물을 치고 올이나 트라를 길러 본 이가 있더군요. 먹이만 제때 맞추어 주면 키우기가 어렵지 않다고 했어요."

올이나 트라가 어떤 물고기인지 모르겠지만 양식이 가능하다는 것이 증명되었으니 그 두 종으로 시작하면 될 것이다.

"열 가구 정도를 묶어서 공동으로 관리를 하도록 하고 소유권도 나눠 가지도록 할 예정이에요. 만약 대장님이 수중던전을 클리어한다고 해도 강 전체로 퍼진 콰르와 플고렌스로 인해서 고기잡이가 예전만큼 수월하지 않을 것이 분명한 상황에서 사람들의 먹거리를 해결하는 데 어느 정도는 도움이 될 것 같아요."

잘 결정한 일이다. 기아에 허덕이는 사람들을 위해서 작은 힘이 된 것 같아서 내심 뿌듯했다.

"당장 도움이 되지 않아서 오히려 사람들이 힘들어할 수도 있습니다."

"그거야 열심히 설득을 해야지요. 올과 트라를 키워서 잡아먹든 이제 막 방류할 치어를 잡아먹든 그 구역 주민들의 책임이니까요. 피난민들 때문에 허브나 채소를 기를 농지가 사라져서 좀 걱정이지만, 수중 던전이 클리어되면 강변에 서식하는 마수와 몬스터를 토벌할 계획이니, 그 문제는 머지않아서 해결될 거예요."

들다 보니 영주가 있는 성보다 오히려 이곳 자치 위원회가 일을 더 잘하는 것 같았다.

주민들을 위한 장기적인 프로젝트를 진행하는 것은 물론 지금도 이틀에 한 번은 물고기와 곡물을 넣고 끓인 죽이라도 배급을 하고 있었다. 최소한 방치하지는 않고 있었다.

"이 힘든 시기를 잘 넘겼으면 좋겠네요. 혹시 나중에 그릴과 데릴이라는 아이들이 지부장을 찾아오면 가벼운 일일 경우 도움을 주실 수 있겠습니까? 아버지가 던전에 들어갔다가 못 나온 경우인데 저와 가벼운 인연을 맺어서 말입니다."

"그 정도 부탁은 당연히 들어드려야지요."

"그리고 이곳 주민들의 수를 생각하면 얼마 안 되겠지만 기부를 좀 하려고 합니다."

"기부요?"

"네. 던전을 클리어하든 실패하고 나오든 곧 수도로 향할 계획이니 가지고 있는 식량을 내놓고 싶습니다."

"그런 거라면 얼마든지 받아들일게요."

"사람들을 좀 불러야 할 겁니다."

"네?"

"양이 좀 많습니다."

가온이 별채 마당에 꺼내 놓은 식량은 어마어마했다. 밀과 호밀이 100자루가 넘었고 오늘 사냥한 거대 악어 50여 마리와 헤아릴 수 없이 많은 물고기들이 아공간에서 쏟아져 나왔다.

이미 해가 진 시간이었지만 많은 사람들이 몰려들어서 그것들을 자치 위원회 본부 창고로 날라야만 했다. 그만큼 가온이 기부한 식량의 양이 어마어마했기 때문이다.

그래 봐야 주민들을 대상으로 두세 번 배급할 양밖에 안 될 테지만, 그동안 어죽 배급을 하는 데에도 숨이 찼던 자치 위원들은 크게 기뻐했다.

지금과 같은 시기, 특히 세이런과 같은 곳에서는 엄청난 도움이 되는 것이다.

그렇게 기부를 하고 뿌듯한 마음으로 쉬고 있던 가온은 예상하지 못했던 안내음을 들었다.

—물고기뿐만이 아니라 고기를 잡는 법까지 가르쳐 준 당신의 지혜에 루가 크게 감동했습니다. 루가 5,000명예 포인트를 선물합니다!

가온은 예상하지 못했던 선물에 기뻐서 어쩔 줄을 몰랐다. 명예 포인트를 무려 5천이나 주다니!

아무래도 어젯밤에 구입을 고민했던 아이템을 사야 할 것 같았다.

'아니지. 그 전에 할 일이 있지.'

가온은 급히 여관을 나서 이곳에서 가장 규모가 큰 공방으로 향했다. 던전에 들어가기 전에 만들어야 할 물건이 있었다.

악스펄이 모는 배는 빠르게 물살을 헤치고 강을 내려갔다.

대원들은 각자만의 의식을 통해 투기를 다듬고 각오를 다졌다. 늪이라는 힘든 환경을 가진 던전 안이니 자신이 가진 모든 능력을 발휘해야 살아남을 수 있었다.

이제 혼자가 된 가온은 선실에 혼자 앉아서 갓상점을 열었다. 플렉마니체를 구입하려는 것이다.

명예 포인트는 충분했다. 아공간에 쌓여 있는 물건들을 처분해서 충분한 포인트를 더 만들어 두었다.

플렉마니체를 구입한 순간 3,220포인트만 남았는데 마치 살덩이를 떼어 내는 것과 같은 상실감이 찾아왔다.

'던전을 공략하고 나면 후와를 대대적으로 사냥해야겠다.'

희귀 변종이라는 이유로 마리당 무려 27점이나 주는 후와를 사냥하면 포인트 걱정을 할 필요가 없을 것이다.

막 갓상점을 닫으려고 했던 가온의 눈이 어느 한구석에 꽂혔다.

'호오! 괜찮은 물건이네.'

'뇌전구'라는 이름의 희귀 등급 아이템이었는데 마나를 주입해서 던지면 10초 후에 뇌전을 방출하는데, 그 위력이 3서클 라이트닝 볼트에 준한다는 설명이 있었다.

게다가 1회성 아이템도 아니었다. 뇌전만 주입시키면 다시 충전이 된다는 내용이 있었다.

'좋아! 이것도!'

가격이 20포인트라서 11개를 구입하니 남은 포인트도 딱 떨어지는 3천이다.

갓상점을 닫은 먼저 플렉마니체를 살펴보았는데 반투명한 장갑 한 쌍이었다.

그런데 장갑을 집어 들자 서사 등급의 아이템답게 안내 메시지가 떴다.

―각인을 시작합니다. 장갑을 낀 상태로 양쪽에 피를 한 방울 씩 떨어뜨리세요.

시키는 대로 하자 처음 봤을 때는 꽤나 크게 보였던 장갑이 소유자 각인이 되었는지 손에 알맞게 맞추어졌는데 착용감은 느껴졌지만 눈으로는 아무것도 보이지 않았다.

'평소에도 끼고 있어도 괜찮겠네. 좋아! 이제 시도해 보자!'

상급 정령석 하나를 꺼낸 가온은 한 손에 쥐었다.

'그래. 이렇게 사용하는 거구나.'

정령석을 쥔 순간 자연스럽게 사용 방법을 알 수 있었다. 에너지를 흡수하겠다는 의지만 품으면 되는 것이다.

'흡수하겠다!'

그 순간 뭔가 알 수 없는 기운이 장갑을 통해서 물밀듯이 몸 안으로 밀려들어왔다.

하지만 아쉽게도 그 시간은 그리 오래지 않았고 손안에 쥐고 있던 상급 정령석은 어느새 빛을 잃어버렸다.

바로 상태창을 확인해 봤다.

'대박!'

185였던 정령력이 단숨에 233이 되었다. 48이 증가한 것이다.

신이 난 가온은 상급 정령석들을 대상으로 차례로 플렉마니체를 이용해서 정령력을 흡수했는데, 흡수할 수 있는 양은 랜덤이라는 내용처럼 들쭉날쭉 편차가 컸지만 총 425나 늘어났다.

'이제 610이란 말이지.'

이 정도면 부족하지만 카오스를 포함한 세 정령을 소환해서 어느 정도 힘을 쓸 수 있을 것 같았다.

가온은 하는 김에 중상급 마정석을 대상으로 마나를 흡수한 후 연공을 통해 순화시켜 보았다.

신이 난 가온은 흡정 장갑이라고 부르기로 한 플렉마니체를 이용해서 세 개의 중상급 마정석을 대상으로 마나를 더 흡수한 후 연공을 했다.

연공 후 확인한 결과는 아주 결과는 놀라웠다. 랜덤이라서 다른 마정석을 대상으로 더 시험을 해 봐야겠지만 무려 112라는 마나를 흡수할 수 있었다.

가온은 빛을 잃은 상급 정령석들과 중상급 마정석을 일단 혁대에 매단 주머니 안에 집어넣었다.

중상급 이상의 정령석과 마정석은 시간이 지나면 손실된 정령력과 마나가 다시 채워질 것이니 아까워할 필요는 없었다.

뇌전구들을 챙긴 가온은 마지막으로 슈트와 고글을 착용하고 선실의 문을 열고 나왔다.

갑판에 올라가니 노라가 말톤이 나란히 서서 무슨 얘기를 심각하게 하고 있다가 그를 반겼다.

"더 쉬시지 왜 나오셨어요?"

"쉰 게 아니라 점검을 좀 했습니다."

"그랬군요. 별로 긴장을 하지 않으신 것을 보니 좀 이상하네요."

노라는 물론 말톤도 덤덤한 얼굴을 하고 있는 가온이 신기한가 보다.

"긴장한다고 상황이 좋아지지 않을 테니까요."

"그렇지요. 대장님과 온 클랜이 수중 던전을 꼭 부숴 버렸으면 좋겠어요."

"클리어한 던전이 재생성되는 경우가 많은 건 아시죠?"

혹시 모르고 있을까 봐 물어봤다.

"그래요?"

"정말입니까?"

역시 모르고 있었는지 깜짝 놀란다.

"사실입니다. 다시 생성이 되는 데 걸리는 시간은 각기 다르지만 고대 유적과 마법사의 던전이 아닌 경우 대부분 다시 나타납니다."

가온처럼 전용 방어구를 착용한 마론이 선실에서 올라오면서 추가 설명을 했다.

"이런!"

"제기랄!"

둘 다 한 번 던전을 클리어하면 사라진다고 생각했는지 얼굴이 일그러졌다.

하지만 가온이 다시 입을 열자 그들의 얼굴이 밝아졌다.

"해결할 방법이 없는 건 아닙니다."

"어떤 방법입니까?"

"우리가 수중 던전을 클리어할 경우 던전에 대한 소문을 퍼뜨려서 플레이어들을 끌어들이십시오."

"플레이어요?"

"아! 이계인들 말입니다. 그들은 던전이라면 사족을 못 쓰거든요."

"우리 세이런에 방문했던 이계인들이 몇 명이 있기는 하지만, 대부분 자기 세상으로 돌아가서 다시 안 오던데요?"

그럴 수밖에 없었다. 세이런이 스타트 지점인지는 알 수 없지만, 그렇다고 해도 사냥을 할 수 있는 터가 없어 성장하기 힘드니 페널티를 감수하고 스타트 지점을 아예 바꿔 버리는 것이다.

참고로 전직하기 전에는 올린 레벨을 포기하고 스타트 지점을 다시 선택할 수 있었다.

"만약 던전이 완전히 소멸된다면 좋겠지만 그렇지 않다면 꼭 던전에 대한 소문을 내십시오."

"콰르가 서식하는 던전이 얼마나 위험한지를 알면서도 찾아올 거란 말입니까?"

"그렇습니다. 이계인들은 불사의 존재입니다. 죽을 때마다 약해지기는 하지만, 물량에는 장사가 없습니다. 그리고 그들은 강력한 마수와 몬스터를 사냥해야만 성장할 수 있는 특별한 존재입니다."

"확실히 그런 이야기를 듣기는 했지만 사실이었군요."

말톤이나 노라는 그동안 세이런에서 플레이를 한 이계인이 별로 없어서 그런 사실조차 의심하고 있었던 얼굴이었다.

"그러니 던전은 이계인들에게 맡기십시오. 이계인들이 활동할 수 있는 안정적인 사냥터를 개발해서 공개하는 것도 좋을 겁니다."

"이계인들에 대해서 잘 알고 계신 것 같은데 조언을 더 부탁드려요."

노라가 정중한 태도로 부탁했다.

"우리 대원 중에 이계인들이 있어서 알게 된 사실입니다. 어쨌든 던전에 대한 소문을 퍼뜨린 후 여러분은 이번에 연금술사 길드에서 제작한 수중 방어구와 타레브를 대량으로 생산해서 던전을 공략하기 위해서 세이런을 찾아올 플레이어들에게 판매를 하면 됩니다."

정말 그렇게 된다면 세이런 측에서는 큰 인명 피해 없이 던전을 처리할 수 있고 가외로 막대한 수입을 올릴 수도 있었다.

"하지만 그들은 약하다고 들었는데……."

말톤은 다른 지부들과 정기적으로 통신을 하고 있었고 이계인들이 빠르게 성장을 하고 있지만, 아직 콰르를 사냥할 실력을 가진 존재는 없다는 사실을 알고 있었다.

"현재 그들의 실력이 낮은 건 사실입니다. 하지만 온 클랜의 이계인 대원들은 검광 실력자들입니다. 우리처럼 이계인들 중에서도 규격 외의 존재는 많습니다. 던전은 그들에게 맡겨도 됩니다. 아무리 콰르와 플고렌스가 대단하더라도 물량으로 승부를 거는 이계인들은 기필코 던전을 공략할 테니까요."

"걱정이었는데…… 아!"

"정말 그랬으면 좋겠습니다!"

수중 던전이 소멸하는 것이 노라와 말톤이 가장 바라는 일이지만, 다시 생성될 경우라도 가온의 말처럼 한다면 오히려 세이런의 경제가 살아날 수도 있었다.

그렇게 네 사람은 수중 던전과 이계인들을 화제로 한참 동안 대화를 나누었다.

목적지에 도착할 시간이 가까워지자 특수 방어구를 갖춰 입은 온 클랜원들은 물론 노라와 말톤을 따라 온 길드의 실력자들까지 모두 갑판으로 올라와서 삼삼오오 모여 대화를 했다.

"곧 도착합니다!"

악스펄의 외침에 대화를 멈춘 사람들은 긴장한 얼굴로 무기를 들었다. 던전 근처에는 콰르나 플고렌스가 빈번하게 출현하기 때문이다.

노라와 말톤이 동행한 이유는 가온 일행이 안전하게 수중 던전에 들어갈 수 있도록 콰르와 플고렌스를 견제하기 위해서였다.

잠시 유지되었던 긴장 상태는 높은 물보라와 함께 깨졌다. 드디어 콰르가 출현한 것이다.

혼탁한 강물 위로 시꺼멓고 거대한 콰르의 동체가 잠깐 드러났다가 사라졌는데 그 뒤로 화살과 볼트가 뒤따랐다.

안타깝게도 화살과 볼트는 놈을 명중시키기는커녕 화만 나게 만들었다.

출렁!

높은 물결과 함께 배가 휘청거렸다. 인간을 많이 상대해 본 콰르였는지 수면 위로 올라오는 대신 배 아래쪽을 들이박기 시작한 것이다.

물론 배는 심하게 요동을 치긴 했지만 잡을 것도 충분했고 이런 상황을 고려해서 개조한 대형선이라 이 정도 충격으로는 손상을 입지 않았다.

"거의 다 왔습니다! 우리가 콰르를 상대하는 동안 이제 수면 아래로 내려가도 됩니다!"

"제기랄! 이거 너무 무책임한 거 아니야!"

악스펄의 외침에 타람이 투덜거렸다. 아래쪽에 콰르가 있는 것이 분명한 상황에서 입수를 하라고 하니 미칠 노릇이다.

"수면 아래로 깊이 잠수하면 물이 맑아지면서 던전이 보일 겁니다. 단번에 아래로 내려가야 합니다."

"혹시 또 다른 콰르가 있을 수도 있으니 조심하세요."

말톤과 노라가 연이어 당부했다.

수중 던전에서 나오지 못한 이들을 제외한 사망자는 대부분 던전으로 내려가다가 당한 거라는 말을 들었는데 그럴 만도 했다.

"알겠습니다. 그런데 혹시 이 배, 뇌전에 노출되어도 괜찮습니까?"

"플고렌스 때문에 배 외부에 고무액을 발라서 괜찮습니다."

그래. 콰르와 플고렌스 때문에 새롭게 건조를 했으니 이 저도 대비는 했을 것이다.

"그럼 잠시 뱃전에서 떨어지십시오."

가온의 말에 말톤과 노라는 이상하다고 생각을 하면서도 사람들을 배의 가장자리에서 떨어지도록 지시했다.

그 모습을 보던 가온은 대원들을 향해 입을 열었다.

"헤븐힐, 배 아래를 향해 뇌전 마법을 펼쳐!"

"네, 대장님."

헤븐힐이 인벤토리에서 매직 스크롤 한 장을 꺼내 수면 아래를 응시하며 찢었다.

츠즈즈즈.

치지지직!

금세 배 주위의 물은 시퍼렇게 변했다.

'하지만 이걸로는 약하지.'

일반 물고기라면 몰라도 콰르와 같은 거대한 수생 마수는 잠시 감전되는 정도에 불과하며 내성이 있을 가능성이 높았다.

가온은 시퍼런 뇌전이 뱃전을 타고 오르는 것을 보면서 배 아래쪽을 향해 뇌전구를 던졌다.

얼마 후 뇌전의 기세가 갑자기 폭발적으로 강해지더니 멀리 퍼져 나갔다.

헤븐힐을 비롯한 마법사들은 관찰되는 전격의 위력이 매직 스크롤의 위력 치고는 아주 강력하다고 이상하게 느꼈지만, 어쨌든 위력이 강할수록 좋았기에 별말은 없었다.

강물이 시퍼런 색에서 황토색으로 다시 변할 때 거대하고 검은 물체가 배에서 얼마 떨어지지 않은 곳에 떠올랐다.

'오케이!'

하필 뇌전구가 뇌전을 방출한 곳과 가까운 위치에 콰르가 있었던 모양이다.

가온은 아직 전격이 남아 있는 상태였지만 점핑 앤 플라잉 스킬을 펼쳐서 10미터 떨어져 있는 콰르의 동체까지 단숨에 날아갔고 감전이 되어 순간적으로 기절한 것으로 보이는 콰르의 머리통을 검기를 두른 흑검으로 단숨에 잘라 버렸다.

"우와아!"

가온의 모습을 지켜보고 있던 사람들의 입에서 환호성이 터져 나왔다.

"과연! 콰르를 혼자 사냥했다고 하더니!"

새보다 더 빠르게 날아서 검기로 콰르의 머리통을 일격에 잘라 버리는 모습을 본 노라의 눈에서는 하트가 연속해서 튀어나오고 있었다.

'정말 검기 실력자였다고?'

분명히 갑판에 서 있을 때는 아무런 징후도 없었는데 도약해서 공간이동을 하듯 콰르에게 날아간 직후 검기가 생성되었으니 자신이 아는 검기 실력자보다 훨씬 강했다.

'어쩌면 검기 완숙자일 수도 있네.'

제대로 알아보지도 않고 의뢰를 하려고 했다가 톡톡히 창피를 당한 말톤은 길드로 돌아가서 온 클랜과 클랜장에 대한 정보를 꼼꼼하게 다시 열람했는데, 거기에는 온 훈이 검기 실력자일 가능성이 높다는 내용이 있었다.

하지만 말톤은 그 내용을 믿지 않았다. 자신이 직접 본 온 훈은 겨우 20대 중후반의 나이로 별다른 기도를 느끼지 못했던 것이다.

그래도 검기에 입문을 했으니 매직 스크롤이나 독과 같은 수단을 병행해서 아이언 스네이크나 콰르를 사냥했을 거라고 생각을 했다.

그런데 눈으로 직접 그의 무용을 확인하니 기가 막혔다. 아무리 나크 훈 기사에게 사사했다고 해도 저 나이에 무려 2급 기사의 실력이라니. 천재가 따로 없었다.

"자, 입수합시다!"

머리를 잃고 막 가라앉고 있는 쾌르의 동체에 내려앉아 파워 드레인을 펼치고 난 가온이 대원들을 향해 소리쳤다.

근처에 또 다른 쾌르가 보이지 않는 것으로 보아 더 이상 위험한 존재는 없어 보였다.

대원들은 이번에도 가볍게 쾌르를 혼자 죽인 가온을 향해 경의를 담은 눈길을 보내더니 하나둘 강물로 뛰어들었다.

얼마 후 온 클랜원들이 모두 물속으로 사라지고 나서야 두 길드에서 고르고 고른 모험가들과 용병들의 입이 열렸다.

"정말 이번에는 수중 던전이 클리어될 수도 있을 것 같네."

"나도 그런 생각이 들어. 눈 깜짝할 사이에 10미터를 날아가는 것이나 순식간에 검기를 생성한 것도 그렇고 아무리 감전이 된 상태라고 해도 그 거대한 쾌르의 목을 단숨에 베다니."

"2급 기사겠지?"

"당연하지. 짙은 검기가 일렁이는 검은색 검을 보지 않았나."

"이 정도 검기를 사용하는 기사를 본 건 처음이야. 그동안 간간이 만났던 그 어떤 기사도 저렇게 짙은 검기를 사용하지 못했거든."

"검기가 생성되는 속도로 보아서 소문보다 훨씬 더 강한 것 같아. 저렇게 젊은 나이에 저런 실력이라니. 눈으로 직접 보지 않았다면 믿지 못했을 거야."

"이번에는 던전 공략에 성공하겠지?"

"온 대장님 말고도 검기 입문자가 둘이나 더 있다고 들었어. 마법사들은 물론 사제까지 있고. 당연히 던전을 클리어하겠지."

수중 던전이 있는 물속을 응시하는 노라와 말톤은 입을 열지는 않았지만 길드원들의 말대로 이번만큼은 던전을 클리어할 것 같다는 생각은 동일했다.

'제발!'

콰르와 플고렌스의 원천인 던전이 소멸되어야 세이런이 살 수 있다. 아니면 시간이 흐르면서 세이런은 말라 죽고 말 것이다.

모든 사람들이 간절한 마음으로 온 클랜이 던전을 클리어하기를 기원했다.

대원들이 뛰어들 때만 해도 혼탁해서 바로 앞이 보이지 않았지만 깊이 잠수하자 급격히 맑아지기 시작했는데 들은 대로 던전 입구는 강바닥에 있었다.

가온을 필두로 온 클랜원들은 크게 긴장하지 않고 바로 던전 안으로 진입했다. 입구 쪽에는 아무런 위험이 없다는 사실을 알고 있었기 때문이다.

지이잉.

나름 익숙해진 에너지 파동을 통과하자 익숙한 안내음이 들려왔다.

—플레이어 최초로 차원의 파편 던전에 입장하셨습니다.

—던전 입장에 따른 보상이 있습니다. 그리고 클리어할 경우 새로운 차원에 대한 정보의 일부를 획득할 수 있습니다.

처음 들어 보는 '차원의 파편'이라는 단어가 도무지 이해가 가질 않았다.

'그렇다면 어떤 차원이 붕괴되기라도 했다는 말인가?'

하지만 그런 의문은 계속 이어지지 못했다. 눈에 들어온 풍경이 가온을 감탄하게 만들었다.

'이렇게 거대한 늪지라니!'

끝이야 분명 있겠지만 눈에 닿는 모든 곳이 늪이었다. 물론 매의 눈으로 살펴보니 먼 거리에 있는 작은 땅덩어리가 몇 개 있기는 했다.

"어? 정말 바닥이 늪이 아니라 땅이네!"

가온 다음으로 들어온 마론이 놀라 소리쳤다.

그랬다. 던전의 입구부터 100여 미터까지는 물기가 있기는 했지만 분명히 땅이었다.

대원들이 속속 들어오는 동안 가온은 아공간에서 미리 준비했던 물건을 꺼내기 시작했다.

"대장님, 뭐 하십니까?"

그 모습을 본 마론이 물었다. 빨리 안으로 들어가서 멀리 보이는 섬으로 빨리 가야 하는데 알 수 없는 짓을 하고 있었던 것이다.

"이곳은 곧 습지로 변할 겁니다. 그 전에 뗏목을 완성시키려고요."

"네? 나무 엮는 것은 제가 하겠습니다."

마론은 가온의 말에 의아했지만, 그것보다는 대장이 혼자 일을 하게 둘 수가 없었다.

마론에 이어 다른 대원들이 일제히 달려들어 가온이 지시하는 일을 나눠 하자 거대한 뗏목이 완성되었다.

가로 30미터에 세로 40미터에 달하는 거대한 뗏목은 가볍고 단단한 통나무를 단단히 엮어서 만들었는데, 틈은 고무액을 촘촘하게 채워 넣어 물이 스며들지 않도록 했다.

거기에 가장자리에는 사람 가슴 높이의 두꺼운 나무판자들을 단단히 박아 넣어서 뱃전처럼 만들었고 가장자리 바로 아래쪽에는 살레라는 거대 물고기의 위장에 바람을 불어서 만든 기구를 부착했다.

살레의 위장은 리자드맨의 가죽만큼이나 얇고 질기지만 방호력이 아주 높아서 어지간한 검으로는 터트릴 수가 없었

는데 어제 공방에서 미리 바람을 불어 넣고 단단히 밀봉을
해 두었다.

그것들은 가장자리의 통나무 하단에 구멍을 판 후 묶은
꼭지 부분을 넣고 특별한 물고기의 부레로 만든 풀을 채워
넣었는데, 공기가 닿기 무섭게 굳더니 어지간한 힘으로는 뽑
아내지 못할 정도로 단단히 접착되었다.

다들 손재주가 뛰어나기도 하지만 미리 재료가 마련되어
있어 금방 거대한 뗏목을 만들 수 있었다.

"대장님, 그런데 이 뗏목을 어떻게 하려고요?"

바로가 발을 내딛고 있는 땅을 내려다보며 물었다. 한눈에
도 즉석에서 완성한 뗏목은 엄청나게 무거워 보였던 것이다.

"습지까지 함께 옮기면 되지."

매디의 말대로 아무리 가볍다고 해도 이 정도 크기라면 무
거울 수밖에 없지만 모두 마나를 사용할 수 있으니 어려운
일은 아니다.

"곧 이곳까지 습지가 될 겁니다."

가온의 말이 떨어지기가 무섭게 습지와 붙어 있던 땅이 마
치 녹는 것처럼 아래로 내려앉더니 물이 그 자리를 차지하기
시작했는데, 그 속도가 엄청나게 빨랐다.

"어? 이거 왜 이래?"

던전 입구가 원래 땅이었다가 습지로 변한다는 가온의 말
을 들었지만 속도가 너무 빨라서 당황할 수밖에 없었다.

그때 가온이 새로운 명령을 내렸다.

"자, 모두 뗏목에 올라타세요!"

대원들이 모두 타서 가온의 지시대로 뗏목에 올라타서 자리를 잡았을 때 아래쪽이 물로 변했다.

"휴우!"

사람들은 안도의 한숨을 내쉬었다. 아무리 전용 방어구를 입었다고 하지만 깊이가 얼마나 되는지도 알 수 없는 물속에 빠지는 것보다 뗏목 위가 훨씬 나았다.

"대장님, 어디로 갑니까?"

"일단 저 멀리 보이는 섬으로 갑시다."

거대한 늪이지만 멀리 몇 개의 섬이 보였다. 현재 위치에서는 겹쳐 보여서 숫자는 정확히 알 수 없었지만 말이다.

이 던전의 보스가 어떤 존재인지는 알 수 없지만 일단 안전한 지대를 확보한 후 움직여 할 것 같아서 내린 판단이었다.

장대를 바닥에 꽂아 보니 비교적 단단했고 깊이는 입구 쪽이라서 그런지 대략 1미터 정도로 낮았다.

뗏목 좌우에 자리를 잡은 사람들이 바닥에 꽂은 장대에 힘을 주니 쑥쑥 나갔다. 살레의 위장으로 만든 공기 주머니 덕분에 부력을 제대로 받은 것이다.

가온은 일행에게 몇 가지를 지시한 후 투명 날개를 이용해서 하늘로 날아올랐다.

'역시 위로 올라오길 잘했네.'

늪의 물은 뗏목에서 봤을 때는 혼탁했지만 20미터 높이에서는 비교적 맑게 보였다. 덕분에 주로 바닥에 붙어 이동한다는 플고렌스는 몰라도 동체가 큰 콰르는 쉽게 포착할 수 있었다.

그렇게 비행 능력 덕분에 콰르가 다가오는 것을 발견할 수 있었다.

"북서 측! 100보!"

가온이 하늘에서 접근하는 콰르의 위치를 알려 주자 일부 대원들이 마법 주문을 외우고 투창 준비를 했다.

"20보! 15보! 지금!"

헤븐힐과 바로가 매직 스크롤을 찢자 두 줄기의 뇌전이 가온이 말한 지점으로 향해 날아갔다.

순간 그 부근을 중심으로 시퍼런 뇌전이 퍼져 나갔고 기이한 음파와 함께 모습을 드러낸 콰르가 발광을 했다.

놈이 발광을 하며 일으킨 물결이 뗏목에 도착하기 전 타람과 콜, 패터 세 사람이 던진 테라브가 콰르의 동체에 박혔다. 창에는 마나가 담겨 있어 질긴 가죽을 뚫고 들어간 것이다.

그러자 막 사그라들던 뇌전이 강철 재질의 창을 타고 콰르의 내부로 전해지자 테레브의 독이 발동하기도 전이지만 놈은 더욱 격렬하게 발광했다.

하지만 그 발광도 하늘에서 벼락처럼 떨어진 창이 머리통을 부수고 깊이 박히자 빠르게 멈추었다.

가온은 바로 아래로 내려가서 파워 드레인 스킬로 놈에게 마나를 흡수했다.

'앙헬, 우리가 지나가면 챙겨!'

─네, 주인님.

뗏목은 갈 길이 바빠서 콰르 사체를 챙길 여유가 없었다. 그래서 뗏목은 원래 가던 길로 향했고 가온은 다시 하늘로 날아올랐다.

던전에서 가장 위험하다는 세 마수 중 흡혈 거머리와 거대 전기뱀장어의 경우 늪 속에 몸을 담근 경우가 아니면 딱히 위험하지 않았다. 놈들이 먼저 공격을 하고 싶어도 방법이 없었다.

그래서 온 클랜은 인간이 던전에 들어온 것을 알아차린 듯 사방에서 접근해 오는 콰르만 집중적으로 사냥했다.

하늘에서 그가 위치를 알려 주면 마법의 범위 안에 들어오면 마법사들이 뇌전 마법이나 냉계 마법을 날려 콰르의 움직임을 잠시 구속하고 검광 실력을 가진 대원들이 돌아가면서 마나를 주입한 테라브나 창을 날리는 방식이다.

이 방식은 생각보다 효과가 좋아서 벌써 열 마리 가까이 사냥을 했다.

처음에는 잔뜩 긴장했던 대원들도 이젠 완전히 안정을 찾았다. 콰르 정도는 자신들의 능력으로 충분히 사냥할 수 있다는 자신감을 얻은 것이다.

그런 자신감의 근원은 또 있었다. 뗏목을 본 대원들은 지난번에 오크라강에서와 마찬가지로 콰르가 직접 공격을 하거나 놈의 발광에 일어난 높은 물결에 뗏목이 전복될까 두려워했었다.

그런데 가장자리 아래에 달아 둔 큰 공기주머니들이 흔들리는 뗏목의 요동을 금방 진정시켜 주었다. 심한 요동이 없는 건 아니지만 뗏목 곳곳에 고정된 굵은 나무 기둥을 잡으면 쉽게 균형을 잡을 수 있었다.

그렇게 큰 위험 없이 섬을 향해 나아가던 온 클랜은 처음으로 위험을 맞이했다.

"동남쪽 100보! 남쪽 120보! 북서쪽 100보! 동쪽 130보!"

한 번에 네 마리가 접근하고 있었다.

"동남쪽은 헤븐힐, 남쪽은 마론, 북서쪽 매디, 동쪽은 바로가 맡아! 콜, 퍼슨, 랄프는 동남쪽, 달쿤, 세르나, 무조가 남쪽! 타람, 스톤, 라쟈가 북서쪽! 로에니와 샤나, 패터가 동쪽이야!"

일행의 바로 위쪽 상공을 선회 비행하던 가온이 벼락처럼 소리쳤다.

네 마리가 끝이 아니었다. 콰르 수십 마리가 마치 짠 것처럼 각기 다른 방향에서 접근하는 바람에 샐리를 제외하고는 모두 전투에 참여해야만 하는 급박한 상황이 되었다.

"헤븐힐! 매디!"

가온의 외침에 헤븐힐과 매디가 전 대원을 상대로 버프와 축복을 걸고 매직 스크롤을 준비했다.

얼마 후 동남쪽부터 공격이 시작되었다. 뇌전 마법이었다.

동남쪽을 시작으로 네 방향을 맡은 자신의 역할을 위해 최선을 다했다.

가장 바쁜 사람은 가온이었다. 그는 네 방향 모두를 지켜보면서 앙헬이 건네주는 창에 마나를 가득 주입해서 콰르의 머리통을 노렸다.

"이런! 꽉 잡아!"

가온의 다급한 외침에 대원들이 근처에 있는 지지대나 갑판을 단단히 붙잡았을 때 뗏목이 위로 들어 올려졌다.

거대한 놈들이 움직이는 바람에 발생한 파도로 인해서 혼탁해진 물속으로 접근한 콰르 한 마리가 뗏목 아래에 똬리를 틀었다가 대가리로 뗏목을 들어 올린 것이다.

파앙!

공중으로 들어 올려졌던 뗏목이 다시 떨어지면서 몇 사람이 붙잡고 있던 것을 놓치고 경사를 따라 굴렀다.

그래도 뱃전이 부서지지 않아서 다행이다. 타박상을 입기는 했지만 뗏목 밖으로 튕겨 나가지는 않았으니 말이다.

가온은 뗏목이 부서지거나 전복되지 않자 화가 났는지 수면 밖으로 대가리를 쳐들고 독연을 뿜어내려는 건지, 그게 아니면 뱃전을 물어뜯으려고 하는지 거대한 아가리를 벌린 콰르를 보고 황급히 뇌전구를 던졌다.

수면 위로 거의 10미터 이상 솟구친 놈의 대가리의 크기만 해도 다른 콰르의 두 배는 될 것 같은 거대한 콰르였다. 벌써 보스가 나타나지는 않을 테니 아마 준보스일 것 같았다.

하지만 너무 서둘렀는지 원래 목표했던 위치가 아니라 다른 곳으로 떨어질 것 같았다.

－걱정 마세요, 주인님.

창을 전해 주던 앙헬이 순식간에 움직여서 뇌전구의 위치를 조정했다. 높은 수준은 아니지만 분명히 염력 능력이었다.

금방 뗏목을 덮치거나 독연을 내뿜을 것 같았던 거대한 콰르의 몸이 머리부터 빠르게 푸른색으로 빛났다. 입안에 들어간 뇌전구가 강력한 전격을 방출한 것이다.

그렇게 거대한 콰르가 전격에 감전되어 잠시 몸이 굳었을 때 놈을 향해 오러가 일렁이는 창 세 자루가 연속해서 떨어졌다.

머리통에 깊이 박힌 창 세 자루는 체내로 들어온 전격을 끌어들여 뇌를 푹 익게 만들었고, 곧 놈은 큰 물결을 일으키며 수면 아래로 힘없이 동체를 늘어뜨렸다.

"아직 끝나지 않았어! 다들 정신 차려!"

넋을 놓고 가온이 거대한 콰르를 사냥하는 모습을 지켜보던 클랜원들은 벼락같은 외침에 정신을 차리고 또다시 접근해 오는 콰르를 상대해야만 했다.

그런데 엄청난 위기가 닥쳤다.

"독연이다!"

뗏목을 사방에서 포위한 놈들이 작전을 바꾸었는지 일제히 독연을 내뿜은 것이다.

뗏목 주위는 금방 시커먼 독연으로 가득 차 버렸다.

'카오스, 바람을! 녹스, 독을 흡수해!'

카오스와 녹스에게 부탁을 한 가온은 이번에는 정령사 대원들에게 소리쳤다.

"정령으로 바람의 막을 만들어!"

가온의 지시에 정령사 대원들은 서둘러 바람의 정령을 소환해서 뗏목 주위를 도는 강력한 바람을 생성했고 세르나는 물의 정령까지 소환해서 콰르들이 일으키는 파도를 막아 주었다.

금방이라도 사람들을 덮칠 것 같았던 독연은 얼마 후 거짓말처럼 사라졌다.

"바람에 날아가 버렸나?"

다들 패터처럼 생각했지만 그건 녹스의 활약 덕분이었다.

'이렇게 강력한 독이라니!'

녹스가 신이 나서 마구 독연을 흡수해 버린 것이다.

예자뿡으로
히든랭커

콰르들은 또다시 독연을 방출했지만 녹스가 날뛰기 시작하면서 모두 소용이 없는 짓이 되어 버렸다. 내뿜기가 무섭게 사라질 정도로 빠르게 흡수한 것이다.

강력한 무기 하나를 잃은 콰르들은 거대한 동체를 무기 삼아 달려들기 시작했다.

하지만 이미 콰르를 상대했던 온 클랜원들은 가온의 명령에 따라 다소 차분하게 놈들을 상대했다.

독연과 몸의 균형을 잡지 못하게 하는 파도만 해결되면 콰르는 마나가 주입된 무기로 충분히 사냥할 수 있다는 사실을 다들 느끼자 사기가 크게 올랐다.

20분 정도가 지났을 때 뗏목은 더 이상 움직일 수가 없었다. 거대한 동체를 가진 콰르의 사체들이 주위를 가득 채우고 있었기 때문이다.

"휴식!"

하늘을 크게 한 바퀴 날아서 돌아온 가온의 명령이 떨어지자 대원들은 일제히 바닥에 주저앉았다.

"휴우!"

대원들은 샐리가 전해 주는 체력 포션과 마나 포션을 연달아 마시고 격한 숨을 골랐다.

근처에는 더 이상 콰르가 보이지 않는지 가온이 천천히 죽은 콰르의 사체 위로 날아 내렸다.

그러고는 콰르의 상태를 일일이 확인하듯 날듯이 돌아다
니더니 마지막으로 뗏목으로 돌아왔다.

대원들은 가온을 반기고 싶었지만 몸에 힘이 하나도 없
었다. 게다가 대부분 타박상을 입고 있었다. 뗏목의 심한 요
동에 균형을 잡지 못해서 이곳저곳에 부딪힌 상처였다.

먼저 상태를 회복한 헤븐힐이 동료들에게 치료 마법을 걸
어 주었다.

가온은 그 모습을 보면서 골드비의 벌집을 한 조각 뜯어
먹었다.

'치환 반지와 골드비의 꿀이 아니었으면 힘들었을 거야.'

마나가 큰 폭으로 늘어나긴 했지만 거의 20여 분 동안 쉴
새 없이 마나를 사용할 수 있을 정도는 아니었다. 치환 반지
를 이용해서 마력과 정령력까지 끌어다 썼고 소모한 에너지
를 빠르게 채워 주는 골드비의 꿀이 있었기에 가능했다.

가온은 일단 선 자세로 운공을 했다. 그의 현재 경지로는
불안정한 자세로도 충분히 안정적으로 운공을 할 수 있었다.

마나 연공에 이어 마력 서킷을 돌리고 마지막으로 명상
까지 하고 난 가온이 눈을 뜨자 휘황한 빛이 순간적으로 방
출되었다가 사라졌다.

'희한하네.'

중간에 앙헬이 골드비의 꿀을 지속해서 먹여 주긴 했지만
그런 것치고는 세 종류의 에너지가 큰 폭으로 증가한 것 같

았다.

'혹시 파워 드레인 스킬 덕분인가?'

육체 자체가 달라진 것 같을 정도의 변화는 오랜만이었다.

주위를 먼저 살펴본 가온은 별다른 위험이 느껴지지 않자 바로 상태창을 확인하고는 입을 떡 벌렸다. 생각했던 것 이상으로 상태창의 변화가 컸다.

'역시 던전이 최고야!'

아무도 없다면 만세라도 부르고 싶을 정도로 변한 상태창이었다.

먼저 레벨이 단숨에 19나 높아졌다. 이제 레벨만으로도 2급 기사에 준하는 실력자가 된 것이다.

사실 레벨보다 더 큰 변화는 스텟에 있었다. 지력과 신성력을 제외한 모든 스텟이 올랐는데 특히 마나와 마력 그리고 정령력이 크게 높아졌다.

마나와 정령력 그리고 마력의 총합이 3천을 눈앞에 두고 있었다. 치환 반지의 존재를 생각하면 그야말로 엄청난 양이었다.

'이제 정령들을 마음껏 불러낼 수 있겠네.'

스킬창을 확인해 보니 투척과 급소 간파 그리고 매의 눈 스킬의 레벨이 올랐는데, 이쪽은 중요하게 생각을 하지 않아서 그런지 그리 아쉽지 않았다.

이게 모두 던전에서는 경험치를 여섯 배 획득할 수 있기 때문이다.

그렇게 뿌듯한 마음으로 상태창을 닫은 가온은 대원들 중에서 유난히 희희낙락하는 이들을 볼 수 있었다. 플레이어들이었다.

'다들 엄청난 레벨업을 했겠네.'

콰르는 오우거와 같은 등급의 희귀 수생 마수이니 레벨도 높을 것이다. 이 모든 콰르들의 숨통을 끊은 건 가온이지만, 그들도 한몫을 했기에 레벨이 상당히 많이 오른 것이다.

자신만 레벨이 오른 게 아니라서 더 기분이 좋았다. 정말 다들 고생을 많이 했으니 말이다.

그런 마음으로 이계인 대원들을 흐뭇한 얼굴로 쳐다보고 있는 가온에게 헤븐힐이 말은 못 하고 윙크를 하며 엄지를 들어 올렸다. 평소에 이렇게 행동할 그녀가 아닌 점을 고려하면 그야말로 폭렙을 하지 않았을까 싶었다.

"대장님, 이제 어떻게 할까요?"

가온이 준 골드비 허니 포션을 복용한 후 연공으로 심신의 피로를 말끔하게 씻어 낸 퍼슨이 주위를 둘러보며 물었다. 그뿐만 아니라 다른 대원들도 연공을 끝내고 장비를 점검하고 있었다.

뗏목 주위는 반경 100미터까지 콰르는 물론 수많은 물고기들로 가득 채워져 있었다. 물고기들의 경우 뇌전 마법 때문에 죽거나 기절한 것이다.

"주위에 있는 놈들은 거의 다 몰려왔겠지만 피 냄새를 맡고 오는 놈들도 있을 겁니다. 더 이상 지체하면 위험합니다."

가온의 말에 콰르의 마정석이라도 챙길 생각을 하고 있었던 대원들은 자신들도 모르게 진저리를 쳤다.

이놈들만 해도 전력을 다해야만 했다. 아마 비행할 능력을 가진 가온이 아니었다면 여기 있는 사람들은 지금쯤이면 모두 콰르의 배 속에서 소화가 되고 있었을 것이다.

"내가 길을 뚫을 테니 잠시만 기다리십시오."

가온은 굳이 접촉을 하지 않아도 아공간에 넣을 수 있었지만 대원들의 눈을 의식해서 늪 속으로 들어가서 뗏목의 폭에 해당하는 길을 뚫으며 그 사이에 있는 콰르의 사체와 물고기를 일일이 손으로 만져 가면서 아공간에 집어넣었다.

물고기의 종류는 참으로 다양했다. 숫자도 얼마나 많은 5미터를 훌쩍 넘기는 거대한 물고기부터 새우와 같이 작은 것까지 늪의 바닥까지 거의 채우고 있을 정도였다.

그렇게 길이 뚫리자 굳이 지시하지 않아도 기운을 차린 대원들이 장대를 밀어 사체의 바다를 빠져나가기 시작했다.

"마정석이라도 적출하면 안 되나?"

패터가 뗏목 양쪽에 널려 있는 콰르의 사체를 보며 입맛을 다셨다.

"아서라. 이곳에서 마정석을 적출했다가는 또 다른 놈들을 끌어들일 거야. 무엇보다 그, 뭐냐 거머리에 피가 모두 빨려 미라가 되어 버릴 거야."

그렇게 아들을 말리는 퍼슨이나 다른 대원들도 아쉬운 얼굴은 감추지 못했다.

하지만 그들은 뒤에 남겨 둔 앙헬이 그들이 아쉬워하는 모든 것을 챙길 거라고는 조금도 생각하지 못하고 있었다. 그것들은 갓상점으로 넘길 것이다.

생존자들

꽈르와 일전을 치르고 승리한 온 클랜원들은 사기가 높아진 상태로 처음 목적지인 섬을 향해 나아갔다.

워낙 많은 꽈르와 물고기를 죽여서 그런지 한참을 가도록 늪에서는 아무것도 보이지 않았다.

가온은 꽤 넓게 선회하면서 비행을 했지만 딱히 위험한 대상을 발견하지 못하자 뗏목으로 돌아왔다.

'아! 꽈르를 처리해야지.'

갓상점에 접속한 가온은 자신의 아공간과 앙헬의 아공간에 들어 있는 꽈르 사체를 처분했다.

'얼마나 포인트를 획득했을까?'

대충 세어 봤을 때 예순두 마리였는데 그중 서른 마리를 남기고 처리를 했기에 기대가 컸다.

상태창을 확인해 보니 명예 포인트가 무려 21,938이나 추가되어 있었다.

'대박!'

너무 많이 들어온 것이 아닌가 싶었는데 생각해 보니 이해가 갔다. 콰르는 4등급이니 675점을 획득할 수 있고 준보스, 즉 플러스 등급이 한 마리 있어서 그렇게 나온 것이다.

1명예 포인트가 40골드를 상회한다는 점을 고려하면 실로 어마어마한 포인트였다.

'이럴 줄 알았으면 좀 참았다가 흡정 장갑을 살걸.'

누가 이럴 줄 알았나.

그래도 엄청나게 성장한 자신의 상태를 확인했고 이번에 획득한 포인트로 또 다른 아이템을 구입할 생각을 하자 아쉬움도 햇빛을 받은 아침 안개처럼 사르르 사라졌다.

모두들 부지런히 장대를 사용해서 이동한 지 20분 정도를 나아가자 드디어 섬이 가까워졌다.

섬의 크기는 작지도 크지도 않았다. 크기는 대략 4~5제곱킬로미터 정도였고, 나무들이 숲을 이루고 있는 중앙 쪽이 볼록하게 올라온 지형이었다.

그런데 전혀 예상하지 않았던 모습이 눈에 들어왔다.

"저거, 사람 아니야?"

가온 일행을 향해 손을 흔들고 있는 존재는 사람이 맞

았다. 그것도 족히 백여 명은 될 것 같은 숫자였다.

'섬이 있어서 생존자들이 있을 가능성이 높다고 기대는 했지만 정말 있을 줄은 몰랐네.'

아무튼 반가웠다.

얼마 후 섬 가장자리에 뗏목을 대자 허름한 행색을 하고 있는 사람들이 몰려왔다.

'생존자들이 이렇게 많다니.'

던전에 들어온 기간이 각기 다른지 사람들의 행색은 각양각색이었다. 어떤 이는 방어구가 다 해질 정도였고 어떤 이는 비교적 깨끗했다.

공통점도 있었는데 제대로 먹지 못했는지 다들 광대뼈가 튀어나올 정도로 말라 있었다.

생존자들은 막 뗏목에서 내리는 가온 일행을 향해서 일제히 말을 건네고 있어서 정신이 사나울 지경이었다.

그런데 뒤쪽에 있는 한 여인이 앞으로 나서자 잠시 주위가 조용해졌다.

"반가워요. 뗏목을 준비해서 들어올 거라고는 전혀 생각하지 못했는데 제대로 준비를 하셨네요. 저는 세이런 용병 길드 부지부장인 헤테라고 해요."

이름이 세이런을 그물처럼 흐르는 맑은 강과 같은 여자였는데 던전에 들어오기 전에 노라가 얘기했던 인물이다.

이곳에 들어온 지 시간이 많이 경과되었는지 행색은 초라

하지만 눈빛이 살아 있고 전신으로 강인한 기세를 물씬 풍기는 이 여인이 생존자들을 이끌고 있는 모양이다.

"반갑습니다. 나는 온 클랜의 클랜장 온 훈이라고 합니다."

가온이 나서며 소개를 했다.

온 클랜과 가온의 이름을 들은 헤테가 처음 듣는지 고개를 갸웃했을 때 뒤쪽에서 세 사람이 다른 이들을 뚫고 나왔다.

"마론, 마론이지?"

"퍼슨, 죽지 않고 살아 있었구나!"

"마론, 샐리, 대체 여기까지 어쩐 일이야?"

2남 1녀인 그들은 마론 부부와 퍼슨을 알아보고 달려 나온 것이다.

"하하하! 게른, 세리, 너희들 여기 있었구나!"

"바스통, 이게 몇 년 만이야?"

마론과 샐리 그리고 퍼슨도 자신들을 알아보는 이들과 부둥켜안으며 뜨거운 해후를 나누었다.

얼마 후 흥분이 진정되자 마론과 퍼슨이 가온에게 각각 자신들의 친구를 소개했다.

"대장님, 이쪽은 게른과 세리라고 저와는 1년 전까지 함께하던 형제와 같은 동료들입니다. 이봐, 인사해. 우리 대장님이셔. 나크 훈 기사님, 알지? 그분의 애제자이시고 검기 실력자셔."

"대장님, 이쪽은 제가 저주에 걸리기 전 마지막 던전을 함께 탐사했던 바스통이라고 합니다. 랄프처럼 괴력을 가지고 있어서 모험가 쪽에서는 꽤 이름을 날리던 실력 있는 친구입니다."

마론으로부터 가온을 소개받은 게른과 세리는 마법 지팡이를 쥐고 있어서 마법사로 보였는데, 행색이 워낙 추레해서 확실치는 않았다.

"반갑습니다."

마론의 말을 들은 사람들은 깜짝 놀랐다. 이제 20대 중반으로 보이는 가온이 그 유명한 나크 훈 기사의 제자인 것도 놀랄 일이었지만, 검기 입문자도 아니고 검기 실력자라니 경악할 수밖에 없었다.

세 사람과 인사를 나눈 가온은 다시 헤테를 향해 고개를 돌렸다.

"노라 지부장으로부터 말은 들었습니다. 동생이라고요?"

사실 노라가 자신의 동생에 대한 얘기를 해 주었다.

"언니! 언니가 제 말을 했다고요?"

"그렇습니다. 유품이라도 발견하면 꼭 가지고 나와 달라고……."

대화를 나눌 때만 해도 노라는 동생이 죽었을 것으로 생각했었다.

"내가 어떤 사람인데! 언니는 날 아직도 어린애 취급이나 하고!"

　그렇게 소리는 질렀지만 가족의 소식을 들은 헤테의 눈은 어느새 붉어져 있었다.

　"밖에서는 우리가 모두 죽은 줄 아나요?"

　"그렇습니다."

　사실 던전에 들어왔다가 겁이 나서 바로 돌아간 이들은 멀리 보이는 섬을 보고 생존자가 있을지도 모른다고 추측했지만 그렇게 기대하는 이들은 거의 없었다.

　"하긴 던전에 들어온 지 벌써 1년이 훨씬 넘었으니. 그래도 서운하네요. 찔끔찔끔 탐사대를 보내지 말고 차라리 대규모로 사람들을 모집해서 보낼 것이지."

　"그럴 계획도 세웠지만 상황이 많이 안 좋아졌습니다."

　"네? 그게 무슨 말인가요?"

　"이곳에서 나간 것으로 추정되는 콰르와 플고렌스가 오크라강을 완전히 장악했고, 후와라는 변종 마수가 영역을 확장하는 바람에 수많은 사람들이 집과 마을을 버리고 세이런으로 몰려들었습니다. 콰르나 플고렌스가 어쩌지 못하는 대형선 몇 척으로 곡물을 비롯한 기본 식량만 간신히 실어 나를 뿐 고기잡이나 사냥은 아예 엄두도 내지 못하는 상황입니다."

　가온 대신 마론이 나서서 현재 상황을 설명하자 조용히 두 사람의 대화를 듣고 있던 사람들의 안색이 변했다.

"성내 모든 주민을 대상으로 이틀에 한 번 죽을 배식할 정도로 식량 사정도 좋지 않습니다. 다른 곳들도 사정은 비슷해서 여러분을 구할 구조대조차 모집할 수가 없는 상황입니다."

"하아! 우리가 들어올 때도 좋지 않았는데 상황이 그렇게 악화되었다니……."

"그렇게 예상은 했지만 참 걱정이네. 그나저나 우리 식구들은 잘 견디고 있을지 모르겠네."

사람들의 얼굴은 대번에 침울해졌다.

"그나저나 이곳까지 오면서 아무 일도 없었나요?"

"웬걸요. 콰르들을 몰려와서 사냥을 하느라고 한참 땀을 뺐습니다."

침울해지는 분위기를 바꾸려는 의도에서 나온 헤테의 물음에 이번에도 마론이 나서서 대답을 했다.

"우리가 들어올 때만 해도 콰르가 그렇게 많지 않았는데 6개월 전부터는 던전이 열리는 시기를 아는지 이 무렵만 되면 콰르들이 몰려들어요."

분명히 매달 던전 공략대를 보냈다고 들었는데 이상하게 바깥 사정을 잘 모르는 것 같아서 이상했는데 그사이에 들어온 공략대는 전멸한 모양이다.

"헛! 콰르를 사냥했다고요?"

말을 하다가 헤테가 갑자기 놀란 얼굴로 물었다.

"우리가 그 정도 실력은 되거든요."

마론이 어깨를 으쓱하며 대답했다.

"대단하네요. 그 인원으로 콰르를 사냥하다니……."

"못 믿겠소. 증거를 보여 주시오."

사람들 사이로 다른 이들보다 머리 하나는 더 있는 거한이 나오며 말했다.

"누구시오?"

마론이 기분 나쁜 얼굴을 드러내며 그에게 물었다.

"나는 론데 용병단의 단장이오."

이름을 굳이 밝히지 않는 것을 보면 온 클랜처럼 그의 이름을 딴 용병단인 모양이다.

"서로 얘기는 해 본 적은 없지만 안면은 있군."

3서클 마법사인 마론은 용병 등급으로는 같은 A급이라서 그의 존재를 알고 있는 모양이다.

"오크라강 일대에서 활약하는 용병으로 실력이 있는 자입니다. A급으로 검기 입문자이며 호탕한 성격에 신의가 있어서, 상인들이 무척 선호하는 용병단을 이끌어 왔습니다."

퍼슨이 가온에게 그에 대해 알려 주었다.

가온은 굳이 왈가왈부할 필요가 없다고 생각하고 바로 아공간에서 콰르 한 마리를 꺼냈다.

'모두 다 갓상점에 팔았다면 큰일이 날 뻔했네.'

이런 일이 벌어질 줄 알았던 것은 아닌데 참으로 다행

이다.

"우와아!"

"정말이었어!"

"콰르의 목을 저렇게 깨끗하게 잘랐다고?"

"검기로 잘랐네!"

마침 꺼낸 놈이 수중 던전의 위쪽에 도착해서 사냥한 놈인데 론데를 포함한 생존자들은 다들 나름 실력에 자신이 있는 이들이라서 한눈에 어떻게 사냥한 것인지, 그리고 사냥한 사람이 얼마나 강한지 알아차렸다.

"실례했소. 우리는 콰르 때문에 밖으로 못 나가고 있는 상황이라서 잠시 의심을 했소."

론데는 선선히 사과를 했다.

온 클랜원들은 그의 태도에 기분을 풀었다. 이 인원으로 콰르를 사냥했다는 말은 믿기가 힘들 것이다.

"설마 이곳까지 오면서 한 마리만 사냥한 건 아니죠?"

갑자기 헤테가 무슨 생각을 했는지 눈을 반짝이며 가온에게 물었다.

"또 다른 콰르나 블러드히루도가 몰려들까 봐 다섯 마리만 챙겨 왔습니다."

마치 가온의 대변인이나 된 듯 마론이 대신 대답했다. 눈썰미가 있는 그인지라 가온이 직접 챙긴 콰르의 숫자를 기억하고 있었다.

"됐어!"

"우와아!"

사람들이 일제히 환호성을 질렀다.

가온은 사람들의 격렬한 반응에 의아한 생각이 들었다.

자신들이 사냥하지 못한 콰르를 사냥했다는 사실이 이 정도 반응을 이끌어 낼 일인가?

그게 아니면 던전을 나갈 수 있는 것도 아닌데 왜 이렇게 환호를 하는 것일까?

"이럴 게 아니고 일단 우리가 지내는 곳으로 가서 얘기를 하도록 하지요."

그렇게 가온 일행은 헤테를 따라서 섬 안쪽으로 향했다.

"그동안 뭘 먹고 산 거야?"

가온과 헤테를 따라 섬 안쪽으로 걸음을 옮기던 마론이 게른에게 물었다.

"당연히 물고기를 잡아먹고 살았지. 인간의 맛을 본 콰르 몇 마리가 아예 터를 잡고 이 근처를 돌아다니지만 섬 주위의 수심이 얕기 때문에 플고렌스만 조심하면 고기는 얼마든지 잡을 수 있거든."

"물고기만 먹고 산 거야?"

"그건 아니고 섬이 작긴 해도 몇 가지 허브가 자라고 있어서 그것들도 먹었어. 6개월 전까지는 한 달에 한 번씩은 탐사대가 들어오니까 그들이 가지고 온 것들도 나눠 먹고."

최근에야 식량 사정이 나빠진 것이지 그 전에는 괜찮았던
모양이다.

"그랬구나. 그런데 이곳까지는 어떻게 왔어. 중간에 콰르
를 만나지 않았어도 뗏목으로 30분이 넘게 걸리던데."

"처음에 던전에 들어왔을 때 꽤 넓은 땅이 있었던 거 기억
해?"

"응."

"그 땅이 늪이 되기 전까지 한 30분 정도 시간이 있는데
빨리 이동하면 이곳 근처까지는 도달할 수 있어. 그 당시만
해도 이곳과 던전 입구 사이에는 콰르가 별로 나타나지 않았
거든."

"아! 그랬구나. 우리는 대장의 지시로 뗏목을 만드느라고
정신이 없었어."

"잘한 거야. 땅이 갑자기 늪으로 변하는 바람에 물에 빠져
서 허우적거리다가 블러드히루도에 피를 빨리거나 플고렌스
에 잡아먹힌 사람들도 꽤 되거든. 여기에 있는 이들은 운이
좋았지."

"그럼 탈출할 생각은 안 해 본 거야?"

"당연히 해 봤지. 정기적으로 탐사대가 들어오니까. 그런
데 콰르들이 그것을 어떻게 알았는지 그때가 되면 사방에서
모여들더라고. 도저히 그 땅까지 갈 방법이 없었어."

그렇다면 가온 일행이 상대한 콰르들이 우연히 몰려온 것이 아니었다. 이때가 되면 인간들이 던전에 들어온다는 사실을 알고 있었던 것이다.

'변종이라서 그런가?'

생각보다 콰르라는 수생 마수가 영악한 것 같았다.

그렇게 마론과 그의 친구인 게른의 대화를 듣는 사이에 생존자들의 거주지에 도착했다.

⌁⌁⌁

생존자들의 보금자리는 섬 중앙 쪽에 있었다.

꽤 큰 암석들로 주위를 두른 원형의 제법 큰 공간으로 이름은 알 수 없지만, 가지와 잎이 엄청나게 무성한 데 반해서 나무줄기는 그다지 굵지 않은 나무 이십여 그루가 숲을 이루고 있었다.

숲을 제외하고는 이슬을 피할 집과 같은 구조물은 보이지 않았고 바닥에는 해진 가죽들이 있는 것으로 봐서는 노숙처럼 생활을 하고 있는 것으로 보였다.

"누추하지만 이쪽으로 앉으세요."

헤테가 안내한 곳은 공터 안에서도 제일 높은 나무 아래쪽 공간으로 앉기에 적당한 돌들이 일정한 거리를 두고 놓여 있어서 사람들이 회의를 할 때 모이는 것으로 보였다.

헤테와 아까 나섰던 론데 등 열 사람이 가온 일행과 중앙에 함께 앉았고 나머지 사람들은 약간 거리를 두고 앉거나 섰다.

"정식으로 소개부터 할게요."

헤테는 생존자들의 리더로 보이는 이들을 가온에게 소개했는데 세이런의 중요 인사이거나 용병단 혹은 모험가 그룹의 장이었다.

"온 대장님도 던전을 클리어하기 위해서 들어오신 거죠?"

"그렇습니다."

"여기까지 오는 동안 그 인원으로 콰르들을 사냥하신 것만 봐도 실력은 충분히 알 수 있는데 던전을 클리어하는 것은 무리예요."

"많이 위험합니까?"

굳이 왜 무리인지는 묻지 않았다.

"아주 많이요. 길게는 1년 반 전에서 6개월 전까지 이 던전에 들어온 우리는 생존에 급급했을 뿐 던전을 다 살펴보지도 못했어요."

그렇게 말하는 헤테나 수뇌부의 얼굴은 딱딱하게 굳어 있었고 아주 침통했다.

"사실 이 던전의 진정한 주인은 블러드히루도라는 변종 거머리예요. 콰르나 플고렌스는 그놈에 비하면 아무것도 아니에요."

"그럼 블러드히루도가 두 마수보다 더 강력하다는 겁니까?"

안 그래도 블러드히루도에 대한 말을 듣고 곤혹스러웠는데 과연 골치가 아팠다.

"네. 저희도 던전에 들어오기 전까지는 몰랐던 사실이에요. 콰르야 워낙 동체가 거대하니 보고 피할 여유가 있고, 플고렌스는 놈들을 자극하지 않으면 공격을 하지 않지만, 블러드히루도는 달라요. 아무런 기척도 없이 접근해서 피를 모두 빨아 먹고 나서야 떨어지거든요. 흡혈을 하는 시간도 불과 한 호흡밖에 안 걸리고요."

굳이 묻지 않아도 놈에게 당한 희생자가 가장 많다는 사실은 충분히 짐작할 수 있었다.

"개체수가 많습니까?"

"상당히 많은 것으로 추정하고 있어요. 특히 이 섬 주위에는 더욱 많고요."

"그런데 어떻게 물고기를 잡았습니까?"

"던전이 열리는 징후로 인해서 입구 쪽에 땅이 솟아나면 물에 떠다니는 블러드히루도들은 멀리 밀려가서 일주일에서 열흘 정도는 섬 근처에서 찾아보기 힘들거든요. 그때 콰르가 접근하는 것을 주의하면서 섬 근처의 큰 물고기들을 작살을 던져서 잡았어요. 그렇게 사냥하기까지 꽤 많은 사람들이 놈들에게 당했어요."

"그렇군요. 그럼 혹시 저 안쪽의 큰 섬까지 간 사람들은 없습니까?"

이 섬보다 훨씬 더 커 보이는 섬 몇 개가 안쪽에 더 있었다. 만약 보스가 있다면 그곳 근처에 있지 않을까 싶었다.

"당연히 있지요. 나무의 가지로 골격을 만들고, 가지고 들어온 가죽으로 겉을 둘러서 만든 카누와 같은 배를 타고 탐사를 하겠다고 떠난 이들이 십여 명이 있었지만, 살아 있는지 알 수가 없어요. 일단 떠난 사람들은 다시 돌아오지 않았거든요."

그렇다면 더욱 보스가 있을 가능성이 높았는데 모두들 아는 사람들을 그곳으로 보냈는지 분위기는 더욱 침통했다.

"그런데 밖의 상황에 대해서 좀 자세히 알고 싶은데 얘기를 해 주실 수 있나요?"

헤테의 질문에 장중의 분위기가 확 달라졌다. 세이런 출신들이 꽤 있는 만큼 다들 침통한 분위기에서 벗어나 눈을 반짝이고 있었다.

가온이 마론에게 눈짓을 하자 그가 대신 설명을 했다.

얘기를 들은 사람들은 한숨을 쉬었다. 그러지 않을까 걱정을 했지만 그들의 예상보다 상황이 더욱 안 좋은 것이다.

그래도 아직은 이틀에 한 번이라도 배급이 된다는 것에 위안을 삼았고, 콰르나 플고렌스가 어쩌지 못하는 대형선들을 건조하고 있다는 얘기에는 크게 안도했다.

그렇게 마론의 얘기가 끝나자 헤테가 조심스럽게 입을 열었다.

"혹시 가지고 들어온 음식이 있나요?"

이들이 외부 음식을 먹을 수 있는 건 탐사대가 들어왔을 때가 유일하니 기대할 수밖에 없었다.

가온이 가진 것은 모두 기부를 했지만 퍼슨이나 다른 대원들이 아공간 주머니에 보관하고 있는 식량은 건드리지 않았다.

가온의 눈짓을 받은 퍼슨이 자신의 아공간 주머니를 적당히 털었다.

"오옷!"

"엄청난 양이야!"

"솥도 있어!"

적당히 꺼냈지만 생존자들의 수를 고려했기에 그 양은 엄청났다. 가온처럼 퍼슨도 언제 무슨 일이 생길지 몰라서 아공간을 먹을 것으로 꽉꽉 채워 두는 것이 습관이 되었다.

덕분에 사람들은 오랜만에 제대로 된 음식으로 포식을 할 수 있게 되었다.

엄청난 양의 곡물과 고기를 본 사람들이 신이 났다. 나름 조리에 자신이 있는 이들은 모두 달려들었고 나머지들도 돕겠다고 손을 보태서 침울했던 분위기는 어느새 활기가 돌았다.

그런 모습을 흐뭇하게 보고 있을 때 헤테가 조심스럽게 그를 불렀다.

"대장님."

"말씀하십시오."

"혹시 아까 그 콰르도 함께 나눠먹을 수 있을까요?"

아까 증거로 보여 주었던 콰르는 다시 아공간에 집어넣었다.

"콰르를요?"

제대로 된 음식이 있는데 왜 변종 마수인 콰르를 먹으려고 하는 걸까?

가온은 아까 콰르 사체를 보고 예사롭지 않았던 사람들의 기이한 시선에 대한 진실을 알 수 있을 거라고 기대했다.

"네. 아실지 모르겠지만 콰르 고기는 맛과 영양이 뛰어날 뿐 아니라 먹으면 적은 양지만 마나가 늘어나고 활력이 생기거든요. 연공을 하면 마나 증진 효과가 더 크고요."

가온의 눈이 커졌다.

콰르 고기에 그런 효과가 있다는 말은 처음 들었다.

헤테는 가온이 그 사실을 모르는 눈치를 보이자 혀로 마른 입술을 적시더니 다시 말을 이었다.

"간간이 콰르를 잡을 기회가 있었어요. 놈들은 동족끼리도 피 터지게 싸우기 때문에 어떤 때는 다 죽어 가는 놈들이 섬 근처로 떠밀려올 때도 있거든요. 처음에는 질색을 했지만 먹을 것이 부족해서 어쩔 수 없이 먹게 되었어요. 처음에는 독이 있을까 봐 잔뜩 긴장을 했는데 보기보다 맛도 있었거니와 그런 효과가 있더라고요."

원래 마수나 몬스터는 인간에게 해로운 독을 품고 있어서 식용이 불가능하다는 것이 상식이다.

하지만 콰르의 경우 아무래도 변종이다 보니 그런 제약에서 벗어난 것 같았다.

"무엇보다 영약과 달리 내성이 거의 없더라고요. 물론 자주 먹어 본 것이 아니라서 그 부분은 좀 더 확인을 해야 하겠지만 말이죠."

가온은 이제야 콰르 사체를 보고 환호하던 사람들의 반응을 이해할 수 있었다. 생존자 대부분은 마나를 사용할 수 있었다.

"그렇다면 당연히 나눠 먹어야지요."

사실 콰르 사체 서른 마리를 갓상점에 처분하지 않고 남긴 것은 별달리 의도한 것이 아니라 일종의 습관이다. 예지몽 속에서 플레이를 할 때는 뭐든 부족했고 남들은 쳐다보지 않는 잡동사니라도 챙겨야만 했었다.

그런 습관은 현실에서는 별반 소용이 없었지만 어나더 문두스에서는 그 빛을 발휘한 것이다.

'천연 영약이 쏟아지는구나.'

마나를 증진시키기 위해서 아공간에 있던 물건들을 대거

정리해서 흡정 장갑까지 샀는데, 골드비 허니에 카농 열매 그리고 콰르 고기까지 더해지니 이제는 정말 발전할 일만 남았다.

"그런데 어떻게 먹었습니까?"

"아까도 말씀을 드렸지만 이곳은 불을 피울 땔감이 부족해서 주로 적당히 말려서 먹었어요."

가온은 그 대답에서 생존자들이 얼마나 열악한 환경에서 생활해 왔는지를 대강 알 수 있었다.

말린 고기는 먹어 보지 못했지만 그래도 조리해서 먹는 것과는 비교할 수 없을 것 같아서 물어본 것이다.

"그런데 땔감이 부족하다고요?"

헤테의 바로 뒤쪽에 서 있는 나무를 보며 물었다. 한눈에도 가지나 잎이 엄청나게 무성했기 때문이다.

"이 나무는 우리가 철심목이라고 부르는데 겉보기와 달리 굉장히 단단해요. 가지조차 가볍지만 굉장히 단단해요. 검기 정도가 아니면 자를 수 없을 정도로요. 거기에 불도 잘 안 붙고요."

그래서 나뭇가지를 카누의 재료로 사용했던 모양이다.

"어쨌든 콰르 고기를 한번 먹어 보니 생각과 달리 식감도 괜찮은 편이고 아무런 해도 없더군요. 무엇보다 간이 적당해서 다들 한 조각이라도 더 먹으려고 했어요. 희한하게 염분을 가지고 있더라고요."

사실 생존자들이 잘 먹지 못해서 마르긴 했지만 혈색은 그리 나쁘지 않았다. 만약 염분을 전혀 섭취하지 못했다면 나트륨 부족으로 두통, 피로감, 식욕 저하 등이 일어나고 더 심할 경우 사망에 이를 수도 있다.

　나트륨은 신경전달에 중요한 역할을 하기 때문에 염분이 부족하면 근육이 수축하고 몸을 제대로 제어할 수가 없게 된다.

　"이곳에 들어온 사람들도 소금은 필수적으로 챙겨 오지만 그 양은 그리 많지 않거든요. 이런 상황에서 마나도 증진시켜 주는 데다 따로 소금을 먹지 않아도 되니 우리에게는 참으로 다행한 일이죠."

　헤테 역시 염분의 중요성을 익히 알고 있었다.

　"참, 물어볼 게 있습니다."

　가온은 생존자들을 만났을 때부터 확인하고 싶은 것이 있었다.

　"뭐든지 물어보세요."

　"혹시 생존자 중에 라우트라는 분이 있습니까?"

　"라우트요?"

　들어 보지 못한 이름일까?

　가온은 순간 불길한 마음이 들었다.

　"아는 분인가요?"

　"직접 아는 건 아니고 밖에서 작은 인연을 맺은 자매의 아버지입니다."

"잠깐만요."

잠시 자리를 떠났다고 다시 돌아온 헤테의 얼굴은 무거웠다.

"외부에서 들어온 용병인데 안타깝게 죽었다고 해요."

가온은 그릴 자매를 떠올리며 마음이 아팠다. 그녀들은 아빠가 살아서 돌아오면 모든 것이 예전처럼 돌아갈 거라고 기대하면서 가장의 귀환을 기다리고 있을 텐데, 이 소식을 어떻게 전할지 막막했다.

하지만 계속 그 생각을 할 수만은 없었다. 어쨌거나 라우트와 같은 희생자가 더 이상 나오기 전에 던전을 클리어해야만 했다.

그런 가온의 표정 변화를 유심히 지켜보던 헤테가 입을 열었다.

"온 클랜은 더 안쪽을 탐사하실 생각이시죠?"

"당연히 그렇습니다."

"으음."

헤테는 사실 다음에 던전이 열릴 때 뗏목을 이용해서 자신들이 던전을 나갈 수 있도록 도와 달라는 말을 하려고 했었다.

뗏목이 하나뿐이라서 다 탈출할 수 없을지는 모르지만 충분히 가능하고 생각대로라면 쉬운 일이었다.

하지만 콰르 정도는 어렵지 않게 사냥할 능력을 가져서 그런지 담담한 얼굴이지만 강한 자신감이 느껴지는 가온을 보자 그 말이 나오질 않았다.

짧은 순간 깊이 번민했던 헤테는 그런 마음을 접고 말았다.

'내가 많이 지쳤나 보네.'

오크라강을 엉망으로 만든 콰르의 본거지를 어떻게든 처리하겠다고 던전에 들어와 놓고 지금은 한시라도 빨리 던전을 나가고 싶은 생각밖에 하지 않는 나약해진 자신을 자책했다.

"저희도 도울게요."

"그 말을 기다렸습니다."

이 던전의 보스가 어떤 존재인지도 모르는 상황이니 손은 하나라도 더 있는 편이 좋았다. 그리고 다들 나름 실력에 자신이 있는 이들이 아닌가.

"그런데 모두를 태우기에는 뗏목이 너무 작을 것 같네요."

"철심목들을 잘라 뗏목을 만들어야지요."

"그건 힘들어요. 아까도 말씀을 드렸지만 철심목은 가볍기는 하지만 강도가 거의 강철에 비견될 정도로 단단해서 줄기의 경우에는 검기를 사용해도 쉽게 자를 수가 없거든요."

이들 역시 철심목을 베어 뗏목을 만들려는 시도를 해 봤는데 실패한 모양이다.

"일단 식사를 한 후 시도해 보고 힘들 경우 대안을 생각해 보도록 하지요."

해 보지도 않고 포기할 수는 없었다.

⚜

오랜만에 다들 포식을 했다. 그만큼 퍼슨이 식량을 충분히 꺼냈고 한동안 먹지 못했던 향신료까지 곁들여졌으니 그럴 수밖에 없었다.

가온은 생존자들을 위해서 식량을 충분히 제공하기로 했다.

이 던전에서 오래 있을 생각은 없었다. 나름 자신도 있었다.

식사 후 모두들 포만감을 즐기며 쉴 때 온 클랜은 따로 자리를 가졌다.

"스크롤 재고는 얼마나 되지?"

스크롤을 보관하고 있는 헤븐힐에게 물었다.

"뇌전 계열이 11개, 빙한 계열이 12개, 대지 계열과 바람 계열, 화염 계열이 30개씩이에요."

다섯 종류를 30개씩 구입했는데 뇌전 계열과 빙한 계열의 스크롤을 많이 사용한 것이다.

"아껴 쓰도록 하고. 세르나, 물어볼 것이 있습니다."

"네. 말씀하세요."

"정령술로 콰르의 동작이 느려질 정도로 순식간에 얼리는 게 가능합니까?"

"차가운 바람을 불게 하는 건 가능하지만 얼릴 수 있을 정도는 아니에요."

그게 사실이라면 정령으로는 콰르를 상대하기가 곤란했다.

"혹시 정령들을 동시에 움직이게 해 본 적이 있습니까? 예를 들어 물의 정령이 만들어 낸 물 덩어리를 작게 압축을 한다든지 아니면 불의 정령으로 하여금 뜨겁게 만든다든지 하는 거 말입니다. 샤나와 라쟈는 몰라도 세르나와 달쿤은 가능할 것 같은데요."

사실 이렇게 말하는 것은 정령사 대원들이 정령술을 너무 정석적으로 사용하는 것이 아닌가 하는 아쉬움 때문이다.

"……그게 가능한가요? 아니. 가능할 거 같은데 불의 정령과는 계약을 하지 않아서 한 번도 시도해 보지 않았어요."

"굉장히 파격적인 발상입니다. 가능 여부를 떠나서 대체 어떻게 그런 생각을 할 수가 있는 겁니까?"

세르나나 달쿤은 이런 식으로 정령을 활용해 보지 못한 모양인데 대답을 한 직후 세르나는 뭔가 큰 충격을 받은 얼굴이 되었다.

얼마 후에 그녀는 여전히 멍한 얼굴로 정령들을 불러내더니 커다란 물 덩어리를 주먹 크기로 압축시킨 후 바람의 정령에게 부탁해서 40보 거리에 있는 나무를 향해 던지게 했다.

쌔액! 퍽!

바람의 중상급 정령이 던진 물 덩어리는 검기로도 쉽게 벨 수 없다던 나무의 주먹 크기의 흔적이 선명하게 만들어졌다. 검기가 아니면 자를 수 없다는 나무의 강도를 생각하면 그 위력을 충분히 짐작할 수 있었다.

"이런 게 가능하다고? 하아! 대체 우리 일족은 이제까지 정령들을 어떻게 활용해 온 거지?"

혼잣말을 하는 세르나를 가만히 지켜보던 샤나가 물과 바람의 하급 정령들을 불러내더니, 같은 방식으로 물 덩어리를 압축해서 던지도록 부탁을 했다.

슈욱! 팍!

아까 세르나의 정령들이 한 것보다는 위력이 약했지만 나무에는 선명하게 타격의 흔적이 남아 있었다.

"된다! 이렇게 응용을 하면 되는 거였어!"

온 클랜에 합류했지만 하급 정령이기 때문에 전투에는 거의 도움이 되지 않는다고 생각하고 스톤과 함께 궁사로 원거리 전투조 포지션을 맡았던 샤나의 얼굴이 환해졌다.

"라쟈야!"

"왜?"

달쿤이 라쟈를 불렀다.

"아무래도 우리도 다른 정령과 추가로 더 계약을 해야 할 것 같구나."

"어떤 정령?"

"우리 일족은 전통적으로 대지의 정령과 불의 정령과 계약을 할 수 있잖아. 우리는 귀찮아서 대지의 정령과만 계약을 했고."

"그런데?"

"대지의 정령과 불의 정령을 동시에 불러내어 새로운 조합의 정령술을 펼치게 하면 무기를 빛나게 하는 것보다 더 사냥을 잘할 수 있을 것 같아."

"그러니까 어떻게?"

"그거야…… 대장님!"

달쿤은 아무리 궁리를 해 봐도 막상 떠오르는 것이 없자 가온을 불렀다.

"불의 정령으로 하여금 일정 지역의 땅을 끓어오르게 하면 어떨까? 발이 뜨거워지면 상대는 크게 당황할 테고. 그때를 노려서 도끼를 던지면 백발백중일 것 같은데. 아니면 바람의 정령과 계약을 해서 열기를 목표 주위로 불게 한다든지 불덩어리를 만들어서 바람의 정령으로 하여금 던지게 하든지."

"오옷! 던전을 나가면 당장 바람과 불의 정령과 계약을 해 봐야겠어!"

달쿤도 솔깃한지 라쟈와 비슷한 얼굴이 되어 있었다. 자신들이 검광 실력을 가지고 있었기에 정령의 힘을 등한시했지만, 궁리하기에 따라서 활용도가 높을 것 같은 생각이 든 것이다.

"아무튼 이제부터는 정령들을 적극적으로 활용하도록 해요. 특히 물의 정령과 바람의 정령을 불러내 뗏목을 밀게 하거나 아까처럼 콰르의 요동으로 인해 흔들리는 것을 막는 것은 반드시 필요합니다. 다른 대원들이 보다 안정된 자세로 싸울 수 있으니까요."

"알겠어요, 대장님!"

"저도 잘해 볼게요!"

이제까지 정령을 별로 활용하지 않았던 정령사 대원들에게 할 일을 주자 당장 그들의 사기가 올라갔다.

나머지 대원들은 이제까지 했던 대로 싸우기만 하면 된다. 무기는 아공간에 차고 넘칠 정도이니 걱정할 필요도 없었다.

어쨌거나 대원들의 실력 상승을 위해서 할 일이 하나 있었다.

"헤테의 말에 따르면 콰르 고기를 먹으면 마나가 증진된다고 합니다. 영약에 비할 바는 아니지만 내성 없이 마나가 늘어난다고 하더군요."

"그게 정말입니까?"

대원들이 깜짝 놀랐다.

"대박!"

가온에게 선물 받은 천연 영약의 효과를 톡톡히 봤던 대원들은 또 다른 영약의 출현에 놀라는 한편 뛸 듯이 기뻐했다. 그것도 자신들은 가온 덕분에 쉽게 구할 수 있는 영약이다.

"그러니 샐리가 콰르 요리를 한번 개발해 보세요."

"네, 대장님."

아직 마나를 운용할 정도는 아니지만 육체적인 힘은 거의 정상이 된 샐리가 주먹을 불끈 쥐며 결연한 얼굴로 대답했다.

그날 저녁.

가온은 간단하게 수련을 마친 후 혼자만의 시간을 가졌다.

'정말 블러드히루도건 콰르나 플고렌스든 보스를 사냥하려면 이 인원으로는 부족해.'

그건 감이었다. 콰르의 추정 레벨은 대략 150 정도이니 보스면 최소한 200은 될 것이다.

얘기를 들어 보니 생존자들은 보스를 상대할 때 큰 도움이 될 것 같지가 않았다.

그럼 이미 콰르를 사냥한 경험이 있는 온 클랜원들이 가장 전력이라고 할 수 있는데, 그래도 보스를 상대로는 놈의 시선을 끌어 주거나 공격을 한두 차례 막아 주는 정도밖에 도움이 안 된다.

그렇다면 보스를 효과적으로 공략할 다른 수단이 있어야
만 했다.

'내가 가진 건?'

일단 파르를 생각했다. 마나를 50% 증폭시켜 주기 때문에
보유하고 있는 아이템 중에서 필수적이지만, 보스의 예상 공
격력을 생각하면 지금처럼 호신갑으로 사용하는 편이 나
았다.

다음은 생물전용 아공간에 보관하고 있는 골드비다.

'아니야.'

다른 마수나 몬스터라면 몰라도 일단 수생 마수하고는 상
성이 맞지 않는다.

마지막은 정령들인데 문제가 있었다. 정령들의 능력은 아
직 제대로 알지도 못하고 있었다.

결국 자신이 가진 아이템 중에서 가장 위력적인 것은 뇌전
구다.

'남은 포인트로 뇌전구를 잔뜩 살까?'

그 생각을 떠올리는 순간 가온은 고개를 저었다. 레벨 200
정도인 마수라면 뇌전에 대한 저항력은 갖추고 있을 것이다.
놈이 콰르건 플고렌스건 말이다.

'남은 게 없네.'

아무래도 이제까지 콰르를 상대했던 것처럼 다른 이들이
보스와 싸울 때 투명날개를 이용해서 투창이나 뇌전구로 공

격을 하는 방법밖에 없을 것 같았다.

그렇게 결론을 내리려던 가온의 머리에 스쳐 지나가는 아이템이 하나 있었다.

'아! 독 제조기!'

아직 한 번도 사용해 보지 않았다.

서둘러 아공간에서 독 제조기를 꺼낸 가온은 짧게 고심을 하고는 녹스를 소환했다.

-왜 불렀어?

'녹스. 네 능력 중 하나가 독이잖아.'

-그런데?

'넌 독을 어떤 방식으로 쓰니?'

-대상의 몸 안으로 들어가서 심장이나 뇌에 직접 작용시켜.

녹스의 대답을 들은 가온은 내심 환호했다. 독은 쓰는 방식, 흔히 하독을 하는 것이 가장 위험했다. 조금이라도 실수를 하면 자신이나 동료가 중독될 수 있었다.

그런데 녹스의 방식이라면 그런 문제는 전혀 걱정할 필요가 없었다.

'그럼 혹시 네가 쓸 수 있는 가장 강력한 독의 위력이 어떻게 되니?'

-음. 기준이 뭔데?

맞다. 너무 멍청하게 물었다.

'어느 등급의 마수를 중독 시킬 수 있느냐고 묻는 거야. 예를 들어서 오크나 트롤과 같은 몬스터를 기준으로.'

─오크 정도라면 즉사시킬 수 있고 트롤은 전력의 절반 정도는 낮출 수 있어, 재생력을 포함해서.

기대를 가지고 물었던 가온은 약간 실망했다. 한 번도 활용해 보지 않았던 녹스의 독 능력은 생각 이상으로 뛰어났지만, 자신이 상대할 이 던전의 보스에게는 안 통할 가능성이 높은 것이다.

'혹시 콰르라면 어때?'

─몸이 거대하면 그만큼 독이 늦게 퍼져. 거기에 콰르는 파충류에 속하기 때문에 혈류의 흐름이 느려서 더욱 독이 잘 안 통해.

그 대답에 실망을 한 가온이 녹스를 막 돌려보내려다가 갑자기 떠오른 생각이 있었다.

'녹스야, 혹시 독의 위력을 알 수도 있어?'

─당연하지. 독의 종류나 위력 정도는 맛보기만 해도 알 수 있다고.

'그럼 독을 주면 네가 사용할 수도 있는 거지?'

─물론이지. 독을 흡수하면 내 능력이 올라가는 걸.

그렇게 되면 굳이 독 제조기가 필요 없다.

가온은 바로 가지고 있는 모든 독을 꺼냈다.

이제까지 경유했던 장소들마다 구입한 독은 생각보다 많

았다. 예지몽 속에서 독의 효용성을 톡톡히 실감한 후 사들인 결과였다.

─와아! 독이다!

녹스가 좀 깨는 환호성을 질렀다.

─내가 다 먹어도 돼?

'응. 그런데 이걸 다 흡수, 아니, 먹으면 독의 위력이 강해지는 건 확실해?'

─당연하지. 이 정도 종류와 양이라면 콰르 정도는 쉽게 사냥할 수 있을 거야. 그 정도 크기면 심장도 무척 크기 때문에 즉사시킬 수는 없지만, 신경 작용을 망가뜨리거나 몸이 굳게 만들 수는 있거든.

'좋아. 당장 먹어.'

─고마워, 온.

계약을 한 후 거의 처음으로 밝은 미소를 지은 녹스가 독병들을 모조리 자신의 드레스 치마로 감쌌다. 그리고 얼마 후 빈 병들만 바닥으로 떨어졌다.

곧 그녀의 하얀 얼굴이 검게 물드나 싶더니 마치 마약이라도 먹은 것처럼 황홀한 표정을 지었다.

그래서 긴장한 상태로 지켜봤더니 다행하게도 얼마 후 원래의 그 뽀얀 얼굴로 돌아왔는데, 드레스의 검은색이 더 짙어진 것 같았다.

그 후 가온은 녹스의 변화를 눈으로 확인할 수가 있었다.

예지몽으로
히든랭커

'몸도 커졌고 날개가 늘었네?'

주먹 크기였던 몸이 팔뚝 크기로 커졌으며, 한 쌍이었던 날개가 두 쌍이 된 것이다.

가온은 녹스가 큰 폭의 성장, 즉 진화를 했다는 사실을 알 수 있었다.

─안 그래도 콰르의 독연을 모두 흡수한 덕분에 성장할 수 있는 기틀을 마련했는데, 온이 다양한 독을 선물해 준 덕분에 성장을 했어. 이젠 온에게 더 많은 일을 해 줄 수가 있게 되었다고.

녹스는 어지간히 기분이 좋았는지 가온의 얼굴 주위를 몇 번이나 날아다니더니 나중에는 뺨에 뽀뽀까지 해 주었다.

'녹스, 구체적으로 바뀐 네 능력을 얘기해 주어야지.'

─일단 날 소환하고 내가 끌어다 쓰는 정령력이 10분의 1로 감소할 거야.

"오오!"

카오스에게 들은 동화의 효과를 진화를 통해 발휘할 수 있게 된 것이다.

─그리고 내가 다룰 수 있는 독의 종류나 독성이 높아졌어. 독과 관련된 능력이 열 배로 상승했다고 보면 될 거야. 거기에 치료 능력도 생겼고 작지만 내 아공간도 생겼어. 은신의 경우 이전에는 가온 한 사람만 은신을 시켜 줄 수 있었지만 지금은 열 명까지 가능해.

아공간도 50레벨마다 열 배씩 상승하는데 자신의 정령도 성장할 때마다 열 배씩 능력이 높아지는 것 같았다.

─온 옆에 더 있고 싶지만 돌아가서 능력을 가다듬어야만 해. 금방 돌아올게. 보고 싶어도 참아.

녹스는 가온의 뺨에 붙어서 몸을 비비고 소리 나게 뽀뽀를 해 주고는 돌아갔다.

'표현력까지 상승했어. 마치 갑자기 지능이 높아진 것처럼. 자연 정령들은 이런 방식으로 성장을 하는구나.'

자신의 정령력만 늘리려고 했지 정령 자체의 성장은 생각하지 못했다. 정령의 능력이 올라가면 결국 자신의 능력이 높아지는 것인데 말이다.

그런데 녹스가 진화를 하자 다른 두 정령이 걸렸다.

보스를 찾아서

'그럼 마누와 카오스는 어떻게 성장시키지?'

생각난 김에 마누를 소환해서 그 부분을 물어봤다.

ㅡ저는 뇌전을 흡수하면 성장해요.

'내가 뇌전에 노출되면 된다는 거야?'

ㅡ맞아요. 그럴 경우 제가 뇌전을 흡수할 수 있어요.

'알았어. 그런 상황을 한번 만들어 볼게.'

하지만 일부러 벼락에 맞는 건 그리 쉬운 일이 아니다.

'아! 그런데 뇌전이 아니라 전기는 어때? 내가 감전이 될 경우를 말하는 거야?'

ㅡ그런 경우도 괜찮아요. 제가 전류를 흡수할 수 있거든요.

'오케이! 그건 빠른 시간 내에 가능할 거야.'

마누를 돌려보낸 뒤 생각을 해 보니 그동안은 뗏목 덕분에 주로 늪 바닥에서 서식하는 플고렌스를 사냥하지 않았는데 이젠 좀 달리해야 할 것 같았다.

　'플고렌스는 먹이를 사냥할 때나 제 몸을 건드리는 순간 방전을 한다고 했지. 보통 사람은 즉사할 정도로 강력한 전류를 말이야.'

　그런 거라면 큰 문제가 없었다.

　마누를 성장시킬 방법을 찾은 가온은 마지막으로 카오스를 소환해서 같은 질문을 했다.

　-나는 소환된 동안 자연계의 모든 기운을 흡수할 수 있어. 내가 자연계의 모든 속성을 다루기 때문에 비약적인 성장은 크게 기대하지 않는 것이 좋을 거야. 겨우 수십만 년 전에 태어난 마누나 수백만 년 전에 태어난 녹스에 비할 수 없이 오래전에 태어난 내가 걔들과 같은 외형을 하고 있을 정도니까.

　카오스는 성장은 기대하지 않는 듯 덤덤한 얼굴로 대답했다.

　가온은 그런 덤덤한 얼굴이나 기대라는 것을 포기한 태도가 왠지 보기 싫었다.

　'그래도 내가 도움이 될 수 있는 방법이 있을 거 아니야?'

　-정 그렇다면 원소석을 구해 줘.

　'원소석? 정령석이 아니라?'

원소석은 처음 듣는다.

－응. 정령석과 비슷하기는 한데 보다 많은 자연 에너지가 혼합되어 있어. 주로 한 가지 속성이 두드러져서 달리는 속성석이라고도 불러.

속성석이라면 들어 본 적이 있었다. 불, 물, 바람, 대지 등의 속성을 많이 함유한 일종의 보석으로 마법사들이 화계, 수계 등 속성 마법을 보다 빨리 익히기 위해서 많이 사용한다.

'그거라면 구해 줄게.'

속성석은 마정석보다 훨씬 더 비싸다. 자연계, 특히 외진 장소에서나 아주 희귀하게 발견되기 때문이다.

그래도 못 구할 정도는 아니다.

－정말?

'그럼. 카오스가 성장하면 나도 좋으니까. 열심히 구해 볼게.'

－호호호. 처음 봤을 때부터 마음에 들더니 역시. 기대할게.

쪼옥!

녹스는 뺨에도 뽀뽀를 하더니 카오스는 아예 입술에 키스를 하고는 인형처럼 작은 외형과 어울리지 않는 고혹적인 미소를 지어 보이고 돌아갔다.

순간 가온은 몸이 뜨거워지는 것을 느끼고 부끄러웠다.

'이렇게 흥분을 하다니. 내가 너무 오래 연애를 안 했나?'

상대는 정령인데도 이상하게 입술에 남은 여운이 굉장히 오래갔다.

그때 좋은 생각이 났다.

'갓상점에 있겠지?'

갓상점은 마정석을 구입도 하지만 판매도 한다. 당연히 원소석도 있을 것이다.

가온은 바로 갓상점을 열었다.

'있다!'

속성석의 가격은 하급이 2포인트였고 중급은 20, 상급은 무려 200포인트였다.

'후와!'

1명예 포인트가 대략 45골드 정도라는 점과 중급 마정석이 50골드 내외라는 점을 고려하면 실로 엄청난 가격이었다.

가온은 그래도 구입하기로 했다. 일단 강해지고 봐야 했고 정령이 성장하면 자신 역시 성장하는 것과 같다.

속성석은 품고 있는 원소에 따라서 종류가 나뉘었는데 다행히 독 속성석이 있었다. 카오스의 경우 무속성을 골랐다.

마누는 아쉽겠지만 뇌전 속성석은 없었다.

이미 녹스는 1차 성장을 했으니 중급으로 10개를 구입했고 카오스는 30개를 구입해서 둘에게 건네주었다.

—이렇게 농밀한 독을 품고 있는 속성석이라니!

－고마워, 온! 이거라면 나도 충분히 성장할 수 있을 거야.

녹스와 카오스의 격렬한 반응을 보니 무려 800명예 포인트를 지출했음에도 마음이 뿌듯했다.

더욱 고무적인 사실은 서른 개의 원소석으로부터 속성력을 흡수한 카오스가 녹스에 이어 진화를 이뤄 냈다는 사실이다.

가온은 한차례 더 진화가 가능하다면 상급 원소석을 구입해 줄 의향이 있었지만, 아쉽게도 그건 별 소용이 없다고 했다.

카오스의 경우 비록 성장은 더디지만 그만큼 오래 살아오면서 진화의 토대를 거의 쌓은 상태였기에 원소석이 도움이 된 것이라고 했다.

다른 이들은 쉬고 있을 때 가온은 슬며시 외출을 했다. 비행 정찰을 하고 오겠다고 말했더니 아무도 따라나서거나 만류하지 않았다.

투명 날개를 이용해서 섬에서 까만 점으로 보일 정도로 멀리 떨어진 곳에 도착한 가온은 늪으로 착륙했다.

'이런!'

공중에서 봤을 때는 얕은 곳이라고 생각했는데 막상 들어와 보니 물이 가슴 높이까지 찼다.

바닥은 발목이 빠질 정도의 진창이어서 기분이 영 그랬지만 특수 방어구라서 물이 새어 들어오지는 않았다.

가온은 먼저 마누를 소환했다.

—왜 부르셨어요, 온?

그렇게 묻는 마누의 의념에는 약간의 이질감이 느껴졌다. 토라진 것 같기도 하고 삐진 것 같기도 했다.

'이제부터 네가 좋아하는 전류를 방출하는 놈을 찾을 거야. 놈이 날 감전시키면 어떻게 해야 할지 알겠지?'

—호호호. 역시 저도 챙겨 주는군요. 안 그래도 왜 나면 속성석을 안 줄까 생각하면서 속상했었어요!

다른 두 정령과 함께 지내고 있는 걸까? 어디에서?

그동안은 아무 생각도 없었는데 갑자기 그런 의문이 들었다.

'너희들은 어디에서 지내는 거야?'

—원래 온의 영혼 파동에 녹아들듯 지내는데 지금은 다른 곳에서 지내요. 멋진 곳이 있잖아요.

'멋진 곳?'

—생명의 아공간 말이에요.

아! 정령들이 그곳에서 지내겠다고 했었는데 잊어버렸다.

앙헬로 하여금 생명의 아공간에서 지내면서 포션 조제기를 작동시키라고 지시까지 내렸으면서 그걸 까먹고 있었다니 한심했다.

'거긴 어때?'

–아주 좋아요. 카오스 언니와 녹스 언니도 좋아해요.

별것 없는 곳인데 정령들이 좋다니 다행이다.

그나저나 정령들끼리도 서열이 있나 본데, 정령계의 정령이 아니라서 그런지 언니라고 부르는 것이 무척 신기하게 느껴졌다.

'아무튼 이제 시작해 보자.'

–얍!

대답을 누구에게 배운 건지 무슨 구호 같았지만 주먹 크기의 정령이 주먹을 들고 그러니 무척이나 앙증맞았다.

가온은 무작정 플고렌스를 찾아다닐 수 없기에 파르를 창으로 변환시켰다. 그리고 자신이 서 있는 곳을 중심으로 원을 그리며 휘둘렀다.

파르가 그리는 원은 점점 더 커졌다. 가온이 파르의 길이를 늘려 가면서 빙빙 돌렸다.

그리고 마침내 창대에 뭔가 걸리는 감각이 느껴진 순간 파르를 통해서 엄청난 양의 전류가 전해졌다.

'파르, 그대로 전해!'

가온은 파르가 전류를 차단하려는 움직임을 보이자 서둘러 의지를 전했다.

그러자 파르를 타고 전해지는 전류가 그의 몸을 순식간에 뒤덮었다.

하지만 가온은 감전의 그 어떤 감각도 느끼지 못했다. 마누가 그 엄청난 전류를 흡수하고 있었던 것이다.

얼마 후 더 이상 전해지는 전류가 느껴지지 않자 가온은 파르의 촉이 박혀 있는 생물체, 즉 플고렌스로 접근해서 힘을 소진하고 늘어진 놈에 손을 대는 것으로 아공간으로 집어넣었다.

'이게 다 포인트다!'

마누 덕분에 사냥이 너무 쉬웠다. 그래서인지 빠르게 이동하면서 파르를 휘두르는 가온의 움직임이 너무나 가벼워 보였다.

그 후 아주 오랫동안 가온의 플고렌스 사냥은 지속되었다. 그리고 마누 역시 다른 두 정령과 마찬가지로 진화라는 달콤한 과실을 손에 넣을 수 있었다.

당연히 가온도 많은 명예 포인트를 얻을 수 있었기에 사냥은 만족스러웠다.

"늘 그렇게 수련을 하시는 거예요?"

대원들과 새벽 수련을 마치고 섬 가장자리에서 물을 퍼서 샤워를 마치고 방어구를 갖춰 입던 가온은 헤테를 포함한 생존자의 수뇌부의 방문을 받았다.

"습관이 되어서요."

"대단하네요. 그러니 그 나이에 그 실력을 갖추셨겠지요."

"아닙니다. 강해지려고 노력하는 사람이 어디 한둘입니

까?"

"맞는 말씀이기는 하지만 온 대장님의 경지보다 낮은 경지에 도달하고도 만족해서 노력하지 않는 이들이 훨씬 더 많아요."

"뭐, 그렇다고 치지요."

언니인 노라와 달리 헤테는 은근히 사람을 민망하게 하는 부분이 있었다.

"그런데 정말 철심목을 베실 수 있겠어요?"

오늘 뗏목을 만들기로 했는데 헤테를 포함한 생존자들은 아무래도 철심목이라고 부르는 이 섬의 단단한 나무를 벨 수 있을지 의심스러운 모양이다.

"그거야 해 봐야 아는 거지만 검기로 벨 수 없는 나무는 없을 거라고 생각합니다."

뭐 안 되면 아공간에 있는 재료들을 사용하면 된다. 자신들이 타고 온 뗏목과 비슷한 크기의 뗏목 두세 개를 더 만들 수 있을 정도로 재료는 넉넉하게 챙겼다.

"하긴. 우리와 같은 입문자의 검기와 실력자의 그것은 차이가 크겠지요."

생존자 중 헤테를 포함해서 열 명 정도는 검기에 입문을 했지만 그 정도로는 검기라고 부를 수 있을 정도의 짙은 오러를 생성할 수 없다.

"말이 나온 김에 당장 시도해 보지요."

"안내할게요."

눈에 보이니 안내할 필요는 없지만 구경을 하겠다는 말일 것이다.

안내라는 말이 무색하게 가온이 앞장을 서고 온 클랜원들이 그 뒤를, 그리고 생존자들이 따랐다.

그렇게 도착한 철심목 앞.

가온은 높이가 족히 100미터는 넘을 것 같은 나무 꼭대기를 쳐다보며 참으로 신기하다는 생각을 감출 수 없었다.

여느 나무처럼 무성한 잎이 붙어 있는 가지가 많이 뻗은 상태지만 꼭대기 부분만 그렇고 과일 역시 꼭대기를 제외하고는 붙어 있지 않았다.

무엇보다 이 나무가 신기한 점은 꼭대기 부근을 제외하고는 직경이 50센티미터 정도로 동일하다는 점이다. 마치 통나무를 세워 놓은 것 같았다.

'굵기가 이 정도에 불과한데 그렇게 단단하다고?'

일단 단검 한 자루를 꺼내 검기를 생성했다.

지이잉.

단검이 기분 좋은 검명을 토해 내더니 검신 밖으로 무지개처럼 띠를 이룬 오러가 흘러나왔다.

"검기의 색깔이 참 다채롭네."

"저런 색의 검기는 처음 보는데……."

검기, 즉 오러는 일정한 색을 띠는 것이 보통이다. 보통은 푸른색이지만 보유자가 수련한 마나의 속성에 따라 달라지기도 한다.

그런데 가온의 검기는 한 가지 색깔이 아니라 마치 무지개처럼 여러 색깔이 띠를 이루고 있으니 신기했던 것이다.

가온은 단검으로 나무, 철심목을 찔러 보았다.

쑤욱!

헤테가 얘기한 것처럼 단검의 날이 쉽게 들어가지 않았다.

일단 그것을 확인한 가온은 단검을 다시 빼서 이번에는 나무를 베어 보았다.

'이래서 힘들다고 했던 거구나.'

나무의 조직이 어떻게 구성되었는지는 몰라도 강도가 거의 화강암에 해당하는 것 같았다.

물론 그럼에도 불구하고 검기에는 버티지 못하고 오러가 감싼 날은 나무를 파고들었지만 말이다.

나무의 반발력을 생각하면 검기를 극성으로 생성한 상태로도 여러 번은 가격해야 베일 것 같았다.

'골치 아프네.'

검기 자랑을 할 것도 아닌데 마나를 한계까지 써야 할 것 같았다.

그때였다.

－온, 내가 나무 조직을 약화시킬 수 있을 것 같아. 전부는 아니고 일정 부분만이라면.

카오스였다.

'조직을 약화시킨다고?'

믿기 어려운 얘기였다. 만약 그게 사실이라면 정말 카오스는 거의 만능에 가까운 정령이었다.

─응. 잠깐 살펴보았는데 나무가 뿌리를 통해 물속에 녹아 있는 일정한 성분을 흡수해서 조직을 아주 단단하게 만들었어.

'어떤 성분인데?'

─흙속에 가장 많이 포함되어 있는 성분이야.

그게 대체 뭘까?

이과였다면 혹시 알 수 있을지도 모르지만 문과인 가온은 전혀 알지 못했다.

그때 벼리가 마침 이쪽을 들여다보고 있었는지 오랜만에 의념을 보냈다.

─오빠, 그거라면 규소일 거예요.

'규소라고?'

─네. 흙속에는 규소에 산소가 붙은 규산이 가장 많아서 전체 무게의 절반이나 되거든요. 모래의 95%가 바로 이산화규소예요. 규산이 물에 녹으면 이산화규소가 되는데 그게 나무 조직에 침투하면 나무의 형태 및 구조가 그대로 유지되죠. 간혹 그런 식으로 화석이 되는 나무가 있어 규화석이라고 불러요.

벼리의 설명을 듣자 고등학교 때 어느 수목원에 가서 봤던 규화목을 떠올릴 수 있었다. 마치 바위처럼 단단했던 나무 화석이었다.

-물론 검기로 능히 자를 수는 있지만 시간도 걸릴 테고 많은 마나가 소모될 거예요. 카오스의 도움을 받으세요.

그렇게 조언을 하는 것을 보니 벼리도 카오스의 존재를 아는 모양이다.

'카오스, 벼리의 말을 들었지? 가능해?'

-나는 규산이니 이산화규소니 하는 건 잘 모르겠지만 나무를 단단하게 만든 것이 흙속에 가장 많이 포함되어 있는 성분은 맞아. 그리고 그 성분을 나무 밖으로 배출시킬 수 있어.

'좋아! 그럼 자리를 표시해 줄 테니 당장 해 줄래.'

가온은 아공간에서 도끼 한 자루를 꺼내 마나를 주입하지 않은 상태에서 밑동을 향해 내리쳤다.

쩌엉!

도끼는 작은 흠집만을 남기고 강하게 튀어나왔다. 마치 강철봉을 친 것처럼 말이다.

'검기 실력자도 저 나무를 베는 건 쉽지 않나 보네.'

사람들이 그런 생각을 하고 있을 때 가온은 이번에는 도끼에 더욱 많은 마나를 주입해서 날에 도끼가 커진 것처럼 보일 정도로 유형화된 오러를 생성시켰다. 무협 게임에서는 부기(斧氣)라고 부르는 검기의 일종이었다.

가온이 다시 도끼를 휘둘러 같은 자리를 찍었다.

쩌억!

이번에는 달랐다. 그 단단한 나무의 밑동을 도끼날이 깊숙이 박혔다.

그때부터 가온은 동일한 위치를 도끼로 찍기 시작했다.

"넘어간다!"

"오오!"

"역시!"

검기를 유지한 상태에서 사람들의 탄성을 듣지도 못하고 도끼질에 집중한 가온은 불과 네 번의 도끼질로 거대한 나무를 베어 넘어뜨렸다.

정령력과 마나를 동시에 사용했지만 치환 반지와 골드비 꿀로 충분히 보충할 수 있었다.

그렇게 카오스의 도움으로 철심목 열 그루를 잘라 버린 가온은 새로운 고민에 빠졌다.

분명히 나뭇가지는 가벼웠지만 철심목의 줄기는 같은 크기의 강철보다 훨씬 더 무거웠다. 뗏목의 재료로는 절대로 사용할 수 없었다.

사실 이게 정상이기는 했다.

'규화목과 비슷하다면 무거운 게 당연하지.'

고생은 했지만 이렇게 무거운 나무로 뗏목을 만들 수는 없었다.

물론 뗏목 두어 개는 더 만들 수 있는 나무는 아공간에 있었다. 그렇기에 포기를 해도 상관은 없었다.

"나무를 자르긴 했지만 너무 무거워서 물에 뜰 것 같지가 않네요."

마침 매디가 그 점을 지적했다.

"나뭇가지와는 너무 다르네요. 죄송해요. 저 때문에 괜히 고생만 하셨네요."

철심목이 가벼울 거라고 주장했던 헤테가 민망한 얼굴로 가온에게 사과했다.

"내가 여분의 나무를 더 가지고 왔으니 그걸로 뗏목을 만들도록 하지요."

가온이 아공간 팔찌에 담아 두었던 통나무들과 밧줄 그리고 아교 등을 꺼내자 실망한 기색이었던 생존자들의 얼굴이 환해졌다. 정상적인 나무로 단단하면서도 가벼웠다.

헤테가 주도적으로 나서서 온 클랜원들과 생존자들이 힘을 합쳐서 뗏목을 만들기 시작했다.

있는 대로 힘을 쓴 가온은 잠시 그 모습을 지켜보며 휴식을 취했다.

'헛짓거리를 했네.'

내심 쓴웃음을 지으며 규화목으로 진행 중인 나무를 보던 가온의 머릿속에 벼락이 치듯 한 가지 생각이 떠올랐다.

'거대화를 한다면 적당한 무기가 필요해!'

스킬을 얻은 후 한 번도 사용해 보지는 않았지만 일반적인 무기는 사용할 수 없을 것이다.

그래서 후와 보스는 물론이고 오우거처럼 거대한 몬스터는 딱히 무기가 없었다. 그래서 오우거는 보통 나무를 통째로 뽑아서 쓰는 것이다.

물론 가온이야 파르가 있다. 파르를 거대화된 몸에 맞는 거대한 무기로 변환시키면 되는 것이다.

하지만 파르는 무기보다는 호신갑으로 활용하는 편이 낫다고 생각하기에 다른 무기가 있었으면 하는 생각을 했었는데, 철심목을 보니 무기로 적당하다는 생각이 들었다.

그게 아니더라도 이 정도 강도의 나뭇가지라면 적당히 다듬어도 강철 창과 비슷한 위력적인 무기가 될 수 있었다.

'하지만 창처럼 가공하려면 지금 마나 수준으로는 한세월이 걸릴 거야.'

열 그루도 간신히 잘랐는데 창으로 가공을 하는 건 더욱 어려웠다.

그때 카오스가 의념을 보냈다.

ㅡ내가 이산화규소라는 성분을 어느 정도 추출할 수 있어.

카오스였다.

'가능하겠어?'

ㅡ이젠 감 잡았어. 대신 온이 자를 부분을 정해 줘. 그리고

해당 부위의 성분을 미세한 결정으로 바꾸어 배출할 거니까 코로 들이마시진 마.

'알았어. 부탁할게.'

카오스는 가온이 자를 부분에 선을 그어 표시를 해 주자 바로 그 부위로 스며들어 가더니 얼마 후 다시 나왔는데 자세히 보니 해당 부위에 미세한 가루가 나와 있었다.

'앙헬, 혹시 나중에 쓸 수 있을지 모르니 모아서 빈 포션 병에 채워 줘.'

앙헬을 불러 이산화규소 결정까지 챙긴 가온은 이제는 일반 나무처럼 변한 철심목을 검기를 사용해서 가지를 정리하고 직경 50센티미터에 100미터에 달하는 통나무를 거대한 창처럼 다듬었다.

가온은 거대화한 상태에서 쓸 거대한 창 열 자루를 만든 후 나머지 나뭇가지들로는 보통의 창으로 만들기로 했다. 가볍고 단단해서 투창용으로 사용하면 좋을 것 같았다.

이번에도 역시 카오스의 도움을 받았다.

잘라 낸 나뭇가지들도 적당한 길이로 자르고 끝부분을 날카롭게 다듬어서 창으로 만들었는데 그 숫자가 거의 500자루에 달했다. 그만큼 가지가 무성했다.

가온이 철심목을 일반 나무처럼 다루는 것을 본 생존자들은 혀를 내둘렀다. 그를 돕겠다고 나선 검기 입문자들이나 검광 실력자들은 최선을 다해야 겨우 흠집만 낼 수 있었기 때문이다.

사람들은 가온이 좀 전에는 검기로 간신히 나무를 베어 낸 것 같았는데 지금은 아주 쉽게 가공을 하는 것을 보고 입을 떡 벌렸다.

그렇게 열 개의 거대한 창과 500여 개의 목창을 만든 가온은 비로소 검기를 거두었다.

하지만 힘든 작업을 끝낸 그의 얼굴에는 미미한 미소가 떠올라 있었다.

'작업이 도움이 되네.'

마나를 바닥까지 소모하고 앙헬이 먹여 준 골드비 꿀로 인해 다시 채워지기를 반복하자 마나의 양은 물론 마나 운용 능력이 빠르게 높아지고 있는 것이 느껴졌다.

어제 남은 식량으로 아침을 든든히 먹은 생존자 그룹과 가온 일행은 네 대의 뗏목에 나눠 타고 던전 안쪽으로 빠르게 이동했다.

거의 2시간 정도 이동하는 동안 사람들은 콰르나 플고렌스를 전혀 보지 못했다.

"뭐야? 이쪽은 콰르나 플고렌스가 없는 건가?"

"그러게. 심지어 대형 물고기들도 보이지 않네."

"이럴 줄 알았으면 진작 이쪽으로 와 보는 건데."

사람들은 원래 이 구역에는 콰르나 플고렌스가 거의 없다고 생각했지만 그건 사실이 아니었다.

'어제 쓸어버려서 그런 건데.'

길이가 무려 300미터까지 늘어나는 파르 덕분에 플고렌스들은 엄청난 전격을 방전했고, 근처에 있던 콰르와 물고기들까지 그 전류 때문에 맥을 못 추었다.

가온은 전격에 휘말린 놈들의 숨통을 끊었고 앙헬은 콰르와 물고기 들을 아공간에 넣기 바빴다.

그 결과 가온은 무려 72마리의 플고렌스와 27마리의 콰르를 사냥할 수 있었다.

아쉽게도 준보스는 없었지만 각각 12마리와 7마리를 갓상점에 처분해서 12,825포인트를 획득할 수 있었다. 전부 포인트로 바꿀 필요성은 느끼지 못했기 때문이다.

그리고 이 사냥 덕분에 마누도 녹스처럼 1차 진화를 할 수 있었다.

안타까운 점도 있었다. 블러드히루도를 사냥할 수가 없었던 것이다. 이 던전의 진짜 주인일 수 있다고 했던 거머리, 즉 블러드히루도는 전격에 바로 타 버려서 사체를 확보할 수가 없었다.

그렇게 가온이 생존자들의 섬을 중심으로 거의 10킬로미터 반경을 쓸어버린 덕분에 지금처럼 평온한 분위기에서 이동을 할 수 있는 것이다.

아무튼 그렇게 2시간 정도를 이동하자 차츰 콰르나 플고렌스가 보이기 시작했다. 5미터나 되는 장대가 절반이 훨씬 넘게 물속으로 들어가는 것을 보니 수심이 꽤 깊은 구역이 었다.

늪 바다 쪽에 있던 플고렌스가 몸을 건드리는 창대에 반응했다.

"이놈들, 우리가 상대했던 놈들보다 훨씬 더 강합니다!"

"방전하는 뇌전이 엄청나요!"

그래도 다행히 뗏목 사이를 고무액으로 촘촘히 채웠고 혹시 몰라서 신발 외부에 고무액을 발랐고 장대를 잡은 손에는 고무액을 발랐기 때문에 장대가 닿는 순간 방전하는 플고렌스의 뇌전에는 아무도 피해를 입지 않았다.

플고렌스는 어떤 상황에서도 물 밖으로 나오지 않기 때문에 이 정도만으로도 방비는 충분했다.

하지만 이 지역에 서식하는 콰르는 달랐다. 준보스로 짐작되는 이놈들은 일반 성체의 두 배 가까운 거대한 동체를 마구 흔들어서 강하고 높은 파도를 만들어 내고 독액을 뱉는 등 무척 위험했다.

생존자들은 그들이 본 콰르보다 두세 배나 더 거대한 콰르의 난동에 어쩔 줄 몰랐지만 온 클랜원들은 침착하게 대응했다.

정령사 대원들은 물의 정령을 불러내어 파도를 막아 냈고 바람의 정령으로 하여금 독연이 뗏목 가까이 오지 못하게 막는 등 크게 활약했다.

"속박!"

"라이트닝 볼트!"

마법사들이 마법을 걸거나 스크롤을 찢으면 바로 목표를 향해 독을 바른 창과 볼트를 날렸고, 심지어 그 창과 볼트는 마나가 주입되어 가죽에 불과하지만 손상을 주었다.

하지만 생존자들이 놀란 것은 바로 가온의 존재였다. 아이템으로 보이는 날개를 사용해서 높이 날아오른 그는 대원들의 공격에 정신이 없는 콰르를 향해 마치 벼락이 내리치듯 엄청난 속도로 빛을 발산하는 창을 던졌는데, 빗나가는 경우가 없었다.

눈이 멀 것처럼 빛나는 창광이 발현된 강철 창은 여지없이 콰르의 머리통을 꿰뚫었고 이어 스크롤로 발현한 전격 마법으로 인해 생겨난 전격은 강철 창을 타고 놈의 뇌를 푹 익히거나 태워 버렸다.

"절묘한 연계 공격이로군."

"굉장히 오래 손을 맞춘 모양이야."

온 클랜원들이 콰르를 사냥하는 모습을 지켜보던 마법사들은 곧 합류해서 마론과 헤븐힐 일행을 도와서 속박과 전격 마법을 펼쳤고, 검광 이상의 실력자들은 미리 준비된 창에 마나를 주입해서 콰르의 동체를 향해 던졌다.

공격을 하는 사람의 숫자가 늘어나니 콰르의 사냥은 더욱 쉬워졌다. 준보스들이 섞여 있었지만 합을 맞춘 공격에는 속절없이 죽어 갔다.

사냥이 계속될수록 사람들의 자신감은 높아졌다. 하늘을 비행하면서 마무리를 담당하는 가온의 존재만 있다면 그 어떤 놈이 나타더라도 사냥을 할 수 있을 것 같았다.

그렇게 인간들이 뗏목에 탄 채 콰르를 사냥한다면 진흙탕으로 변해 버린 물속에서는 세 정령이 주로 플고렌스를 사냥하고 있었다.

카오스가 바닥의 펄을 순간적으로 굳게 만드는 방식으로 플고렌스의 몸을 구속하면 녹스가 놈에게 독을 주입하고 마누가 놈이 방출하는 전류를 흡수하는 방식인데 마무리는 카오스가 맡았다.

진화한 세 정령은 물속이라는 환경에 아무런 지장도 받지 않고 파죽지세로 플고렌스를 사냥하고 있었다.

이 구역에서 서식하는 플고렌스는 전날 가온이 사냥했던 놈들보다 더 컸지만, 시간이 갈수록 합이 정교해지고 있는 세 정령에는 전혀 힘을 쓰지 못하고 있었다.

그렇게 사냥한 플고렌스는 세 정령의 아공간에 나눠 들어가고 있었다.

성장하면서 아공간을 가지게 된 세 정령은 욕심이 많은 가온에게 영향을 받았는지 놈들은 물론 감전되어 죽거나 기절한 물고기들까지 수없이 많이 챙기고 있었다.

물론 사냥만 한 건 아니었다. 수중을 통해서 뗏목으로 접근하려고 하는 콰르들을 마누가 감전을 시키는 방식으로 차단했다.

준보스 사냥

1시간에 걸쳐서 준보스로 추정되는 놈들을 포함해서 콰르 50여 마리를 사냥한 사람들은 뗏목 위에 앉거나 누워서 휴식 을 취했다. 가진 바 역량을 모두 발휘했던 것이다.

직접적으로 콰르에게 공격을 당한 것이 아니라 물과 바람 의 정령이 활약했음에도 독연과 파도로 인해 흔들리는 뗏목 때문에 이런저런 부상을 입은 이들이 꽤 많았다.

사냥 중에는 아픈 줄도 몰랐다가 긴장이 풀리자 고통을 토 로하는 이들이 적지 않았다.

물론 그 정도 부상은 포션으로 치료가 가능했고 헤븐힐과 매디의 마법까지 더해지자 금방 치료할 수 있었다.

그렇게 부상자들까지 치료를 마치자 사람들은 제대로 쉴

수가 있었다.

　다들 힘든 얼굴이었지만 표정은 무척 밝았다. 비록 마무리는 거의 한 사람이 전담했지만, 그들의 능력으로 무시무시한 쾌르를 사냥하는 데 일조한 것이다. 그것도 일반 쾌르가 아니라 준보스까지 포함해서 말이다.

　당연히 사기가 높아질 수밖에 없었다.

　"역시 치명타를 가할 수 있는 실력자가 있었어야 했어!"

　"누가 아니래."

　"그걸 모르고 우리를 보낸 건 아닐 거야. 온 대장과 같은 실력자를 초빙할 자금이나 인맥이 없어서 어쩔 수가 없었던 거지."

　"그런데 검기 실력자가 대단하긴 하네."

　"그러게 말이야."

　그렇게 사람들이 흥분이 가시지 않은 얼굴로 대화를 나눌 때 가온은 혹시 모르는 상황에 대비해서 크게 원을 그리며 비행 정찰을 마쳤다.

　안전을 확인한 가온은 수면 위로 떠 있는 쾌르 사체를 대상으로 일일이 파워 드레인 스킬을 펼친 후 뗏목 위로 착륙했다.

　"이것들은 나눠 줘요."

　가온이 꺼낸 것은 체력 포션과 마나 포션으로 새로 얻은 생명의 아공간에서 생산했는데 등급은 중하급이었다.

온 클랜원들은 나란히 붙인 뗏목을 넘어가서 포션을 나눠 주는가 하면 헤븐힐과 매디는 부상을 입은 사람들을 치료하기 시작했다.

뗏목에 남은 사람은 샐리와 그녀를 보호하는 임무를 맡은 랄프밖에 없었다.

서둘러 마나 연공으로 파워 드레인으로 흡수한 콰르의 에너지를 자신의 것으로 만든 가온은 두 사람에게 다가갔다.

"샐리, 견딜 만해요?"

샐리는 가온에게 선물 받은 성물을 받아서 늘 착용했고, 그동안 매디가 꾸준히 신성 치료를 해 준 덕분에 완벽하게 해주에 성공했고 최근에는 마나 연공을 시작했다.

하지만 오랫동안 몸을 단련하지 못했기 때문에 검광 실력자였던 예전만큼 기량을 발휘하려면 아직 시간이 많이 필요했다.

"그럼요. 랄프가 든든하게 지켜 준 덕분에 무사해요."

샐리의 말에 거대한 방패를 들고 있는 랄프가 얼굴을 붉혔다.

그렇다고 샐리나 랄프가 아무 일도 하지 않는 건 아니다. 샐리는 궁술이 뛰어나서 랄프의 보호를 받으며 독화살을 쏘는데, 마나가 실리지 않았음에도 눈과 같은 부위를 제대로 맞히는 경우가 많았다.

그렇게 1시간 정도를 휴식하자 사람들이 생기를 되찾

았다.

"자, 더 가 보지요."

온 클랜이 탄 뗏목을 선두로 뗏목들은 멀리 보이는 섬들을 향해 다시 이동하기 시작했다.

당연히 그 뒤에 남겨진 사체들은 앙헬의 아공간으로 직행했다. 콰르 고기가 마나를 증진시켜 준다는 사실을 알고 있는 생존자들이 안타까워했지만, 각자 몇 덩이 정도 베어서 가져가는 걸로 수밖에 없었다.

가까이 접근해서 본 섬은 생존자들이 지냈던 섬에 비해 열 배 정도는 더 컸는데, 다른 두 섬과 삼각형을 이루고 있었다.

새로운 섬은 생존자들이 지내던 섬보다는 컸지만 생김새는 비슷했다. 철심목의 숫자가 좀 더 많을 뿐이었다.

가장 가까운 섬에 상륙한 사람들은 혹시 모를 생존자를 찾았지만, 사람이 지냈던 흔적이 남아 있는 터만 발견했을 뿐이었다.

가온은 누구보다 빠르게 움직이면서 생존자나 보스의 흔적을 찾았지만 역시 발견할 수 없었다.

"오늘은 이 섬에서 쉬도록 하지요."

아직 시간도 이르고 사람들의 사기도 높지만 다른 섬으로 향하는 건 무리라고 판단했다. 오십여 마리의 대형 콰르를 사냥하는 과정에서 전력을 투사했기 때문에 본인들은 잘 느끼지 못하지만 상태는 최상이 아니었던 것이다.

콰르를 사냥하면서 자연스럽게 실질적인 지도자로 부상한 가온의 말에 사람들은 아쉬워하면서도 잘라 온 콰르 고기로 식사를 준비하기 시작했다.

"나는 다른 섬을 좀 둘러보고 오겠습니다."

다른 두 섬은 뗏목으로 1시간 정도는 가야 할 거리에 있었지만 비행으로는 금방이다.

가온은 날개를 활짝 펼치고 하늘로 날아올랐다.

처음에는 북서쪽에 있는 섬으로 날아가려고 했는데 섬 너머로 멀리 던전의 경계로 보이는 불투명한 막을 보고 생각을 바꾸었다. 대신 세 섬이 삼각형을 이루고 있는 구역 안쪽을 돌아보기로 한 것이다.

'섬이 아니라면 저곳에 보스가 있는 게 틀림없어.'

일단 물 색깔이 이제까지 지나왔던 구역과는 달랐다. 시퍼런 것이 수심이 꽤나 깊은 것이 틀림없었다.

삼각형의 구역 중심부로 들어가자 과연 이제까지 경험했던 콰르나 플고렌스와는 비교할 수 없을 정도로 거대한 놈들이 유유히 돌아다니는 것을 볼 수 있었다.

'저런 개체가 한두 마리가 아니라면 얼마 전 사냥했던 놈들도 준보스가 아니네.'

보통 마수나 몬스터는 성체, 준보스, 보스의 세 계급으로 나눠지는데 이놈들은 네 계급인 것 같았다.

수면 아래로 보이는 콰르의 길이는 대략 50미터에 달했고, 동체 역시 엄청났다. 심지어 이놈들은 네 쌍의 다리가 있었는데 꽤나 크기까지 했다.

'설마 저놈들이 섬을 습격한 건가?'

사람이 거처했던 터는 있었지만 흔적은 거의 없었던 것을 고려하면 그럴 가능성이 농후했다.

콰르만 거대한 게 아니었다. 물이 맑아서 아래쪽까지 보였는데, 한쪽 구역을 차지하고 있는 플고렌스 역시 거대하긴 마찬가지였다.

'저런 놈들이 방전하면 전류가 어마어마하겠네.'

그 생각을 하는 순간 콰르 한 마리가 놈들의 영역을 침범해서 한 놈을 공격했는지 순식간에 주위로 몰려든 플고렌스 서너 마리가 동시에 방전을 했는데, 그 거대한 콰르가 꼼짝도 못하고 감전이 되어 얼마 후 죽어 버렸다.

'미친!'

저런 놈들이라면 보스가 아니더라도 현재 전력으로 상대할 수가 없었다.

한숨을 쉰 가온은 더 좀 안쪽으로 날아갔다.

'여기가 보스가 있는 곳이겠구나.'

가까이 접근해서야 확인할 수 있는 일종의 막으로 둘러싸인 구역이 따로 있었다.

그 막은 신기하게도 조금만 멀어지면 보이지 않았는데

심지어 그 안쪽도 전혀 볼 수가 없었다.

가온은 그 구역은 아예 접근할 생각을 하지 않았다. 가까이 가려고 했더니 온몸에 소름이 돋으며 불길한 예감이 들었기 때문이다.

'여긴 나중에 다시 확인하자.'

그렇게 막으로 둘러싸인 구역의 탐색은 포기하고 대신 아직 돌아보지 않은 지역을 둘러볼 때였다.

플고렌스 한 마리가 수면 위에 둥둥 떠 있는 광경이 눈에 들어왔다.

주로 바닥에서 생활하는 놈의 습성상 굉장히 이질적인 모습이었다.

'저건 또 뭐야?'

눈 주위에 마나를 보내 안력을 높여서 자세히 살펴보자 플고렌스 사체에 붙어 있는 거대한 거머리들이 보였다. 원래 투명한 놈들인데 피를 빨아먹어서 그런지 붉게 보이는 거머리였는데 크기가 사람만 했다.

'무시무시한 곳이네.'

블러드히루도까지 한 영역을 차지하고 있었다.

그런데 막 정찰을 마치고 이번에는 다른 두 섬을 둘러보려고 할 때 아까 탐색을 포기한 중심부 쪽에서 이상한 모습을 볼 수 있었다.

다른 곳은 수심이 깊어서 물이 아주 맑았는데 그곳은 진흙탕처럼 혼탁했거니와 시퍼런 전광이 번뜩였는데, 곧 물이 높이 솟구치면서 높은 파도가 발생했다.

그리고 드러나는 꼬리.

'맙소사!'

이젠 꼬리만 봐도 얼마나 큰 동체를 가진 콰르인지 알 수 있었는데 이놈은 그의 상상을 초월하는 크기임이 확실했다. 아마 몸길이만 해도 100미터는 족히 될 것이다.

'보스가 하나가 아닌 것은 확실하네.'

그리고 현재 진흙탕으로 변해 버린 중심부 밑에는 차원석이 있고, 적어도 콰르 보스와 플고렌스 보스가 싸우고 있는 것은 확실했다.

혹시 동패구사를 하지 않을까 기대를 하며 지켜봤지만, 안타깝게도 놈들은 얼마 후 싸움을 그쳤는지 물이 빠르게 깨끗해지고 있었다.

실망한 상태로 다른 한 섬을 살펴봤는데 철심목을 제외하고는 볼 것이 없었다.

그냥 마지막 섬으로 향하려던 가온은 마음을 바꾸어 철심목들을 벌목하기 시작했다. 물론 카오스의 도움을 받아서 말이다.

'혹시 모르는 거니까.'

이번에는 철심목 50그루를 베어 대형 창 50개와 일반 창 2천여 개를 만들었다.

예지몽으로
히든랭커

그럼에도 불구하고 작업에 소요된 시간은 전과 거의 동일했다. 그만큼 손이 빨라지기도 했지만 카오스가 자르는 부위의 이산화규소를 분말 형태로 추출하는 데 걸리는 시간이 단축된 것이다.

그렇게 작업을 마친 가온은 마지막 섬으로 출발하려다가 땅에 떨어진 열매를 보고 발을 멈추었다. 색이 노란 것을 보니 익은 것 같았다.

'혹시 모르는 일이니까.'

생존자들은 열매와 씨에 독이 있어 먹으면 즉사한다고 했지만 카농 열매와 같은 효능을 가지고 있을지도 몰라 벼리를 호출해서 살펴보도록 했다.

─오빠 예상이 맞아요. 열매는 물론 씨도 극도로 순수한 엄청난 양의 마나를 품고 있어요.

'그런데 왜 강력한 독이 있다고 했지?'

─강한 독성도 있긴 해요. 볶거나 찌는 정도로는 해독할 수 없을 정도로 지독한 독이에요. 하지만 오빠에게는 녹스가 있잖아요.

맞다! 잠깐 녹스를 잊고 있었다.

서둘러 녹스를 불러 독을 흡수하게 만든 후 열매를 한 입 베어 물었던 가온의 눈이 커졌다.

'맛있다!'

어디에서도 먹어 보지 못한 오묘한 맛이었지만 굉장히 맛

있었다. 입안 가득 퍼지는 상큼하면서도 달콤한 맛에 가온은 정신없이 과육을 씹었고 풍부한 과즙이 입과 혀는 물론 온몸을 만족스럽게 만들었다.

덕분에 꽤 큰 과일을 순식간에 해치우고 엄지 한 마디 크기의 자주색 씨만 남았다.

가온은 잠시 망설이다가 그 씨를 통째로 씹기 시작했다. 껍질을 벗기는 것도 번거로웠고 녹스가 녹성을 제거했으니 독을 걱정할 필요는 없었다.

처음에는 껍질 때문인지 쓰고 떫은맛이 느껴졌지만, 이내 잣처럼 고소한 맛이 느껴졌다.

가온이 열매를 하나 다 먹고 만족스러워할 때 벼리의 의념이 전해졌다.

─오빠, 얼른 마나 연공을 하세요.

'마나 연공?'

─과일과 씨가 품고 있던 순수한 마나를 연공으로 흡수해야 해요. 그렇지 않으면 피부 모공을 통해 몸 밖으로 나가 버릴 거예요.

벼리의 조언에 정신을 차린 가온은 바로 오행 마나 연공을 시작했다.

얼마 후 연공을 끝낸 가온은 내친김에 청뇌 명상법과 마력 서킷까지 운용하고는 깜짝 놀랐다. 마나는 물론 정령력과 마력 그리고 신성력까지 높아진 것을 인지할 수 있었다.

상태창을 확인해 보니 전날 플고렌스에 이어 오늘 콰르를 사냥한 후 파워 드레인 스킬을 사용하고 확인했을 때보다 마나는 130, 마력 78, 정령력 81, 신성력 37이 높아져 있었다.

'이건 골드비의 꿀이나 로열젤리보다 더 효과적인 천연 영약이네.'

독성을 제거해야 한다는 단서가 붙기는 하지만 엄청난 영약이다.

철심목 열매와 씨가 가지고 온 행운에 흥분한 가온은 그간의 사냥으로 인해서 레벨이 187이 되었다는 점도 나머지 스텟들도 골고루 그리고 큰 폭으로 올랐다는 사실조차 알아차리지 못했다.

무엇보다 고무적인 사실은 이번에 사냥한 콰르들을 처리하지 않았음에도 명예 포인트가 벌써 36,963이나 되었다는 사실이다.

그런데 그것들에 너무 정신이 팔려서 다른 사항을 인지하지 못했다.

ㅡ오빠, 스텟의 상승폭이 엄청나요.

'스텟이?'

다시 상태창을 꼼꼼히 살펴본 가온은 참지 못하고 크게 소리 내어 웃었다. 그만큼 기뻤다.

마나를 포함한 에너지는 영약으로 얼마든지 높일 수 있지만 스텟들은 그렇지 않았다.

아무리 강력한 힘을 쓸 수 있다고 해도 육체가 버텨 주지 못하면 소용이 없다는 점을 고려하면 스텟의 상승은 반드시 필요했다. 그래서 하루도 빼놓지 않고 몸을 단련하는 것이 아닌가.

가온은 내친김에 나무에 매달렸던 열매들은 물론 땅에 떨어진 열매들까지 모조리 챙겼다.

그의 욕심 많은 행보는 다음 섬에서도 이어졌다. 그 섬의 철심목 모두를 벌목하고 창으로 만들었을 뿐 아니라 열매들까지 모두 챙겨 버린 것이다.

가온이 귀환했을 때는 어느새 저녁이 되어 있었다. 점심도 거르고 열일을 했던 것이다.

"대장님, 왜 이제 오세요?"

헤븐힐이 달려오며 타박을 할 정도로 그를 믿는 대원들마저 걱정을 하고 있었다.

"좀 꼼꼼하게 돌아보느라고 늦었어. 그래, 콰르 고기를 먹은 효과는 확인했어?"

"네. 엄청나요! 손바닥 크기의 고기를 먹었는데 마력이 23이나 늘어났다고요."

마나나 마력이 늘어난 것은 헤븐힐만이 아니었다. 대원들

모두 비슷한 효과를 확인했던 것이다.

그러는 사이에 헤테가 달려왔다.

가온은 그녀가 물어보기 전에 먼저 입을 열었다.

"아무래도 보스를 찾은 것 같습니다."

"정말요? 어디에, 아니 어떤 놈이에요?"

"세 섬의 중간에 수심이 아주 깊은 곳이 있더군요. 일종의 마나장이 펼쳐져 있어 안쪽을 들여다볼 수 없는 그곳 근처에서 우리가 오늘 상대한 것보다 최소한 서너 배는 더 큰 콰르와 플고렌스를 봤습니다. 아무래도 그놈들이 보스인 것 같습니다. 그리고 두 섬에서는 아무런 생존자도 발견할 수 없었습니다."

"아아!"

예상은 했지만 힘이 쭉 빠지는 소식이었다.

"그리고 아무래도 이쪽에 서식하는 놈들은 다리가 몇 쌍이 더 있어서 야밤에 섬에 올라와서 습격을 할 것 같습니다. 보스는 아니었지만 동체의 크기나 길이도 우리가 사냥했던 놈들에 비해 두 배 이상 되는 놈들이 이 근처를 돌아다니고 있었습니다."

이어진 가온의 말에 사람들은 왜 섬에 생존자가 없는지를 알 수 있었다.

"그럼 어떻게 하죠?"

"어차피 놈들을 사냥해야 하는데 그쪽이 습격을 한다면 우리에겐 좋은 일입니다."

최소한 흔들리는 뗏목 위에서 싸우지 않아도 되니 공격력은 배가될 것이다.

"일단 저녁을 배불리 먹은 후 작전을 한번 짜 보도록 하지요. 놈들은 분명히 우리를 습격할 테니까요."

그건 감이 아니었다. 이곳으로 귀환하는 동안 꽤 떨어져 있었지만, 준보스로 추정되는 쾌르와 플고렌스가 이쪽을 향해 이동하는 모습을 확인했다.

던전의 밤은 바깥과 달리 어둡지 않다. 낮이 바깥에 비해 밝지 않은 것처럼.

하지만 그래도 밤은 찾아왔고 사람들이 있는 섬은 적막하기만 했다. 몇 종류밖에 없는 벌레조차 숨을 죽이고 있었다.

스르릇.

늪의 온갖 부유물이 쌓여 이루어진 섬에 불청객이 찾아들었다. 바로 대형 쾌르였다.

거대한 동체를 굵은 네 쌍의 다리로 버티지 못하고 배로 땅을 쓸며 움직이는 놈은 민감한 후각으로 인간들이 있는 곳을 찾았고 곧장 움직였다.

그런데 섬의 모습이 전과 달랐다. 가장자리가 성벽처럼 높이 솟아난 상태에서 마치 놈을 위해 마련이 된 것처럼 길이 몇 개 있었다. 폭과 깊이가 3미터 정도인 긴 도랑이었다.

놈은 별다른 이상을 감지하고 못하고 몸에 딱 맞는 그 도랑을 통해 섬 중심부로 향하고 있었다.

그때였다.

하늘에서 거대한 창이 벼락처럼 놈의 동체를 향해 연속해서 내리꽂혔다. 비록 강철 창은 아니었지만 마나를 머금은 길이 10미터에 이르는 철심목 창들은 놈의 머리 바로 아래쪽과 몸통 중간 그리고 꼬리 부위를 깊이 꿰뚫었다.

크와아아!

콰르는 고통에 몸부림치며 괴성을 질렀지만 몸통 중간에 깊이 박힌 거대한 창 때문에 제 마음대로 움직이지 못했다.

"지금!"

가온의 외침에 도랑 근처의 구멍에서 튀어나온 사람들이 일제히 놈을 향해 무기를 휘둘렀다. 그들은 이미 헤븐힐의 광역 버프와 매디의 축복을 받은 상태였다.

콰르의 몸통에 쏟아지는 빛나는 검과 도 그리고 창 들이 깊은 상처를 냈지만, 놈은 마법사들이 연달아서 걸고 있는 속박 마법으로 인해 더욱 움직이지 못했다. 심지어 인간들을 향해 고개조차 돌릴 수 없었다.

'녹스, 놈이 독액을 뱉으려고 해!'

목숨이 경각이 달린 것을 알게 된 콰르의 입이 벌어졌다. 명확한 대상은 없지만 마지막 발버둥을 치려는 것이다.

가온의 지시를 받은 녹스는 곧바로 놈의 아가리로 향했고,

독주머니에서 분비되는 독을 바로 흡수해 버렸다.

아무것도 할 수 없게 된 놈에게 마지막 일격을 가할 사람들이 나섰다. 검기 사용자 열 명이 검으로 놈의 목을 번갈아 내리치기 시작한 것이다.

검기의 위력은 대단했다. 직경이 1미터가 넘는 놈의 목이 결국 떨어져 나간 것이다.

"와아아!"

대형 콰르의 목이 잘려 나가는 사람들이 일제히 함성을 질렀다. 가온의 도움이 결정적이기는 하지만 이렇게 대단한 놈을 자신들의 손으로 사냥한 것이 자랑스러웠다.

"또 온다! 이번에는 3번 도랑이다!"

사람들이 콰르의 목을 자르기 직전에 잠시 콰르의 몸통에 내려와서 손을 대고 뭔가 주문을 외우는 것 같았던 가온이 어느새 다시 하늘로 날아올라서 경계를 하다가 소리쳤다.

사람들은 아까 그랬던 것처럼 일제히 비트 안으로 들어가서 모습을 감추었다.

또 다른 도랑으로 들어온 콰르는 먼저 상륙한 동료의 꼴을 그대로 따랐다. 규화목으로 만든 대형 창에 몸통 세 부위가 깊이 박혀 고정된 상태였고, 도랑 때문에 몸도 마음대로 움직이지 못했다.

그렇게 사람들은 섬으로 올라오는 대형 콰르들을 사냥하느라고 밤을 꼬박 새웠다.

그렇게 잡은 콰르 준보스는 무려 열일곱 마리나 되어서 성과에 고무된 사람들은 지친 줄도 모를 정도였다.

하지만 대부분은 가장 큰 활약을 한 이들이 따로 있다는 사실은 몰랐다. 헤테를 포함한 수뇌부 정도만 그 사실을 알고 있었다.

그들은 바로 온 클랜의 정령사들이었다. 힘을 합쳐서 섬 가장자리를 10미터 이상 높인 네 사람은 네 방향에 자리를 잡고 사람들이 한 콰르를 사냥하기 전까지 다른 콰르가 섬에 올라오는 것을 필사적으로 막았다.

사냥이 끝나면 순서대로 놈들의 몸이 꽉 낄 폭과 깊이의 도랑으로 향하는 길을 열었고 콰르는 한 마리씩 그렇게 죽어갔다.

만약 콰르 준보스들이 일제히, 아니, 서너 마리라도 동시에 섬으로 올라왔다면 미리 준비를 했다고 해도 사냥은커녕 큰 피해를 입었을 것이다.

본래 그들의 능력으로는 그 정도까지 할 수 없었지만 가온의 세 정령이 그들을 도왔다. 그리고 그들도 그 사실을 알고 있었다.

새벽까지 힘겹게 사냥을 한 사람들은 흥분이 진정되자 곧바로 뻗어 버렸다. 사냥하는 도중에 틈틈이 가온이 지급해 준 포션을 마셨다고는 해도 심력의 고갈은 어찌할 수 없었다.

그래도 사냥은 대성공이었다. 힘이 빠져서 튕겨 나오는 도검에 자신이 부상을 입은 몇 명을 제외하고는 지친 정도에 불과하니 말이다.

로그아웃을 준비하는 헤븐힐 일행과 콜 일행은 희희낙락했다.

"던전에서의 사냥이 이렇게 많은 경험치를 줄 거라고는 생각하지 못했어!"

"레벨업도 좋지만 보상이 아주 끝내주네."

"역시 대장을 따라다니길 잘했어!"

사냥을 주도한 것도 아닌데 헤븐힐 일행은 평균 15레벨이, 콜 일행은 평균 7 정도가 올랐으니 이들이 흥분하는 것도 무리는 아니다.

"보스 사냥은 내일 하겠지?"

"사람들이 많이 지쳤으니 그러지 않을까?"

"그럼 일찍 나갔다가 내일 새벽에 들어와야겠다."

"대장님한테 물어보고."

헤븐힐이 대표로 가온을 찾았다.

"보스 사냥은 미정이니 편히 쉬다가 와. 섬이라면 몰라도 물속이라면 아무래도 우리의 역량으로는 어려울 것 같으니, 머리를 맞대고 놈들을 뭍으로 유인할 아이디어를 짜야 하니까."

아무리 생각해도 늪 속에서 보스들을 사냥하는 건 무리다.

"레벨은 많이 올랐어?"

"호호호. 벌써 70이 넘었어요."

"그 정도면 그쪽에서는 꽤 높은 레벨 아니야?"

"당연하지요. 초랭커들이야 넘사벽이지만, 그들은 워낙 신비에 쌓여 있는 존재들이니까요. 안 그래도 랭킹에 진입하고도 빠르게 순위가 올라가는 우리에 대해 궁금해하는 사람들도 많이 있어요."

그럴 수밖에 없었다. 레벨이 50이 넘으면 레벨업 속도가 극악에 가까운데 세 사람의 레벨은 빠르게 높아지고 있으니 유심히 지켜보는 이들이라면 관심을 가질 수밖에 없었다.

"잘됐네. 보상은 잘 나왔고?"

"그건 잘 모르겠어요. 매직북 다섯 권을 빼면 스킬 강화권이랑 아이템 강화권이 잔뜩 나왔어요."

그렇다면 어떤 마법이 나왔는지가 중요했다.

"아무튼 축하하고 푹 쉬다가 와."

"알겠어요."

헤븐힐이 당장은 보스를 공략하지 않을 거라는 가온의 말을 전하자 플레이어들은 차례로 인사를 하고 로그아웃을 했다.

'정말 놈들을 물으로 끌어들일 뭔가가 있어야 하는데…….'

그 전에 플고렌스 준보스들을 사냥해야만 한다.

그래도 가장 먼저 해야 할 일이 하나 있었다.

"다들 자기 전에 식사부터 합시다! 오늘 요리는 콰르 구이입니다!"

먹으면 연공을 하지 않아도 마나양이 늘어나는 고기이니 많이 먹을수록 좋았다.

그렇게 사람들은 아침나절부터 콰르 구이로 배불리 먹고 하나둘 곯아떨어졌다.

하지만 가온은 쉴 수가 없었다. 그를 찾아온 네 정령사들 때문이었다.

"대장님의 정령은 자연 정령이죠?"

"어떻게 자연 정령과 계약을 맺었어요?"

"자연 정령은 계약하기도 힘들지만 성장을 시키는 것이 극히 어렵다고 장로님들께 들었는데 어떻게 키우신 겁니까?"

"나한테도 자연 정령과 계약을 할 수 있게 도와줘. 부탁할게!"

정령사이기 때문에 마누와 녹스 그리고 카오스를 알아본 정령사 대원들은 굉장히 흥분한 상태라 저마다 질문을 쏟아냈다.

가온은 무척 난감했다. 자기도 자연 정령에 대해서 아는 것이 없어서 뭐라고 대답을 해야 할지 몰랐다.

"나와 계약한 정령들이 특별한 정령인 줄은 알고 있었지만, 그게 그렇게 신기한 일입니까?"

"당연히요. 우리 일족에서도 자연 정령과 계약을 한 경우는 기록을 찾아봐도 다섯 손가락 안에 들 정도로 희귀한 일이라고요."

넷이 눈빛을 교환하더니 세르나가 대표하기로 결정했는지 그녀가 대답했다.

"그렇습니까? 정령에 대해서는 아는 것이 거의 없어서……."

"이건 정말 대단히 희귀한 일이에요. 자연 정령은 굉장히 희귀하기도 하지만 어지간해서는 정령사의 부름에 대답을 하지 않거든요. 혹시 계약할 때의 상황을 자세하게 말씀해 주실 수 있나요?"

가온은 숨기는 것 없이 솔직하게 그들이 알고 싶어 하는 것을 말해 주었다.

"분명히 처음 봤을 때는 정령 친화력이 그다지 높지 않은 것 같았는데……."

"도대체 자연 정령들은 무슨 기준으로 계약자를 선택하는 건지 모르겠네."

모든 것을 말해 주었음에도 불구하고 그들은 가온이 선택한 것이 아니라 정령이 가온을 선택했다고 믿는 것 같았다.

아무튼 모든 것을 털어놓았지만 막상 그가 궁금해하는 건 듣지 못했다. 마을로 돌아가서 일족의 선조들이 남긴 기록을 봐야만 대답할 수 있다고만 했다.

다만 알 수 있었던 몇 가지가 있었다.

자연 정령은 정령계의 정령과 달리 소멸한다는 사실과 반생명체로 여겨지며 계약자와 함께 성장한다는 점이었다.

그렇게 면담이 끝났지만 바로 쉴 수는 없었다. 이대로 두면 콰르가 썩어 버릴 테니 서둘러 아공간에 수납을 해야만 했다.

사람들이 이상하게 생각할 테지만 이 던전의 보스들을 이 섬으로 끌어들일 생각을 하고 있기 때문에 치우는 것은 필수였다.

'뭣하면 늪에 버렸다고 해야지.'

얼마나 힘들었는지 눈을 뜨고 있는 이는 아무도 없었다. 불침번도 정해 놓지 않고 다들 곯아떨어진 것이다. 덕분에 그렇게 변명할 생각까지 하는 것이다.

'그러고 보니 나도 연공을 해야겠네.'

사냥한 콰르 준보스들을 상대로 파워 드레인 스킬을 펼쳐 두었지만 흡수한 마나를 자신의 것으로 만드는 과정이 남아 있었다.

가온은 고갈된 심력을 회복하기 위해서 청뇌명상부터 공들여 한 후 마나 연공과 마력서킷까지 돌리고 나서야 심신의 피곤함을 털어 낼 수 있었다.

잠을 자 보려고 했지만 전혀 잠이 오질 않아서 상태창부터 확인했다.

'엄청나네.'

이번에는 일부러 마무리를 하지 않았음에도 불구하고 공헌도가 높아서 그런지 변화 폭이 무척 컸다.

이제 레벨은 198로 대망의 200을 코앞에 두었다. 이번에 콰르 준보스들을 사냥한 것이 크게 작용한 것이다.

스텟들도 10에서 20 정도씩 올랐지만 가장 큰 변화는 마나와 마력 그리고 정령력의 양이 큰 폭으로 상승한 것이다.

마나는 2천을 훌쩍 넘겼고 마력과 정령력 역시 1천을 넘겼다. 마력은 그러려니 하는데 정령력까지 오른 것을 보면 세 정령의 활약이 크게 작용한 것 같았다.

스킬창에도 변화가 있었다. 하도 하늘에서 창을 많이 던졌더니 투척 스킬이 어느새 3레벨이 된 것이다.

파워 드레인 스킬도 어느새 3레벨까지 올랐다. S등급은 스킬 레벨을 올리기가 굉장히 어렵다는 점을 감안하면 대단히 특기할 만한 일이었다.

'그래서 마나나 마력이 큰 폭으로 오른 거구나.'

파워 드레인 스킬의 레벨이 높아지면 흡수할 수 있는 에너지의 양이 증가하니 어쩌면 당연한 일일 수도 있었다.

이틀 동안 사냥한 콰르와 플고렌스를 처분하면 더 많은 명예 포인트를 획득할 수 있지만 일단 보류하기로 했다. 플고렌스는 확인이 필요하지만, 콰르는 천연 영약으로의 가치가 더 클 수도 있었다.

그렇게 자신의 성장을 확인하고 뿌듯한 마음으로 주위를 돌아보던 가온의 눈이 커졌다.

'블러드히루도!'

콰르가 들어왔던 도랑을 통해서 피가 늪으로 흘러들어 가서 그런지 섬 주위에는 사람 상체 크기의 블러드히루도들이 가득했다. 아무리 투명하다고 해도 소화시키지 못한 피가 밖으로 비치는 것이다.

'콰르는 몰라도 블러드히루도와 플고렌스는 내 밥, 아니 정령들의 밥이지.'

가온은 즉시 마누를 소환했다.

'모두 지져 버려!'

어차피 명예 포인트도 챙길 수 없으니 아예 태워 버릴 생각이다.

이제 두 쌍의 날개를 가지게 된 마누는 가온의 명령이 떨어지자 안 보던 작은 봉을 들어 블러드히루도들이 떼 지어 모인 곳들을 향해 벼락을 쏘았다.

츠즈즈.

지지짓!

강력한 뇌전이 매질인 물을 타고 퍼져 나가며 블러드히루도들을 그야말로 지져 버렸다.

진화의 결과로 마누가 방출하는 전격은 이제 5서클 마법의 위력에 해당했다.

준보스들도 있는 만큼 마법에 방어력이 있는 모양인지 버티는 개체들도 있었지만, 대부분은 강력한 전류에 체액이 마르고 몸을 유지하는 물질이 타 버렸다.

얼마나 지났을까?

피 냄새를 맡고 섬 주위로 몰려들었던 블러드히루도는 이제 눈에 보일 정도로 줄어 있었다. 그런 개체들은 하나같이 몸 안에 아무것도 없는 진짜 투명한 놈들이라서 매의 눈으로 봐야만 보였다.

마누는 아직도 계속해서 섬 주위를 돌면서 벼락을 쏘아 대고 있는데 문득 생물 전용 아공간이 생각났다.

'오케이!'

속이 비었다는 것은 그만큼 굶어서 공격성이 강할 거란 생각이 들자 생물 무기로 활용할 수 있었다.

가온은 서둘러 비어 있는 한 아공간에 그런 놈들을 수납했다.

포획하는 건 어렵지 않았다. 피가 흐르는 콰르 사체 조각을 물에 던지면 놈들이 달라붙기 때문에 그 고깃덩어리와 블러드히루도를 함께 아공간에 집어넣으면 된다.

그런 방법으로 대충 100마리 정도 집어넣자 블러드히루도는 더 이상 보이지 않았다. 나머지는 대부분 마누의 전격에 타 버린 것이다.

'마누, 수고했어. 이제 돌아가도 돼.'

−알았어요. 그런데 마정석은 회수하지 않을 건가요?

마정석이 있다고? 아니, 콰르나 플고렌스와도 밀리지 않는 놈들이니 당연히 마정석이 있을 것이다.

'하지만 안 보이는데?'

−눈에는 안 보일 정도로 아주 작고 투명해서 그래요. 하지만 담고 있는 마나의 양은 엄청난 걸요.

그런 마정석이 있다는 것은 금시초문이다. 예지몽에서조차 들어 보지 못했던 것이다.

'그렇구나. 그런데 벌써 물속에 가라앉았을 텐데.'

그냥 가라앉은 것이 아니라 늪 바닥의 진흙층에 박혔을 것이다. 콰르가 움직이는 바람에 흙탕물로 변했다가 이제 막 가라앉는 중이니 말이다.

−그거라면 내가 찾을 수 있어.

카오스였다.

'그럼 부탁할게.'

투명하고 작은 마정석이지만 담고 있는 마나의 양은 상급을 상회할 것이 틀림없으니 챙겨야만 했다.

아마 특수한 용도의 아이템에 사용할 수 있을 것 같았다.

카오스는 물속으로 사라졌다가 시간이 좀 흐른 후에 나타났는데, 임무를 완수했다는 뿌듯한 얼굴로 양손을 폈다.

맨눈으로는 아무것도 보이지 않았지만 집중하자 매의 눈 스킬을 발동되면서 아주 작고 투명한 마정석을 볼 수 있었다.

'수고했어, 카오스.'

—도움이 되었다니 다행이야.

계약을 할 때만 하더라도 까칠했던 카오스의 태도가 많이 변했다.

그렇게 마누와 카오스 덕분에 블러드히루도 준보스들을 사냥하고 마정석들까지 챙긴 가온은 정말 안 먹어도 배가 불렀다.

블러드히루도들을 모두 처리한 가온은 그제야 휴식에 들어갔다. 플고렌스 준보스들이 남았지만 놈들은 뭍으로 올라올 가능성이 별로 없으니 이젠 안심해도 된다.

한숨 자고 일어난 시간은 오후 2시경으로 절반 이상이 깬 상태였다.

"오늘 점심은 제가 한번 솜씨를 보이겠습니다."

유명한 용병단의 전문 요리사라고 소개받은 이가 주축이 되어 조리에 관심이 있는 사람들이 힘을 합해서 근사한 쾌르 스튜를 끓이기 시작했다.

온 클랜이 제공한 향신료와 허브까지 들어가자 스튜 향에 취한 이들이 하나둘 깨어나더니 모두 조리하는 곳을 쳐다보았다.

뜨끈하면서도 매콤한 스튜 맛은 굉장했다. 특히 빵과 함께 먹으니 더욱 맛있었다.

"이런 스튜는 다시 맛볼 수 없을 거라고 생각했는데……."

"이제 얼마 안 남았다고!"

바깥에서나 해 먹던 스튜를 맛본 이들은 대부분 가족이나 친지를 떠올리며 눈시울을 붉혔지만, 수뇌부는 애써 사람들의 그런 동요를 진정시키려고 애썼다. 아직 끝난 것이 아닌 것이다.

그렇게 스튜와 빵으로 식사를 마친 사람들은 휴식 대신에 연공에 들어갔다. 연공을 해야만 콰르 고기가 함유하고 있는 마나를 흡수할 수 있었다.

그렇게 연공이 끝난 사람들은 저마다의 방법으로 전투를 준비했다. 물론 수뇌부는 회의에 들어갔다.

회의 주제는 남은 플고렌스 준보스의 사냥이었는데 오래 끌 필요가 없었다.

"플고렌스 준보스는 내가 처리할 수 있습니다."

"대장님이요?"

헤테가 눈을 동그랗게 뜨며 물었다.

"그렇습니다. 이건 뇌전구라고 부르는 희귀한 전격 아이템입니다."

가온은 뇌전구를 보여 주며 전격 능력을 가진 플고렌스를 같은 전격으로 해치우겠다고 자신했다.

콰르야 어떻게든 섬으로 올라오도록 유인할 수 있지만 플고렌스는 그럴 수가 없어서 다들 고민인데 가온이 뇌전구를 보여 주면서 그렇게 말하자 그것으로 정말 놈을 사냥할 수 있는지 의심스러웠지만, 일단 다들 마음을 놓았다.

"그럼 우리는 남은 콰르 보스를 유인할 방법을 생각해야겠군요."

"그래서 말인데 난 당장 움직여야겠습니다."

"알겠어요. 그럼 저희들은 콰르 보스를 유인해서 해치울 작전을 구상해 보도록 할게요."

사실 별로 믿음은 가지 않지만 그들의 의욕만은 인정해 주어야만 했다.

사람들을 섬에 남겨두고 투명 날개를 이용해서 하늘로 날아오른 가온은 세 섬의 중앙부로 향하면서 자기 직전까지 구상했던 작전을 가다듬었다.

'일단 플고렌스 준보스들을 처리해야만 해.'

이미 콰르와 블러드히루도 준보스들은 어느 정도 처리했으니 남은 건 플고렌스들이다.

파르와 마누를 이용해서 놈들을 사냥하는 건 기본적으로 정해졌지만, 문제가 하나 있었다. 세 섬 사이의 드넓은 지역에 폭넓게 서식할 플고렌스를 사냥하는 건 쉬운 일이 아니었고 시간도 많이 걸렸다.

'그렇다면 먹을 것으로 유인을 해야겠다. 아!'

그러고 보니 보스들 역시 먹을 것으로 유인을 해야만 했다.

가온은 일단 세 정령을 불러냈다.

'너희들이 움직일 수 있는 범위가 얼마나 되지?'

일단 성장을 했으니 범위가 넓어지기는 했을 텐데 어느 정도인지 알아야만 했다.

-저는 온 님이 생각하는 단위로는 10킬로미터 정도요.

-나도 그 정도야.

-나는 그 두 배 정도 되는 것 같아.

마누와 녹스는 비슷했고 가장 오래된 카오스의 경우 두 배 정도였다.

'좋아. 그럼 이제부터 셋은 중심부만 피해서 플고렌스를 사냥하는 거야. 카오스가 놈들을 찾아내서 건드리고 방전을 하면 마누가 전류를 흡수해. 그리고 그사이에 녹스가 독을 주입해서 끝장을 내어 아공간에 집어넣는 거야. 할 수 있겠어?'

가온의 조력이 없이 정령들이 힘을 합해서 사냥을 해야 하는 것이다.

-한번 해 봤으니 문제없어요!

-나도!

-그 정도야 어렵지 않지.

'그럼 부탁할게.'

세 정령이 물속으로 모습을 감추자 가온은 수면 위로 100미터 정도 상공을 아주 천천히 날면서 혹시 모를 사태에 대비하기로 했다.

마누와 녹스 그리고 카오스는 가온의 말 그대로 플고렌스 준보스들을 사냥하기 시작했다.

카오스는 물의 파동을 감지하는 방식으로 사냥감을 찾아내어 바닥의 펄을 단단하게 굳히는 방식으로 놈의 몸을 구속했고 마누는 놈이 당황한 나머지 방전을 하자 전류를 흡수했다.

그사이 녹스는 치명적인 독을 주입해서 놈의 심장을 멈춰 버렸다.

플고렌스는 준보스답게 엄청난 전류를 방전했지만 그건 뇌전 정령인 마누의 성장에 도움이 되는 비료에 해당했다.

가온은 세 섬 사이의 넓은 공간을 몇 번이나 돌면서 세 정령의 사냥을 지켜보는 한편 치환 반지와 천연 영약으로 정령력을 지원해 주었다.

그래도 플고렌스 준보스들의 영역이 드문드문 떨어져 있기에 망정이지 몰려 있었으면 이런 방식으로는 사냥하기 힘들었을 것이다.

그렇게 반나절 정도가 지나 저녁이 가까워졌을 때 세 정령들만의 사냥이 마침내 끝났다.

셋이 잡은 플고렌스와 콰르 그리고 블러드히루도 준보스

의 숫자는 총 일흔세 마리에 달했다. 플고렌스 준보스만 마흔세 마리였고 나머지는 섬 쪽으로 접근하지 않은 준보스들이었다.

세 섬 사이의 공간에 서식하던 놈들은 주로 준보스들이었지만, 아주 씨를 말려 버린 것이다. 이제 보스들이 서식하는 중앙 부분만 남은 것이다.

부수입도 있었다. 세 섬 사이의 수역에는 세 변종 마수의 먹잇감이 되어 주는 유난히 큰 물고기들이 많이 서식하고 있었는데, 그런 놈들까지 챙길 수 있었다.

카오스의 말로는 그런 물고기들도 콰르나 플고렌스보다는 낮지만 마나를 증진시켜 주는 효과가 있다고 했다.

'모두 수고했어!'

가온은 큰일을 한 세 정령에게 뭔가 선물을 하고 싶어서 고민한 끝에 갓상점에서 구입한 상급 속성석 하나씩을 안겨 주었다.

600명예 포인트를 지출했지만 셋은 그 정도 가치의 일은 충분히 했다.

속성석을 보고 환하게 웃으며 바로 입안에 넣은 세 정령의 모습을 보니 가온도 흐뭇했다.

혹시 또 한 번 진화를 할까 기대를 했지만 아쉽게도 그런 일은 일어나지 않았다. 카오스에게 물어보니 다음 진화까지는 필요한 원소력도 많을 뿐 아니라 다양한 경험을 해야

한다고 했다.

가온은 사냥한 놈들을 갓상점에 넘길까 고민했지만 일단 유보하기로 했다. 시간이 날 때 찬찬히 둘러보고 포인트가 부족할 때 처리하는 편이 나을 것 같았다.

그리고 이미 추측하고는 있었지만 확인한 사실도 있었다. 카오스가 알려 준 바에 따르면 콰르 고기만 마나를 늘려 주는 것이 아니라 플고렌스의 고기 역시 마나 증진 효과가 있다고 했다.

그렇게 사냥을 마치고 섬으로 돌아가니 어느새 저녁 식사가 준비되어 있었다. 이번에는 콰르찜이었다.

"어떻게 되었어요?"

헤테가 가온을 반갑게 맞이했다.

"다행히 뇌전구가 돈값을 했습니다. 절반 이상은 없앤 것 같습니다."

"정말 수고하셨어요."

정말 플고렌스 준보스들을 사냥했는지는 알 수 없지만 그들로서는 믿을 수밖에 없었다.

그렇게 가온을 맞이하는 사람들의 얼굴은 민망함이 가득했다. 머리를 맞대고 고민을 했지만 좋은 작전이 나오지 않았기 때문이다.

"오늘은 일단 식사를 하고 푹 쉬도록 하지요. 서두른다고 좋은 생각이 나는 건 아니니까요."

"알겠어요. 대장님에게 미안해서 그렇지요."

헤테를 비롯한 사람들은 자신들에게는 없는 비행 능력으로 종일 날아다니면서 플고렌스를 사냥했을 가온에게 너무 미안했다.

그날은 그렇게 식사를 하고 푹 쉬었지만 다음 날에도 좋은 의견은 나오지 않았다.

가온은 답답한 마음에 다시 섬을 떠나 비행을 시작했다.

'보스들을 어떻게 유인한다?'

위험한 감각이 느껴지는 중심부로 들어가서 놈들을 사냥할 엄두는 나지 않았다.

어제 정령들이 사냥을 하는 동안 살펴봤는데 보스들은 삼각형 모양의 늪지대 중심부에서 나오지 않는 것 같았다.

'중심부에는 보스들 말고 다른 무언가가 더 있는 걸까?'

뭐 차원석이 있는 것은 당연할 테지만 위험한 감각으로 보건대 다른 무언가가 더 있는 것 같았다.

그런데 그것도 확실치는 않다. 세 정령이 중심부 근처를 돌아다니면서 사냥을 하는데도 움직임이 전혀 없었다.

'한번 들어가 볼까?'

카오스가 한 말대로라면 동화를 하면 가능한 일이다.

자신이야 죽어도 부활할 수 있지만 카오스를 포함한 정령들도 그럴 수 있는지는 알 수 없다.

이곳, 즉 물질계에서 소멸이 되어도 나중에 다시 소환할 수 있는 정령계의 정령과 달리 그녀는 자연 정령이라서 소멸이 되면 끝이기 때문이다.

그러니 위험을 감수할 생각이 나지 않는다. 그만큼 불투명한 에너지 막으로 둘러싸인 중심부는 불길하고 위험하게 느껴졌다.

'무조건 밖으로 유인해서 사냥을 해야 해!'

결국 그렇게 결론을 내릴 수밖에 없었다.

섬을 몇 바퀴나 걸었을까. 갑자기 한 가지 생각이 떠올랐다.

'놈들이 잡아먹을 물고기들의 씨를 말리면 어떨까?'

어제 정령들이 플고렌스 준보스들을 사냥할 때 부수적으로 잡은 물고기들은 종류도 다양했지만 하나같이 몸집이 컸다.

콰르나 플고렌스처럼 먹으면 마나가 증진되는 것이나 몸집이 큰 것을 보면 이 구역에 뭔가 성장에 관여하는 것이 있는 것이 틀림이 없다.

그렇기 때문에 잡아먹힐 위험이 있어도 물고기들이 그 지역으로 몰려드는 것일 터다.

'좋아!'

플고렌스 준보스들도 사냥한 정령들이다. 특별한 능력이 없는 물고기들이야 어렵지 않게 잡을 수 있었다.

'문제는 시간이지만.'

그 넓은 지역에 서식하는 물고기들을 모조리 잡는다는 것이 얼마나 황당한 일인지 잘 알지만 다른 방도가 없었다.

가온은 세 정령을 소환해서 자신의 생각을 밝혔다.

―할 수 있어요! 모조리 지져 버릴게요!

―어렵지 않아. 독을 풀면 순식간이야.

―그럼 난 두 동생을 따라다니면서 챙기기만 할게.

정령들은 의외로 강한 자신감을 보였다.

보스 사냥(1)

그날 저녁, 섬으로 귀환하는 가온은 믿어지지가 않았다. 세 정령이 정말로 그 넓은 구역에 서식하는 물고기를 모두 잡아 버린 것이다.

물론, 정령력 소모가 어마어마해서 치환 반지로도 부족해서 중간에 수시로 골드비 꿀과 로열젤리로 정령력을 보충했으며 쉬기도 많이 쉬었다.

그렇지만 세 정령만의 능력으로 정말 그 일을 해낼지는 몰랐다. 최대한 큰놈 위주로 많이 잡는 정도만 바랐던 것인데 치어조차 보기 힘들 정도로 싹쓸이를 해 버린 것이다.

'이제 밖에서 중심부로 들어가는 물고기들만 막아 버리면 돼.'

내일은 세 섬이 이루고 있는 삼각형 지역의 외곽을 돌아다니면서 물고기를 사냥할 생각이다.

　그렇게 섬으로 귀환한 가온은 민망한 얼굴로 자신을 반기는 사람들을 보고 예상한 대로 좋은 방안이 나오지 않았음을 알 수 있었다.

　"플고렌스는 어떻게 됐습니까?"

　"일단 눈에 띄는 놈들은 모두 사냥했습니다."

　가온의 대답에 물어본 헤테가 고개를 끄덕였다.

　사실 믿기가 힘들지만 그가 그렇다면 믿어야만 했다. 그래야 이 던전을 클리어할 수 있으니 말이다.

　"저희가 생각한 방안은 일단 유인과 각개격파였어요."

　유인하는 건 가온도 염두에 두고 있는 방안이었지만 각개격파는 생각하지 못했다.

　"일단 사냥한 콰르의 피를 이용해서 블러드히루도의 보스를 유인한 후 전격 마법으로 처리한 후 우리 모두 땀을 흘린 후 늪에 들어가서 씻는 방법으로 후각이 예민하고 자신의 영역을 침범한 존재에 대해 강한 공격성을 드러내는 콰르 보스를 사냥하는 거예요. 하지만 플고렌스 보스는 어떻게 유인을 해야 할지 전혀 감이 잡히질 않아요."

　듣는 순간 '이거다!' 싶었다.

　거기까지 생각해 낸 것만 해도 박수를 쳐 주고 싶었다. 자신도 세 정령이 사냥을 하는 동안 내내 머리를 굴려 봤지만 마땅히 좋은 생각이 떠오르지 않았기 때문이다.

"좋습니다. 당장 블러드히루도 보스부터 사냥하도록 하지요."

"준비를 해 두긴 했어요."

헤테가 가리키는 곳을 보니 생존자들과 퍼슨이 내주었을 것이 분명한 물주머니들이 빵빵하게 부풀은 상태로 수백 개가 조밀하게 놓여 있었다.

"저게 다 콰르의 피입니까?"

아침에 콰르 몇 마리를 내어 달라고 해서 먹으려고 그러는 줄 알았는데 이렇게 준비를 하려고 했던 모양이다.

"네. 온 클랜의 퍼슨 씨가 녀석들의 심장 위치를 정확하게 알려 주었어요."

"수고하셨습니다. 바로 피를 물에 풀도록 하지요."

어제만 해도 사냥당한 콰르 몇 마리의 상처에서 흘러나온 소량의 피에도 반응해서 이곳까지 몰려들었던 블러드히루도였다.

보스라면 감각이 더 예민할 테니 놈으로 하여금 중심부에서 벗어나 이곳으로 향하게 할 수 있었다.

'이제 흡혈할 수 있는 대상도 거의 다 사라졌으니 분명히 올 거야!'

예상이 맞았다. 불과 30분도 지나지 않아서 블러드히루도 보스가 찾아온 것이다.

"라이트!"

가온의 지시에 마론이 거대한 광구를 공중에 띄우자 콰르의 피를 방출했던 도랑 입구 쪽에서 사람 두세 배 크기의 거대한 블러드히루도 보스가 보였다.

본래 투명한 놈이라서 눈으로 볼 수가 없지만 지금처럼 잔뜩 피를 먹었을 때는 예외다. 흡수한 피가 놈의 존재와 외형을 선명하게 보여 주고 있었다.

"선더 볼트!"

"체인 라이트닝!"

"라이트닝 볼트!"

생존자 중 마법사들은 물론 온 클랜의 마론이 전격 마법을 펼쳤고 헤븐힐과 매디 그리고 바로는 전격 마법이 인챈트된 매직 스크롤을 찢었다.

쿠르르! 꽈앙!

츠즈즛!

시퍼런 뇌전들이 천둥소리와 함께 블러드히루도 보스를 직격했다. 놈은 순식간에 시퍼런 뇌전의 바다에 빠진 꼴이 되었고 발광을 하듯 꿈틀거렸다.

'됐다!'

아무리 보스라도 이 정도 화력이면 능히 지져 버릴 수 있을 것이다.

가온 역시 다른 사람들과 마찬가지로 그렇게 생각하고 있었다.

하지만 카오스와 마누의 판단은 달랐다.

-아니야. 블러드히루도는 뇌전에 거의 충격을 받고 있지 않아.

-카오스 언니의 말이 맞아요. 놈은 피에 함유되어 있는 에너지를 이용해서 몸을 보호하는 막을 생성한 상태예요. 거기에 원래 방어막도 있는데 전격이 전혀 파고들지 못하고 있어요.

'그럼 어떻게 해야 하지?'

이 정도로 강력한 전격 마법이 통하지 않는다니! 아무 생각이 나지 않았다. 다른 공격 방법은 아예 생각해 보지 않았던 것이다.

다른 사람들도 얼굴이 새파랗게 질렸다. 이 정도의 화력에도 발광하는 것처럼 꿈틀거릴 뿐인 블러드히루도의 반응을 확인하자 기가 질린 것이다.

'제기랄!'

이곳이 밖이라면 멀리 도망이라도 칠 텐데 이곳은 섬이다. 놈이 물속에서 얼마나 빨리 이동하는지는 알 수 없지만 이렇게 빨리 트라이앵글의 중심부에서 이 섬까지 온 것을 보면 뗏목 정도로는 절대로 놈을 떨쳐 낼 수 없었다.

화계 마법으로 공격을 해 볼 생각을 했지만 전격 마법이 통하지 않았다면 그 역시 통하지 않을 가능성이 농후했다.

가온은 다급하게 급소 간파 스킬을 사용해 봤다.

'역시 안 보여.'

급소 간파 스킬을 사용해도 레벨 차이가 크게 날 경우에는 발동되지 않는다는 사실은 이미 알고 있었다.

'이럼 방법이 없는데.'

사람들이 겁에 질려 뒤로 물러나고 수뇌부는 가온처럼 망연자실하고 있을 때 카오스가 의념을 보냈다.

─지난번에 블러드히루도 준보스를 처리할 때 보니까 놈들의 몸 구조가 아주 특이했어.

'그게 무슨 말이야?'

─심장이나 뇌가 따로 없고 핵이 하나 있는데 수시로 옮겨 다니더라고.

'설마 그 핵이 급소인 건가?'

─그럴 가능성이 높아.

블러드히루도가 지금 쓰고 있는 방어 능력은 그 핵으로부터 나오는 것이 틀림없었다.

게다가 핵이 심장과 뇌의 역할을 한다니 그것을 파괴해야만 블러드히루도를 죽일 수 있었다.

문제는 블러드히루도 보스의 몸은 투명한 것 같으면서도 핵의 위치가 수시로 바뀌며 그 위치를 찾을 수 없다는 사실이다.

'설마 핵도 투명한 건가?'

－맞아. 핵의 위치를 찾으려면 고생을 좀 해야 할 거야.

카오스의 말에 가온은 퍼뜩 생각나는 것이 있었다.

'심안 스킬!'

분명히 갓상점에서 본 적이 있었다. 내용도 훑어봤었다.

눈에 보이지 않는 것을 볼 수 있게 해 주는 스킬이다. 마나 소모가 커서 적어도 검기를 다룰 정도로 마나 운용력이 뛰어나야 익힐 수 있다는.

'제발!'

가온은 상태창의 남은 명예 포인트를 확인했다.

'된다!'

그가 기억하는 스킬 구매가는 1만 명예 포인트였는데 그게 맞았다.

그런데 가온이 막 결제를 하려는 순간 가격이 바뀌었다.

'1만 5천으로 올랐다고?'

구매를 망설이는 사이에 판매가가 50%가 뛰었다.

밀당이나 흥정도 아니고 너무 황당해서 기분이 확 상했다.

'매니저의 존재도 그렇고 확실히 지성체가 관여하는 것이 틀림없어.'

가온은 잠시 고민해 보고 구매를 포기하려고 결정했다.

'안 사!'

블로드히루도 보스를 사냥하지 못하는 한이 있더라도 이런 식으로 호구 잡힐 수는 없었다.

'정 뭐하면 던전 클리어를 포기하고 나갔다가 나중에 다시 들어와도 돼!'

그렇게 성급했던 마음을 가라앉히는 순간 판매가가 다시 변경되었다. 이번에는 원래대로 1만 포인트다.

하지만 이미 빈정이 상한 가온은 갓상점과의 접속을 끊어 버렸다.

사실 심안 스킬을 구매해서 놈의 급소를 알아낸다고 해도 공략을 하는 방법이 문제였다. 전격조차 뚫을 수 없는 방어막을 부술 수 있는 효과적인 공격 스킬이 없었던 것이다.

그러는 사이에도 전황은 그대로 유지되고 있었다.

마법사들이 마력을 아끼지 않았고 매직 스크롤 역시 모두 사용하고 있는지 아직도 놈은 뇌전의 바다에 빠져 있는 상황이지만, 크기만 절반 정도로 줄었을 뿐 큰 타격은 받지 않은 것 같았다.

"그만!"

가온의 명령이 떨어지자 마법사들이 창백해진 얼굴로 바닥에 주저앉았다. 그야말로 최선을 다한 것이다.

마법사들의 상태를 보니 아마 명령이 떨어지지 않았다고 하더라도 전격 마법은 1, 2분 정도 지속되는 것이 고작이었을 것이다.

다른 사람들도 블러드히루도 보스를 전격 마법으로 죽이는 것은 불가능하다는 사실을 이제야 알았다.

"투사체를 발사해!"

혹시 모르니 일단 그렇게 명령을 내리자 촉에 독을 바른 창과 화살 그리고 볼트가 이제 막 뇌전의 막에서 벗어난 놈을 향해 날아갔다.

투드득!

소용이 없었다. 놈의 거죽은 투명, 아니, 지금은 붉게 보였지만 투사체들을 모두 튕겨 냈다. 그중에는 마나로 한껏 빛을 발하는 것들도 있었는데 말이다. 검광 정도로는 타격을 받지 않을 정도의 방호력을 가진 것이다.

"선봉!"

가온의 외침에 검기 입문자 이상으로 구성된 전투조가 움직였다. 그들은 자신의 무기에 검기를 생성해서 놈을 향해 달려갔다.

"된……."

놈의 방어막과 투명한 외피는 기대한 대로 검기에는 잘 렸지만 재생력이 얼마나 강력한지 피가 새어 나오기가 무섭게 다시 복구되어 버렸다.

전투조원들은 더욱 빠르게 무기를 휘둘렀지만 마찬가지였다. 거의 즉각적으로 외피가 재생된 것이다.

이 정도라면 트롤보다 훨씬 더 높은 재생력을 가지고 있는 것이 틀림없었다.

그런데 묵묵히 검기 공격을 받던 놈의 몸에서 갑자기 무언가가 방출되었다.

가온은 뭔가 방출이 된다는 사실을 감지했을 때 피하려고 했지만, 가슴에 큰 충격을 받고 뒤로 2미터 정도 날아갔다. 뭔지는 몰라도 파르가 튕겨 내긴 했지만 엄청난 충격량을 가지고 있는 것이다.

그런데 정신을 차리고 보니 블러드히루도 보스와 전투조원 사이에 수십 줄기의 희미한 붉은 선이 생성되어 있었다.

그리고 그 순간 전투조원들의 입에서 일제히 비명이 터져 나왔다.

"끄아아아악!"

'뭐야?'

전혀 생각하지 못했던 상황에 모두가 당혹해하는 상황에서 비명을 지르는 전투조원들과 놈 사이에 나타난 희미한 선의 붉은색이 빠르게 짙어지고 있었다.

가온은 가장 가까이에 있는 사람을 향해 날듯이 이동했다.

"아악!"

이름은 기억할 수 없지만 생존자 중 한 명인데 꽤 큰 규모의 용병단 단장이었다. 뭔가에 의해서 관통상을 입은 듯 무기를 놓고 대신 배 쪽을 움켜쥐고 비명을 지르는 그와 블러드히루도 사이에는 붉은 관이 보였다.

"피를 빨고 있어!"

비명을 지르는 전투조원들이 걱정이 되어 달려온 사람들

이 공포에 질린 얼굴로 뒤로 물러나며 외쳤다.

아마 놈이 발출한 것은 촉수와 비슷한 것으로 거리가 5미터 이상 떨어진 사람들의 몸을 관통한 후 피를 빨아들이는 것이 틀림없었다.

가온은 검기를 극성으로 생성한 후 용병단장 쪽에서 블러드히루도 쪽으로 피가 엄청나게 빨리 이동하고 있는 중간을 잘랐다.

파앗!

뭔가 잘리는 감촉과 함께 피가 분수처럼 튀어나왔다. 놈이 피를 빨아들이는 흡입력이 그만큼 강력하다는 증거였다.

가온이 하는 모습을 지켜보던 사람들은 자신이나 동료의 피를 빨아들이고 있는 흡관 혹은 촉수를 검광 혹은 검기를 잘라 버렸다.

다행히 놈은 추가 공격을 하지 않았다. 그래서 사람들은 짧은 시간 동안 많은 피를 잃고 창백해진 사람들을 뒤쪽으로 옮겼다.

"후퇴! 정령사들은 다 함께 방벽을 높이 세워!"

가온의 명령에 세르나 일행이 대지의 정령을 소환해서 섬 가장자리에 10미터 높이의 흙벽을 일으켜 세웠다.

그사이에 가온은 아직도 피가 흘러나오는 붉은 관을 손으로 붙잡았다. 그리고 용병단장의 배까지 손으로 훑고서야 빨판이 달린 촉수라는 사실을 확인할 수 있었다.

일단 부상자를 10여 미터 뒤로 옮긴 가온은 단검으로 검기를 생성시켜 빨판이 붙은 부위를 도려냈다.

그리고 눈을 부릅뜨고 자신의 피가 흘러나오는 구멍을 내려 보고 있는 용병단장에게 포션 한 병을 주고 다른 한 병은 구멍에 뿌렸다.

포션을 붓다시피 마시고 나서야 겨우 기력을 찾은 헤븐힐에게 손짓으로 불렀다. 그녀와 매디는 전투조원들에게 버프와 축복을 걸어 주느라고 거의 방전되어 있었다.

그때였다.

퍽! 퍽! 퍽! 퍽!

정령사 대원들이 힘을 합쳐서 만든 높고 단단한 흙벽에 구멍이 뚫리는 소리와 함께 뭔가 빠르게 날아왔다.

'촉수다!'

빨판이 달린 촉수 수십 줄기가 흙벽과 거의 10미터 이상 떨어져 있는 사람들을 향해 엄청난 속도로 날아온 것이다. 그리고 그중 몇 개는 정확히 환자와 자신을 향해 날아오고 있었다.

'대체 이런 놈을 어떻게 사냥하라고!'

가온도 인간인지라 절망감이 엄습했다.

하지만 그가 아니면 죽어 갈 사람들이 한둘이 아니다. 어떻게든 힘을 내야만 했다.

"물러나!"

달려오던 헤븐힐을 향해 용병단장을 던진 가온은 점핑 앤
플라잉 스킬을 펼쳐 공중제비를 돌면서 흑검에 검기를 둘러,
희미한 붉은 기가 아니었다면 거의 보이지 않았을 물체들을
향해 휘둘렀다.

자신을 향해 날아오는 촉수는 네 개였다.

삭! 삭! 탕! 탕!

흑검의 오러에 부딪힌 물체 중 두 개는 잘렸지만 나머지
두 개는 잘리지 않고 튕겨 나갔다.

워낙 다급한 상황이라서 충분히 마나를 주입하지 못했기
에 완벽한 검기는 아니었지만, 그래도 명색이 검기인데 잘
리지 않다니 내심 등골이 서늘했다.

거기에 놈은 두꺼운 흙벽을 사이에 두고도 자신과 용병단
장을 향해 정확하게 빨판이 달린 촉수를 쏜 것을 보면 감각
이 엄청나게 예민한 것 같았다.

그때 또다시 사방에서 비명이 터져 나왔다. 또 다른 희생
자가 나온 것이다.

'검기를 쓸 정도가 아니면 화살보다 더 빠르게 날아오는
촉수를 막을 수 없어!'

그런데 설상가상 흙벽 아래쪽에 커다란 구멍이 뚫리며 붉
은 동체를 드러낸 블러드히루도 보스가 그곳으로 들어오고
있었는데 그 짧은 시간에 피를 얼마나 빨아먹었는지 크기가
집채만 했다.

탓!

가온은 또다시 자신을 향해 날아오는 촉수들을 잘라 냈지만 다른 사람들을 향해 날아가는 것들은 막을 수가 없었다.

그렇다고 도울 수도 없는 것이 보스가 자신을 경계하듯 한 번에 촉수 십여 개를 연이어 쏘아 대고 있어서 잘라 내기 급급할 뿐 여유가 전혀 없었다.

생존자들은 물론 온 클랜에서도 피해가 속출하고 있었다. 포션으로 대충 치료를 한 전투조원들이 바쁘게 움직이면서 촉수를 잘라 내고 있지만 촉수가 얼마나 빠른지 거의 막아 내지 못하고 있었다.

심지어 검기 사용자들까지 피를 빨리는 동료에게 신경을 쓰다가 자신의 몸에 구멍이 뚫려 제 손으로 촉수를 잘라야 하는 상황이 속출하고 있었다.

수많은 촉수를 통해 마치 타원형의 고슴도치가 된 것처럼 변한 블러드히루도는 흡수한 피를 통해서 새로운 촉수를 속속 발출하고 있는데, 한번 흡판이 붙으면 눈 깜짝할 사이에 엄청난 양의 피를 빨아들이고 있었다.

벌써 이십여 명은 생기를 잃고 창백한 얼굴로 누워 있었고 이대로 시간이 지나가면서 그런 이들이 빠르게 늘어날 것이다.

"제기랄!"

이대로라면 모두 놈에게 피를 모조리 빨린 채 미라가 되어 죽을 것이 틀림없었다.

정말 목숨이 경각에 달린 상황이다.

가온은 자신의 권속인 앙헬은 물론 세 정령을 모두 불러
냈다.

'앙헬, 놈의 정신을 교란시켜 줘!'

앙헬이 내민 손에서 검은 기류가 쏜살같이 블러드히루도
의 머리 부분을 파고들자 놈이 갑자기 몸이 굳었다. 촉수를
발출하는 것도, 피를 빨아들이는 것도 멈춘 것이다.

"윈드 커터!"

마나를 있는 대로 집어넣어서 만들어 낸 윈드 커터가 빠르
게 날아가면서 사람들과 연결되어 있는 촉수들을 모두 잘라
버렸다.

'카오스가 바닥을 무너뜨려서 빠진 놈의 몸을 붙잡아 주는
동안 녹스는 마비독을 주입시켜! 그리고 마누는 놈을 지져
버려!'

윈드커터 마법을 해제한 가온은 치환 반지를 이용해서 정
령력을 최고로 높이는 동시에 골드비 벌집을 입 안 가득 집
어넣고 씹기 시작했다.

츠즈즈즈.

마법사들과 매직 스크롤로 퍼부은 전격 마법과 달리 마누
의 전격은 마치 살아 있는 것처럼 몸이 굳은 블러드히루도

보스의 내부로 흘러들어 가려고 했다.

덕분에 사람들은 더 멀리 후퇴할 시간적인 여유가 생겼다.

하지만 진화한 세 정령의 능력에도 불구하고 블러드히루도는 큰 타격을 받지 않고 있었다. 카오스가 무너뜨린 구덩이 속에 빠져 몸이 구속당하자 이젠 가온에게 집중적으로 촉수를 발사했다.

촉수 공격을 집중적으로 받은 가온은 파르의 방호력에도 불구하고 여섯 군데나 구멍이 뚫렸다. 있는 힘을 다했음에도 불구하고 탄환보다 더 빠르게 날아오는 놈의 촉수를 막아 내지 못한 것이다.

다행히 파르의 방호력이 높아서 깊이 파고들지 못했고 가온이 흡판이 제 역할을 하기 전에 촉수를 자르고 그 부위를 도려내면 앙헬이 포션을 부어 치료를 해 주어서 피는 많이 빨리지 않을 수 있었다.

그렇게 가온이 공격을 당하자 분노한 세 정령이 더욱 공세를 강화했다.

그 결과 블러드히루도 보스도 카오스로 인해서 잠시 꼼짝도 하지 못하고 마누의 전격과 녹스의 독 공격을 감당해야만 했다.

잠시 공세가 그친 사이에 가온은 다시 갓상점에 접속해서 심안 스킬을 구입했다.

다행하게도 갓상점은 이번에는 가격을 두고 장난을 치지

않았다.

아무튼 원하는 스킬을 구입할 수 있는 포인트를 확보한 가온은 심안 스킬을 구입한 후 재빨리 내용을 훑어보았다.

심안

등급 : A

상세

-정신을 집중해서 대상을 보면 알고자 하는 사항, 즉 내외부 구조나 구성 혹은 급소를 파악할 수 있다.
-자연적인 장애물은 물론이고 마법적인 장애물을 뚫어 볼 수 있다.
-초당 10의 마나를 소모한다.
-지력 100 이상, 집중력 100 이상, 관찰력 100 이상, 마나 1,000 이상일 경우만 스킬을 사용할 수 있다.

가온은 바로 상태창을 확인해서 여유 포인트로 부족한 스텟들을 채웠다. 관찰력이 조금 낮을 뿐 나머지는 조건을 거의 충족하고 있었다.

다음은 놈의 촉수 속도를 따라잡기 위해서 여유 포인트 중 50을 사용해서 민첩 스텟을 올렸다.

생각 같아서는 여유 포인트를 모두 민첩 스텟을 올리는 데 쓰고 싶었지만, 그렇게 큰 폭으로 올라가면 오히려 적응하기가 힘들 것 같아서 내린 결정이다.

그렇게 빠르게 준비를 마치고 심안 스킬을 발동했는데 기존의 급소 간파 스킬을 흡수해서 단번에 2레벨이 된 상태였다.

'좋아! 이제 다시 시작해 보자!'

가온은 정령들이 더 이상 버티지 못하는 것 같아 보이자 흑검에 마나를 불어 넣었다.

단숨에 2레벨이 된 심안 스킬로 확인한 놈의 급소는 붉은 점으로 표시된 한 곳밖에 없었는데 카오스의 말대로 계속 옮겨 다니고 있었다.

일단 그곳을 공략하려면 순식간에 재생이 되는 방어막과 외피부터 뚫어야 했기에 지체하지 않고 몸을 날렸다.

민첩 스텟이 단번에 50이 상승해서 그런지 이전의 감각과 달리 몸이 너무 가볍고 빠르게 움직이는 바람에 하마터면 놈과 바로 충돌할 뻔했다.

점핑 앤 플라잉 스킬로 충돌 직전에 팔과 다리를 움직여서 피한 후 잠시 변화된 민첩 스텟에 적응하는 시간을 가져야만 했다.

그래도 심안 스킬을 발동하고 민첩 스텟을 올린 효과는 컸다. 피를 머금고 있지 않으면 육안으로 보이지 않던 블러드히루도의 촉수를 확실하게 볼 수 있었고 충분히 피할 수 있었다.

하지만 촉수를 피할 수 있을 뿐 그 사이를 뚫고 들어가서 공격을 하는 것은 거의 불가능했다. 한 번에 30여 개의 촉수가 그를 향해 날아왔기 때문이다.

어떻게든 놈에게 접근해야 하는 상황이기에 가온은 고육지책을 쓰기로 했다.

먼저 마누를 흑검에 깃들게 했다.

'파르야, 조금만 버텨!'

가온은 파르의 방호력을 믿고 마누가 깃든 흑검에 검기를 생성해서 촉수를 피해 공중으로 도약했다.

공중에서 빠르게 몸을 이동하는 바람에 촉수 3개만이 그의 몸을 타격했지만 비교적 가까운 거리이고 파르가 이전과 달리 타격 부위로 방어력을 집중시켜서인지 몸을 더 이상 뒤로 물러나지 않았다.

가온은 촉수에 맞은 부위에 강한 통증을 느꼈지만, 억지로 참고 검푸른 검기로 전격과 독으로 인해서 아까와 달리 몸이 좀 굳은 블러드히루도의 핵을 빠르게 찔렀다.

푹!

기대한 대로 검기는 두 겹의 방어막과 가죽을 뚫고 이동하는 핵을 찌르는 데 성공했다.

놈의 몸은 금방 시퍼런 뇌전에 휩싸였다.

'성고, 힙!'

공격이 성공했다고 생각한 순간 가온은 흑검을 재빨리 회수했다. 뭔가 흑검을 단단히 붙잡는 감각을 느낀 것이다.

이제 좀 타격을 받았나 싶었는데 심안으로 살펴본 결과 크게 실망하고 말았다. 핵은 여전히, 아니 이전보다 더 빠르게 수시로 위치를 바꾸고 있었다.

마누가 방출한 전격도 어느새 사라진 상태였다. 피의 양이 줄어서 몸집이 줄어든 것을 빼고는 변화가 없었다.

'젠장!'

욕이 절로 나왔다. 회심의 공격이 실패한 것도 실망이지만 핵의 속도가 너무 빨랐다.

하지만 실망만 하고 있을 때가 아니다. 이번 공격에 어느 정도 타격을 받은 것인지 블러드히루도 보스가 그를 향해 다량의 촉수를 발출할 준비를 하는 것 같았다.

가온은 뇌전구들을 놈을 향해 던지는 동시에 녹스에게 의념을 보냈다.

'녹스, 내 검에 깃들어서 마비독을 주입해!'

현재 녹스는 놈의 몸 내부로 독을 주입하려고 안간힘을 쓰고 있었지만 큰 효과는 없었다.

─거긴 마누까지 있어서 싫은데.

녹스는 노골적으로 싫다고 표현을 하고 있었지만 흑검 안으로 순순히 들어갔다.

가온은 날듯 빠르게 움직이며 마누와 녹스가 동시에 깃든 흑검을 뇌전구가 방출한 전광에 휩싸인 블러드히루도 보스의 몸 곳곳을 찔렀다.

블러드히루도는 민첩 스텟이 단번에 50이나 올라간 가온의 이동속도를 따라잡지 못하고 있었다. 막 발출하려던 촉수들이 움찔하며 멈추고 다른 곳으로 이동하길 계속했다.

그사이에 놈의 몸을 30여 차례나 찌른 가온은 녹스를 다시검에서 불러내어 은신을 부탁했다.

그 상태로 투명 날개를 이용해서 블러드히루도의 몸 위로날아오른 가온은 놈이 자신의 은신을 눈치 채지 못하고 있다는 사실에 회심의 미소를 지었다.

정상이라면 흙벽 너머에 있는 사람들의 위치를 정확하게파악한 놈의 감각에 걸릴 테지만 지금은 놈도 혼란스러운 상황이라 그의 은신을 알아차리지 못한 것이다.

그때 카오스의 다급한 의념이 전해졌다.

-온, 못 버티겠어!

-저도요!

놈을 붙잡고 있었던 카오스와 흑검에 들어가서 전격을 방출하고 있었던 마누가 힘이 다했는지 간절한 의념을 보내왔다.

'조금만! 조금만 더 버텨 줘!'

앙헬이 전해 준 벌집 조각과 로열젤리를 우물거리며 씹는가온은 간절한 마음으로 놈의 핵이 느려지기를 기다렸다.

삼십여 차례에 걸쳐서 흑검이 놈의 몸 안을 찌를 때마다녹스가 마비독을 방출했었다.

'지금!'

마침내 녹스가 주입한 마비독이 효과를 발휘했다. 물론 그 효과는 얼마 걸리지 않을 것이다.

치환 반지를 통해 모든 에너지를 마나로 변환시키고 그것을 모두 주입한 흑검의 검첨에서 검의 형상을 한 오러가 생성된 것조차 모를 정도로 심안에 집중한 가온의 몸이 쏜살같이 아래를 향해 떨어졌다.

만약 이 공격이 실패한다면 가온도 끝장이다. 앙헬이 부지런히 골드비 꿀과 로열젤리를 먹여 주고 있었지만, 마나가 차는 속도보다 소모하는 속도가 더 빨랐다.

마지막 일격도 소용이 없다면 가온은 블러드히루도에게 모든 피를 흡수당하고 미라처럼 죽을 것이다.

푹!

위험을 감지했는지 눈에 보이지도 않을 정도로 빠르게 이동하던 핵이 검의 형상을 한 오러에 닿았다.

푸쉬싯!

검의 형상을 한 오러에 닿는 순간 핵이 새빨갛게 달구어지는가 싶더니 이내 새카맣게 변했고 결국 사라졌다.

그 순간 뇌전구들이 방출한 전광에 감싸인 상태에서도 끊임없이 꿈틀거리던 블러드히루도 보스의 몸이 굳어 버렸다.

그리고 들려온 안내음은 모든 것을 쏟아 내고 심한 탈력감에 시달리고 있었던 가온에게 미소를 짓게 만들었다.

─던전 밖으로 나갔을 때 가장 위험한 존재가 되었을 블러드히루도 보스를 처치하는 위대한 업적을 세웠습니다. 보상으로 칭호, 특성, 스킬, 아이템을 획득합니다.

─탄 대륙의 생태계를 파괴할 수 있는 가장 위험한 마계 생물인 블러드히루도 보스를 처치하여 루가 100,000명예 포인트를 선물합니다!

─레벨이 23 상승합니다!

가온은 심한 탈력감에 제대로 몸을 일으키지도 못하고 있는 상황에서도 크게 미소를 지었다.

'아!'

이럴 때가 아니다.

가온은 앙헬이 입안에 아직 남아 있는 골드비 꿀과 로열젤리를 꿀꺽 삼킨 후 후들거리는 손을 뻗어 완전히 죽은 블러드히루도 보스를 대상으로 파워 드레인을 시행했다.

'우와아!'

가온의 눈이 커졌다. 마치 해일처럼 순수한 에너지가 몸 안으로 쏟아져 들어온 것이다.

특이한 것은 놈에게 흡수하고 있는 에너지는 연공을 하지 않아도 바로 그의 것으로 순화되었다는 점이다.

소모한 마나와 마력 그리고 정령력은 순식간에 채워졌고 나머지는 몸속으로 퍼졌는데, 그야말로 세포 단위까지 에너지가 들어차는 것처럼 충만함을 느낄 수 있었다.

3분여 후. 더 이상 흡수되지 않는 에너지를 아쉬워하며 가온이 일어났다.

　마침내 이 던전의 세 보스 중 가장 까다로운 놈을 처리하는 데 성공한 것이다.

　막대한 보상을 받았지만 그것들을 확인할 여유는 없었다.

　'이런!'

　거의 모든 사람들이 멀리 떨어진 곳에 눕거나 앉아 있었는데, 상태가 많이 좋지 않았다.

　보스의 사체를 아공간에 수납한 후 황급히 달려가 보니 전투조원 대부분은 블러드히루도 보스의 촉수 공격에 당하는 바람에 관통상을 입었고 피까지 빨려서 기식이 엄엄했다.

　다른 사람들도 전투조원들을 챙기느라고 죽을 둥 살 둥 힘을 쓴 나머지 기진맥진한 상태였다.

　가온은 있는 대로 포션을 꺼내 사람들에게 나눠 준 후 피를 빨려 죽은 이들이 나란히 누워 있는 곳으로 향했다.

　'죽으면 안 돼!'

　던전에 들어와서 지금까지 생존했고 이제 가장 위험한 블러드히루도를 사냥했는데, 죽으면 이들을 기다리고 있을 가족과 친지에게는 뭐라고 한단 말인가.

　그런데 반전이 있었다.

　-죽은 게 아니야.

　녹스였다. 진화를 한 결과 치료 능력도 얻었다고 했던가.

'그럼?'

─블러드히루도는 죽을 때까지 흡혈을 하지 않아. 촉수의 독으로 몸을 마비시킨 후 심장이 간신히 뛸 정도의 적은 양의 혈액만 남기고 흡혈을 하지. 그래서 장기와 조직이 가사 상태에 빠진 거야.

그렇다니 정말 다행이다. 이 불쌍한 사람들이 죽었다면 던전을 클리어해도 속이 상할 것 같았다.

'그럼 내가 어떻게 해야 해?'

─골드비의 로열젤리를 먹여 줘야 해. 그럼 빠르게 피를 생성할 수 있어.

'얼마나 먹이면 돼?'

─한 스푼 정도면 될 거야.

녹스의 말을 들은 가온은 서둘러 환자들의 입을 벌리고 로열젤리 한 스푼씩을 먹여 주었다.

로열젤리는 약간의 침만으로도 녹아서 사람들의 목으로 넘어갔고 얼마 후 죽은 이처럼 창백했던 얼굴에 혈색이 돌기 시작했다.

'됐다!'

사람들이 살아난 것을 확인한 가온은 촉수에 뚫린 부위에 치료 포션을 부어 살이 생성되도록 조치를 했다.

그런 조치가 거의 끝났을 때 헤븐힐과 매디가 황급히 달려 왔다.

"대장님, 보스는요?"

"겨우 죽였어."

"역시! 대장님이 해치웠다는 말은 듣긴 했지만 워낙 대단한 놈이라서 믿어지지가 않아요."

"역시 그래서 공격이 멈춘 거였어."

두 사람은 부상자를 치료하느라고 전황도 제대로 파악하지 못했던 모양이다.

"대장님, 설마 이 환자들…… 살았어요?"

고개를 끄덕인 가온은 다른 이들의 상태를 물었다.

"대량으로 흡혈을 당했지만 다행히 심장이 완전히 멈출 정도까지는 아니었어. 촉수에 뚫린 구멍은 메웠고 체력 포션을 먹였으니 시간이 좀 지나면 괜찮을 거예요."

"그래도 다행히 심장이나 뇌에 촉수가 박힌 사람은 없었어요."

그랬다면 즉사했을 것이다. 블러드히루도 보스는 흡혈을 하기 위해서 처음부터 뇌 부분은 피했고, 다들 이곳에서 살아남은 만큼 생존 능력이 뛰어나서 정신이 없는 상황에서도 심장으로 날아오는 촉수는 어떻게든 피한 것이다.

"수고했어. 이거 먹고 두 사람도 이젠 좀 쉬어."

가온은 골드비의 꿀을 희석한 포션이 아니라 직접 꿀이 들어 있는 벌집 조각을 하나씩 건네주었다.

"이건 뭐예요?"

"좋은 거."

비주얼이 좀 그랬는지 매디가 살짝 인상을 썼지만 헤븐힐은 고맙다는 눈빛으로 고개를 꾸벅 숙이더니 바로 입안으로 집어넣었다.

오물오물.

'이제 보니 정말 예쁘네.'

환자들을 돌보느라 온몸이 피범벅이 되었고 얼굴이나 목은 땀에 먼지가 붙어서 지저분해졌지만 진심으로 환자를 돌본 헤븐힐과 매디는 참으로 아름답고 매력적이었다.

매디는 별 반응이 없었지만 헤븐힐은 가온의 눈에 실린 감정을 느꼈는지 홍조와 함께 부끄러운 표정을 떠올리면서도 그의 눈을 피하지 않았다.

츠즈즈.

서로를 바라보는 눈빛 사이에 전류가 흐르는 것을 두 사람은 느낄 수 있었다.

마치 세상에 두 사람만 오롯이 존재하는 것처럼 다른 아무것도 의식하지 못한 채 눈빛으로 서로에 대한 호감을 주고받았다.

'내가 헤븐힐을 좋아하는구나.'

게임 안에서 누군가를 좋아하게 될 줄은 몰랐다. 그것도 현실에서는 자신과 나이 차이가 제법 있는 연상이다.

사실 현실에서 만날 때는 헤븐힐보다 매디에게 관심이 있었다. 일단 외모부터 마음에 들었지만 그녀의 조신하면서도 차분한 성격에 더욱 호감이 갔었다.

그런데 같은 영혼임에도 어나더 문두스에서는 달랐다. 자신에게 호감을 표현하는 헤븐힐을 볼 때마다 가슴이 설렌 것이다.

그래서 좀 헷갈리기는 하지만 이제 확실하게 감정을 알았다.

자신의 감정만 알게 된 것은 아니다. 헤븐힐 역시 자신을 좋아한다는 사실도 알게 되었다.

서로에 대한 감정에 집중하고 있는 두 사람이 그 어떤 행동을 하기 전 그들을 방해하는 사람이 있었다. 골드비 벌집을 씹어 먹고 있던 매디가 환호성을 지른 것이다.

"어머멋!"

"무, 뭔데?"

이제야 곁에 있는 매디의 존재를 의식한 헤븐힐이 가온에게서 눈을 떼고 물었다.

"언니, 레벨업이야! 무려 7이나 올랐다고! 매직북도 두 권이나 나왔다고!"

헤븐힐은 그제야 자신에게도 레벨업을 알리는 안내음이 들렸다는 사실을 떠올릴 수 있었다.

바로 레벨업을 했다는 안내 내용을 확인했지만 헤븐힐은 매디만큼 크게 기쁘지 않았다. 아니, 다른 데 마음이 가 있어서 그런지 레벨업에 대한 기쁨이 그리 크게 느껴지지 않았다.

'사귀자고 할까?'

또다시 만난 두 사람의 눈빛은 그런 감정이 담겨 있었다.

블러드히루도 보스를 상대로 악전고투를 했지만 레벨이 크게 오른 플레이어 대원들이 로그아웃을 한 후 가온은 이제야 겨우 쉴 여유가 생겼다.

블러드히루도 보스를 공격했던 온 클랜원들도 모두 촉수에 당했었다.

그래도 부위가 허벅지와 팔뚝 등 치명적인 곳을 피했고 바로 뒤에 있었던 헤븐힐과 매디가 빨리 처치를 했기 때문에 다른 사람들보다는 상태가 아주 좋았다.

가온은 빨리 조치를 한 결과 회복도 빠른 클랜원들에게 불을 피우고 저녁을 준비하도록 지시했다.

다들 정신이 없었지만 격한 사냥을 했기 때문에 자기 전에 뭘 좀 먹어야만 했다.

메뉴는 부드러운 육포와 빵이지만 받은 사람들은 그제야 시장기를 느끼고 감사를 표해 왔다.

그렇게 식사까지 마치고서야 겨우 정상을 되찾은 사람들은 보스를 혼자 사냥한 가온에게 경의를 보내며 그가 편하게 쉴 수 있도록 배려를 해 주었다. 근처를 비워 둔 것이다.

가온은 그제야 안내음의 내용을 확인할 수 있었다.

일단 레벨은 무려 23이나 올랐다.

'대체 놈은 레벨이 얼마였던 거지?'

올라간 레벨도 그렇지만 정령들이 있는 힘을 다해 도와주지 않았다면 절대로 사냥할 수 없었던 만큼 최소 200레벨은 가볍게 넘겼을 것 같았다.

가온은 일단 칭호부터 확인했다.

'환충류 학살자.'

환충류는 고리 모양의 체절을 가진 무척추동물군의 총칭이다.

지렁이나 거머리 그리고 마수에 속하는 웜 종류가 대표적이다.

서사급인 칭호의 효과는 상대의 전투력을 30% 감소시키고 본인의 전투력을 30% 상승시키는 꽤 괜찮은 효과를 가지고 있었다.

'이제 웜 종류는 걱정할 필요가 없겠구나.'

웜 중 그린 웜을 제외하고는 마수라고 보면 되는데 대부분 거대한 몸을 가지고 있으며 레벨이 높고 주로 땅속으로 이동하기 때문에 사냥하기가 무척 힘들다. 그런 웜을 가온은 쉽게 사냥할 수 있게 된 것이다.

다음은 특성이다. 한동안 특성 보상을 받지 못했기에 잔뜩 기대를 하면서 확인했다.

불사신

등급 : S

상세

−재생 핵에 담긴 생명력과 혈액을 이용해서 트롤에 버금가는 재생력을 가진다.

−재생력 +200

'재생 핵이라면 블러드히루도의 몸 안에서 빠르게 이동하던 그것인가? 그게 내 몸 안에 생성되었다는 거구나.'

무시무시한 던전의 보스 중 하나를 사냥한 보상으로 엄청난 특성을 얻어 버렸다.

이제 스킬이나 아이템은 허접한 것이 나와도 상관없을 것 같았다.

그런 마음을 먹어서인지 그다지 필요하지 않은 스킬이 나왔다.

투명화

등급 : A

상세 : 초당 마나 3을 소모하여 몸을 투명하게 만들 수 있다. 대신 기운이 방출되는 것은 막을 수 없다.

등급은 A지만 이미 높은 수준의 은신 스킬이 있는 가운데

게는 그다지 필요하지 않았다. 기운이라는 건 일부러 방출
하지 않아도 감정 상태에 따라서 자연스럽게 방출되기 때문
이다.

'도둑질을 할 것도 아니고.'

은신과 함께 쓴다면 그런 일에는 꽤나 효과적일 것 같
았다.

마지막으로 아이템 역시 꽝이었다.

히루도 보스의 진혈

등급 : 유일
상세
-히루도 진혈을 복용하면 상대의 혈액에서 피에 녹아 있는 힘을 흡수하는
능력을 얻을 수 있다.
-상대의 혈액을 5% 이상 흡수할 경우 권속으로 받아들일 수 있다.

'흡혈귀가 되라는 거야? 뭐야?'

가온은 그렇게 투덜거리면서도 나온 히루도 보스의 진혈
을 단숨에 마셔 버렸다. 앞으로 쓸 일은 없을 것 같지만 말
이다.

그래도 칭호와 특성이 대박이라서 충분히 만족했다.

'이제 좀 쉬자!'

연공까지 마치고 쉬려고 했지만 정신적으로 너무 피곤했
던 가온은 그대로 바닥에 몸을 눕혔다.

다음 날 새벽.

일찍 잠이 든 가온은 한밤중에 눈을 뜨여 아무도 없는 섬 가장자리에서 수련을 했다.

그렇게 수련을 마치고 상태창을 확인한 가온의 입꼬리가 잠깐 귀에 걸렸다.

'아무리 던전의 보스라고 해도 파워 드레인 스킬로 얻은 것이 무시무시하네.'

레벨은 대망의 200을 돌파했고 다시 아공간이 열 배로 커졌다.

그것만이 아니다. 마나와 마력 그리고 정령력은 물론이고 스텟들까지 큰 폭으로 상승했으며 기존의 화 속성에 더해서 독 속성과 독 내성까지 얻었다.

'그런데 도중에 감각이 좀 이상했어.'

마지막에 블러드히루도의 핵을 찌를 때 정말 모든 힘을 한 점에 쏟았다. 그때 잘못 본 것인지는 모르지만 흑검의 검 신이 길어진 것처럼 느껴졌었다.

'해 볼까?'

가온은 그때의 절박했던 심정과 감각을 되살려 흑검에 마 나를 불어 넣었다. 균일하면서도 충실하게 마나를 퍼트린 후 밀도를 강화시키자 오러가 솟아났고, 얼마 후 검첨으로부터 긴 실이 방출되었다.

'검사다!'

검기가 유형화되어 나타나는 첫 번째 현상으로 실처럼 가느다랗지만, 검기보다 높은 절삭력과 함께 파동을 자르는 위력이 있다.

검기를 생성하는 건 이제 마음을 먹은 순간 이루어졌으며 좀 더 집중해서 마나를 운용하면 얼마든지 검사를 생성할 수 있었다. 즉 벽을 넘은 것이다.

'그렇다면!'

가온은 마나를 전신으로 퍼트린 후 피부 모공을 통해 방출했다. 피부 위에 덧씌워진 파르는 방출하는 마나는 막지 않았다.

그가 지금 시도하려는 것은 단순히 방출만 하는 것이 아니라 의지로 몸 가까이 붙잡아 두는 것이 핵심이다.

곧 그의 몸이 마나의 막에 둘러싸였다. 마법이 아니라 마나 운용력으로 만들어 낸 일종의 실드이자 무협지에서 흔히 말하는 호신강기의 초기 버전이었다.

방호력은 시험해 볼 수 없었지만 파르에 이어 언제든지 몸을 보호할 수 있는 또 하나의 방법을 찾았다. 실드 마법까지 펼치면 삼중첩이니 어지간한 공격은 충분히 막아 낼 수 있을 것이다.

뿌듯했다. 이제 검사를 단련해서 검강, 즉 오러 블레이드를 생성하는 길만 남았다.

'소위 소드마스터가 되는 거지.'

물론 검강은 마나의 양이 많다고 구현할 수 있는 것은 아니다. 하지만 일단 검사를 만들어 낸 만큼 경험이 쌓이고 수련을 지속하면 언젠가는 검강을 만들어 낼 수가 있었다.

그러고 보니 검술과 창술이 진화해 있었다. 둘 다 A등급이 된 것이다.

'이젠 마나 검술로 진화했구나.'

자연스럽게 그 사실을 알 수 있었다.

그냥 훈 검술을 더욱 발전시켜도 되지만 스승도 없이 그러긴 쉽지 않다. 그러니 이제 검기와 검사를 제대로 활용할 수 있는 새로운 검술을 익혀야만 했다.

나중에 시간이 나며 갓상점을 뒤져서 적당한 검술을 찾아야 할 것 같았다.

'역시 던전이야.'

새삼 던전이 자신에게 얼마나 좋은 장소인지 확인한 가온은 나머지 두 보스를 어떻게 사냥할지 고민했다.

하지만 마땅한 방법은 없었다, 기존의 계획대로 하는 수밖에.

숙영하는 곳으로 돌아와 보니 사람들 태반은 아직 기상하지 않았다. 특히 부상자들은 아무리 포션과 치료 마법으로 치료했다고 하더라도 후유증이 상당하기 때문에 지금과 같은 상황에서는 잠이 보약이다.

'이렇게 된 거 트라이앵글의 중심부를 한번 살펴보고 오자.'

자신도 이전과 달리 한 단계 실력이 상승했고 세 보스 중한 마리는 사냥했으니, 이젠 그럴 자격이 충분하다고 생각했다.

　물론 막 일어나 수련을 준비하는 대원들에게는 정찰을 하고 오겠다고 말하고 출발했다. 안 그러면 걱정을 할 테니 말이다.

모든

'비행하는 것도 훨씬 쉬워졌어.'

뭐가 어떻게 달라졌는지 모르겠지만 마나가 마치 신경과 연결이 된 듯 마음먹은 대로 사용할 수 있게 되어 비행하는 것까지 쉬워졌다.

던전 특유의 습기 가득한 공기를 가르며 세 섬 사이의 공간, 즉 트라이앵글 안으로 날아간 가온은 마침내 중심부에 도착했다.

중심부는 이전과 마찬가지로 에너지 파동으로 이루어진 일종의 막으로 둘러싸여 있었는데 여전히 닿기만 해도 목이 녹거나 타 버릴 것만 같은 위험한 감각이 느껴졌다.

하지만 검사를 발출할 수 있게 되어서 그런지 이전보다는 위험하게 느껴지지 않았다.

'한번 들어가 보자.'

모험을 해 보기로 결정한 가온은 만약을 위해서 온몸에 마나를 퍼트려 마나 막을 생성한 후 힘차게 날갯짓을 해서 막을 향해 빠르게 날아갔다.

투욱!

뭔가 찢기는 미세한 소음과 함께 가온은 자신이 파동으로 이루어진 막을 통과했음을 깨달았다.

'이렇게 간단할 줄이야.'

중심부를 둘러싸고 있는 막이 굉장히 위험할 거라고 생각했던 것과 달리 아무 일도 없었다.

이제야 긴장과 흥분을 누그러뜨린 가온이 중심부로 향해 날아가면서 주위를 둘러보았다.

불투명한 막으로 둘러싸인 공간은 굉장히 넓었다. 지름이 대략 1킬로미터 정도 되었으니 말이다.

그리고 그 공간의 중앙에는 생존자들이 철심목이라고 부르는 나무 한 그루가 육지가 아닌 늪 한가운데 서 있었다.

그런데 놀라운 점이 한두 가지가 아니다. 철심목의 높이는 세 섬에서 자라는 것에 비해서 대략 세 배 정도였고 직경도 거의 3미터에 달할 정도로 거대했다.

그런데 차이가 있었다. 꼭대기 부분만 싱싱한 잎과 열매가 매달려 있는 세 섬의 다른 철심목들과 달리 중간 부분부터

예지몽으로
히든랭커

가지가 무성하게 뻗어 있었는데 잎과 열매의 양이 엄청났다.

빠르게 가까워지고 있어 더 자세히 살펴보니 이 탄 대륙의 전설에 등장하는 신수(神樹)라고 해도 믿을 정도였다. 엘프 종족에게 있어 신목(神木)으로 불리는 세계수를 연상하게 할 정도로 거대한 나무였다.

그 거대한 나무에서 시선을 떼고 주위를 둘러봤지만 바깥과 다를 것이 없는 늪밖에 보이지 않았다.

'아니, 차이가 있긴 하네.'

물빛으로 보건대 굉장히 깊은 것 같았다.

'하긴, 보스가 서식하려면 깊어야겠지.'

콰르의 보스도 그렇지만 플고렌스 보스 역시 엄청나게 거대한 몸을 가지고 있을 터이니 당연히 깊어야만 할 것이다.

'그런데 왜 이곳에서 셋이나 되는 보스들이 지내고 있었던 걸까?'

자신이 직접 경험한 블러드히루도 보스의 능력을 생각하면 서로 잘 어울리지도 않을 것 같은 세 보스가 왜 이곳에서 함께 살고 있는지 이해가 가질 않았다.

특히 거대한 몸집을 가진 콰르 보스나 플고렌스 보스에게 있어 지름 1킬로미터 정도의 공간은 좁을 수밖에 없었다.

철심목이 자라는 근처를 제외하고는 늪의 물은 아주 맑아서 높은 상공에서도 훤히 볼 수가 있었는데 당연히 있어야 할 보스들이 보이지 않았다. 블러드히루도 보스는 사냥을 했으니, 쾨르 보스와 플고렌스 보스는 있어야 했는데 말이다.

보스들이 지내는 곳이라서 그런지 눈에 띄는 것은 아무것도 없었다. 아주 작은 물고기들조차 보이지 않았다.

가온은 늪의 중심부를 향해 날아가면서 늪 이곳저곳을 자세히 훑어봤지만 특별한 것은 없었다.

그때 가온의 눈에 들어오는 광경이 있었다. 나뭇가지에 매달려 있던 열매 하나가 아래로 떨어졌다.

'그러고 보니 섬에서는 떨어져 있는 철심목 열매를 거의 본 적이 없네.'

다른 섬에도 철심목이 있지만 당연히 땅에 떨어져 있어야 정상인 열매는 본 적이 없었다.

그런데 열매가 떨어진 곳에서 물이 사방으로 솟아올랐고 짙은 색으로 변한 물 밖으로 언뜻 쾨르 특유의 광택이 나는 검은색 동체와 플고렌스 특유의 갈색 동체가 보였다.

다른 곳과 달리 굉장히 혼탁해서 보이지 않는 나무 바로 아래쪽에 숨어 있었던 모양인데, 익은 열매가 떨어지자 서로 차지하려고 싸우는 것 같았다.

'설마 싸우는 건가?'

잠깐씩 놈들의 거대한 동체가 드러나고 흙탕물에 피가 퍼지는 것을 보면 맞는 것 같았다.

'대체 얼마나 거대한 놈들인 거야?'

수면 밖으로 동체 전부가 드러나지 않아서 확실치 않지만 콰르 보스는 몸통이 직경 5미터 내외에 길이가 100미터에 육박할 것 같았고 플고렌스 보스 역시 만만치 않았다.

'거대화 스킬을 사용하지 않으면 저놈들을 사냥하는 건 불가능하겠구나.'

가온이 고개를 저을 정도로 엄청난 놈들이었다.

그런데 보스 간의 무시무시한 싸움을 지켜보던 가온은 순식간에 철심목을 중심으로 거의 100미터 가까이가 까맣게 변하는 것을 보고 깜짝 놀랐다.

'뭐지?'

그때 녹스가 의념을 보내왔다.

—독이야. 어서 위로 더 올라가야 해.

그 말을 들어서 그런지 어지러운 것 같았다. 화들짝 놀라서 나무 꼭대기까지 날아오르고 나서야 어지럼증이 좀 가라앉았다.

—독성이 엄청나. 저 정도 독은 지금의 나라도 감당할 수 없어.

그런데 그것만이 아니었다. 갑자기 회색빛 던전 상공이 거뭇거뭇해지는가 싶더니 이내 시퍼런 벼락들이 굉음과 함께 내리치기 시작했다.

쿠르르! 꽝! 쿠르르! 꽝!

가온은 굉음에 깜짝 놀라서 나무 꼭대기로 날아내려 몸을 숨겼다. 멀리 날아가려고 했지만 수십, 수백 다발의 뇌전을 뚫고 피할 자신이 없었던 것이다.

그 벼락들은 한창 싸우고 있는 두 보스 근처로 떨어지고 있었다.

─저렇게 지독한 독을 방출하는 콰르 보스도 대단하지만 플고렌스 보스의 능력이 대단하네요. 방전하는 것이 아니라 대기 중에서 뇌전을 생성해서 상대를 공격하고 있어요.

이번에 마누였다.

'이 뇌전 세례가 플고렌스 보스가 만든 거라고?'

─네. 아무런 전조도 없이 한순간 대기 중의 양전하와 늪의 음전하가 급격하게 활성화되면서 벼락이 치기 시작한 것으로 봐서 그런 것 같아요.

마누의 말을 듣는 순간 가온은 던전 클리어를 포기했다. 뭍에서 사냥을 하는 거라면 몰라도 이런 환경에서 저렇게 거대한 놈들을 사냥하는 건 불가능했다.

그사이에도 독의 범위는 확장되었고 뇌전들도 철심목 주위로 쏟아져 내리고 있었다.

가온은 혹시라도 그 뇌전이 철심목으로 떨어질까 봐 겁이 났다.

'마누야, 벼락이 떨어지면 네가 흡수할 수 있지?'

─당연하지요.

그런데 그때 생소한 의념이 머릿속으로 전해졌다.

─……저 좀 구해 주세요! 제발요!

이건 또 무슨 소리지?

순간적으로 카오스나 앙헬 그리고 벼리를 떠올렸지만 그 셋의 것은 분명히 아니었다. 의념이라고 해도 저마다 고유한 파동이 있었고 무엇보다 익숙하기에 알 수 있었다.

주위를 둘러보던 가온은 너무 놀라서 하마터면 나무 아래로 떨어질 뻔했다.

'누, 누구지?'

언제 나타난 건지 모르겠지만 가온의 눈앞에는 상반신 크기의 이질적인 존재가 있었다. 녹색 드레스에 세 쌍의 날개를 가지고 있는.

―저는 모둔이라고 해요.

'모둔? 혹시 정령이야?'

너무 신비한 존재라서 정령인지도 의심스러울 정도였다.

―인간이 아는 정령과는 좀 다르지만 그렇게 생각해도 무방해요. 저는 차원의 틈에서 자연 발생했지만 인간처럼 육체는 없으니까요.

차원의 틈이라니. 그런 말은 들어 본 적도 없거니와 그런 장소가 있다는 것도 금시초문이다.

'나는 온이라고 해. 혹시 모둔은 이 던전에서 태어난 거야?'

만일 그게 맞는다면 던전은 차원의 틈이라고 정의해도 될 것이다.

─그건 아니에요. 어느 날 갑자기 제가 있던 차원의 틈이 부서지고 여기로 빨려 오게 되었어요.

'그럼 이곳에서 얼마나 오래 지낸 거야? 아니, 이 던전 밖으로 나갈 수 있지 않아?'

─이곳에서 지낸 지는 인간의 시간으로는 수십만 년 정도 된 것 같아요.

인간의 시간이라니.

지금까지 대화를 나눈 것만으로도 모둔의 지능이 높다는 것을 알 수 있었지만, 차원의 틈이라는 곳과 이곳에서 나무 형태로 지낸 모둔이 인간에 대해서 잘 아는 것이 너무 궁금했다.

'인간에 대해서도 잘 알아?'

─잘 아는 건 아니고요. 전 저와 연결된 씨앗을 삼킨 존재의 지식과 생각을 어느 정도 읽을 수 있거든요. 인간 스물세 명이 제 씨앗을 삼켰어요. 물론 오래지 않아서 배설을 해 버렸지만 말이에요.

잘 이해가 되지 않는 능력이기는 했지만 이제야 모둔이 인간에 대해서 어느 정도 알고 있는 것이 이해되었다.

'그런데 왜 던전 밖으로 나가지 않은 거지?'

─저는 이런 형태로 현신할 수 있지만 인간이 아는 정령과 달리 본신이 있어서 본신을 멀리 벗어나는 것은 불가능해요.

'본신?'

-당신이 앉아 있는 이 나무가 제 본신이에요.

입이 떡 벌어지는 대답이었다.

가온은 새삼스러운 눈으로 나무를 살펴보았다.

'확실히 오래된 나무이기는 해. 그리고 예로부터 오래된 나무에는 정령이 깃든다는 말은 지구에도 있을 정도이니 가능한 일이기도 하고.'

이를테면 나무의 정령이라고 생각하면 될 것 같았다.

'그런데 왜 갑자기 나타난 거야?'

-날 데리고 이곳을 나가 주실 수 있나요? 그렇게 해 준다면 뭐든 들어드릴게요.

'널 데리고 이곳을 나가 달라고? 설마 이 나무를 어떻게 해 달라는 건 아니지?'

이 정령이 자신에게 뭘 해 줄 수 있느냐는 부차적인 문제다.

-당연히 아니에요. 쟤들 때문에 더 이상 이곳에서 지낼 수가 없어요. 제 모든 것을 담은 열매를 맺을 테니까 그것을 가지고 나가서 적당한 곳에 심어 주시면 돼요.

그런 거라면 못 해 줄 것도 없었다. 어차피 이 던전의 보스들을 보고 클리어하는 것은 포기했으니 말이다.

그래서인지 마음에 여유가 좀 생겼다.

'왜 이곳을 떠나려는 거지?'

-쟤들은 그동안 제가 맺은 열매를 먹고 성장을 했어요.

'열매를 먹고 성장을 했다고?'

—네. 저는 차원에 존재하는 모든 파동을 흡수해서 살아왔어요. 특히 이곳은 거대한 에너지가 압축되어 있는 차원석이 있어서 제게 최고의 환경이었어요.

'차원석의 에너지를 흡수해 왔다고?'

—네. 인간들의 기억을 읽기 전까지는 이 던전이라는 공간을 생성하고 유지하는 핵인 차원석인지도 몰랐지만요. 아무튼 전 그동안 제 뿌리 바로 아래쪽에 있는 차원석의 에너지를 파동의 형태로 흡수해서 적절히 사용하고 남은 파동은 배출해 왔는데, 이곳 생물들이 에너지로 활용할 수 있는 형태가 되었지요.

이해하기는 좀 어렵지만 일반 나무가 이산화탄소를 흡수하고 산소를 방출하는 것과 마찬가지로 모둔은 파동들을 흡수하고 마나를 방출한다는 의미가 아닐까 싶었다.

혹시 그래서 이 던전의 보스들이 유난히 강력한 것일까?

만약 이게 사실이라면 정말 경악할 일이다.

가온은 모둔에게 바로 그 사실을 물었다.

—맞아요. 그리고 인간이 마나라고 부르는 힘이 깃든 열매를 맺을 수도 있어요. 열매에 들어 있는 씨앗은 제 분신이기 때문에 그것들이 뿌리를 내리고 자라면 제 분할 의식이 되지요.

아마도 분신이 느끼는 것은 본신 역시 느낄 수 있다는 의미가 아닐까 싶었다.

'그럼 내가 네 분할 의식들을 자른 것도 알고 있겠네?'

-네. 하지만 그건 신경 쓰지 않아도 돼요. 그저 분할된 의식을 가진 존재였을 뿐이니까요.

그렇다면 다행이다.

어쨌든 짧은 설명이지만 모둔은 그저 그런 나무가 아니었다. 어떤 영양분이나 물 그리고 햇빛이 없이도 생존할 수 있다는 말이니 말이다.

'그럼 모둔이 이곳에 왔을 때 이곳 환경은 어땠어?'

-환경이라면 구체적으로 어떤 것을 의미하는 거예요?

'그러니까 대기라든가 늪의 상태라든가 하는 거 말이야.'

-그건 잘 모르겠고 차원석의 에너지를 제가 흡수해서 사용하고 남은 파동을 방출하면 이곳에 존재하는 마나의 양이 늘어났어요. 제가 맺는 과일을 먹은 생물들은 몸이 거대화되고 운이 좋으면 진화를 했고요.

아무튼 이 던전의 생물들은 모둔이라는 존재 덕분에 생존할 수 있는 건 물론이고 성장 혹은 진화를 해 온 것 같았다.

'다시 확인할게. 모둔이 맺은 열매에 마나가 깃들어 있다는 것이 사실이야?'

-맞아요. 그것도 먹기만 해도 육체가 진화하고 격이 올라가지요. 물론 마나도 늘어나고요.

'가만! 그럼 분할 의식이라고 한 나무의 열매도 마찬가의

효과가 있어?'

－네. 제 분할 의식이 담긴 씨가 발아해서 커진 것이나 당연하죠. 열매와 씨 모두 인간들이 마나라고 부르는 순수한 에너지가 담겨 있어요.

흡혈을 하는 블러드히루도를 제외한 콰르와 플고렌스는 이 열매를 먹고 거대하게 성장한 것이 확실했다.

그렇다면 원래 이 던전의 보스들이 이 정도로 강력한 마수는 아니라는 얘기다.

'그렇다면 보스들이 이곳을 떠나지 않는 것도 말이 돼.'

보스나 준보스들이 모둔의 본체인 이 나무가 있는 던전 떠나지 않는 이유를 짐작할 수 있었다. 진화 혹은 성장을 촉진하고 그 자양분을 제공하는 모둔의 열매가 있으니 말이다.

'그런데 모둔은 왜 떠나려는 거지?'

생물의 가장 큰 본능은 종족 보존 혹은 번식이다. 그리고 이 던전에서 모둔은 그 본능을 어느 정도 충족했을 것이다.

－그동안은 제가 가끔 맺어서 떨어뜨리는 열매로 만족을 했는데 진화를 거듭한 부작용인지 탐욕이 커져서 이젠 제 본체를 부숴서라도 많은 열매를 먹으려고 해요. 그래서 시커먼 뱀은 동체로 제 본체를 후려치기 일쑤고, 전기를 내뿜는 장어는 수시로 벼락을 쳐서 저를 괴롭히고 있어요. 그동안은 뿌리를 통해서 몸체를 단단하게 만드는 성분을 흡수해서 버텨 왔는데, 이젠 쟤들의 능력이 높아져서 더 이상은 버티기

가 어려워요.

모둔의 설명이 사실이라면 콰르 보스와 플고렌스 보스는 황금 알을 낳는 오리의 배를 가르는 짓을 하고 있었다.

생각해 보면 동물이 마수화가 되면 대개 성질이 흉포해지고 공격성이 강해지니, 콰르나 플고렌스도 마찬가지일 수도 있었다.

'말이 되는 얘기이기는 한데 뭔가 좀 부족하네.'

가온은 솔직하게 말했다. 정령이 깃든 나무이고 그 정령이 이렇게 의사소통이 원활할 정도의 지능을 가진 존재이긴 하지만 어딘가 좀 허술한 설명이었다.

−물론 그게 다는 아니에요. 이곳 바깥의 세상이 궁금한 것도 이곳을 떠나려는 이유 중 하나예요. 아까도 말씀드렸지만 전 제 분할 의식이 들어 있는 씨앗을 삼킨 존재의 지식과 생각을 어느 정도 읽을 수 있거든요.

그런 이유라면 어느 정도 이해할 수가 있었다. 던전에 들어온 지성체인 인간을 통해 얻은 지식이, 보다 넓은 세상을 구경하고 싶은 마음이 들게 했을 것이다.

그런데 그사이에 두 보스 간의 싸움이 그쳤는지 다시 고요해졌다.

'모둔, 다시 물을게. 네가 이곳을 떠난다는 의미는 이 나무를 살아 있는 채로 옮겨야 한다는 건 아니지?'

−당연히 아니에요. 새로운 씨앗 하나에 제 모든 것을 담

을 수 있으니까요.

　그렇다면 아주 쉬운 일이다. 그녀가 깃들어 있을 씨앗이 있는 열매를 들고 나가기만 하면 되니 말이다.

　―대신 저를 적당한 곳에 심어 주시면 돼요.

　'좋아. 그렇게 하지.'

　―그런데 저에게 바라는 것은 없나요?

　'어려운 일도 아닌데 뭐.'

　가온은 굳이 대가를 바랄 생각이 없었다. 사실 너무 간단한 일이었던 것이다.

　―제가 알게 된 인간은 대가가 없으면 움직이지 않던데…….

　그건 당연한 일이다. 이곳에 들어온 인간은 대부분 용병이나 모험가이니 거래에 아주 익숙했다.

　'네가 알게 된 인간에 대한 지식은 극히 일부에 불과해. 세상에는 아주 많고 다양한 인간들이 살고 있거든. 모두가 그런 건 아니야. 그리고 이 정도는 대가를 요구할 일이 아니고.'

　비록 던전의 보스들은 잡아 죽이지 못했지만 이곳에서 얻은 것들이 너무 많아서 모둔이 해 줄 수 있다는 보상은 눈에 들어오지 않았다. 얼마나 오랫동안 이 던전에서 외롭게 살아왔을지 모르는 모둔이 불쌍하기도 했고.

　'그런데 널 어떤 장소에 심으면 네가 원하는 대로 세상 구경을 할 수는 있지만 곧 싫증을 낼 것 같네.'

본체가 나무이니 아무리 높이 자란다고 해도 해당 장소 인근에서 일어나는 일만 알 수 있을 것 같아서 한 말이다. 과일을 먹을 때 씨앗까지 삼키는 사람은 별로 없으니 말이다.

실제로 생존자들도 모둔이 퍼트린 철심목의 열매를 먹기는 했지만 두껍고 단단한 겉씨를 부수고 속 씨를 먹은 사람은 없을 것이다.

－그래도 이곳보다 나을 것 같아요. 그리고 분할 의식을 담은 수많은 씨앗을 퍼트려서 그 나무들을 통해 세상을 구경할 수도 있으니 큰 문제는 없어요.

'뭐 그렇다면 상관은 없겠지.'

그런데 갑자기 생명의 아공간이 떠올랐다. 현재 앙헬과 정령들이 지내는 그곳은 생물체가 살 수도 있으며 넷은 그곳에서 영혼을 통해 연결된 가온의 모든 행동을 지켜볼 수 있었다.

'모둔, 내 영혼과 연결된 아주 특별한 아공간이 있어.'

가온은 생명의 아공간에 대해서 설명을 해 준 후 그곳에 자리를 잡으면 어떻겠느냐고 물어봤다.

－정말요? 그런 곳이 있다면 안전할 테니 저야 당연히 좋지요.

'그런데 네가 원하는 인간 세상을 구경하려면 그곳에서 지내는 것만으로는 부족해. 나와 계약을 한 정령들처럼 나를 통해서 더 생생하게 바깥세상을 경험할 수는 없으니까.'

—그럼 계약할게요. 온이라면 괜찮을 것 같아요.

'나에 대해서 알아?'

너무 즉각적인 모둔의 반응에 가온이 오히려 당황했다.

—제 분할 의식이 있는 열매와 씨를 먹었잖아요. 소화되기 전까지 온에 대해서 어느 정도 파악했어요.

아까 그런 말을 하긴 했는데 자신도 해당이 되는 줄은 몰랐다.

—저는 온과 계약한 네 존재와는 다르지만 그들과 비슷하게 지낼 수 있어요. 지금처럼 정령체와 비슷한 몸으로 본신을 벗어나 활동할 수 있으니까요.

'그런데 어떻게 계약을 해야 할지 모르겠네.'

—그냥 함께 지내면 되는 거 아닌가요? 온이 소멸할 때까지 영혼에 귀속되겠다고 맹세할게요.

모둔이 그렇게 의사를 표현하는 것으로 계약이 맺어진 것처럼 가온은 그녀의 존재가 영혼과 단단히 연결되는 것을 느낄 수 있었다.

세 정령과의 계약을 떠올려 보면 참으로 기이한 의식이었다.

'모둔, 나는 곧 이 던전을 나갈 생각이니까 당장 준비해.'

던전을 클리어할 생각이 없으니 더 이상 이곳에 머무를 필요가 없었다. 보스들이 중심부 바깥의 상황을 파악하면 떠날 수도 없었다.

–그런데 문제가 하나 있어요.

'무슨?'

–제 모든 것을 담은 씨앗이 들어갈 열매를 맺으려면 시간이 필요해요.

'얼마나?'

–인간의 시간으로 이틀요.

'빨리 떠나야 할 텐데. 사실은……'

가온은 두 보스를 제외한 모든 콰르와 플고렌스 그리고 블러드히루도를 사냥했다는 사실을 알려 주었다.

'너 때문에 종을 넘어선 격과 몸을 가지게 된 보스들이라면 지금 당장은 몰라도 상황을 알아차릴 테고, 그렇게 되면 이곳을 빠져나가려는 우리를 노릴 수도 있어.'

–확실히 그렇긴 하네요. 안 그래도 콰르와 플고렌스가 싸울 때만 노리는 흡혈거머리가 보이지 않아서 이상하다고 생각은 했었어요. 보통은 제 열매를 놓고 싸우긴 해도 오늘처럼 이렇게 오래, 그리고 격렬하게 싸우지는 않거든요.

아마 블러드히루도 보스는 다른 두 보스가 싸울 때를 기다려서 두 놈의 피를 섭취해 온 모양이다. 그런 놈을 다른 두 보스는 경계를 해 왔을 테고.

–그런데 플고렌스만 어떻게 할 수 있으면 콰르는 제가 처리할 수 있어요.

'콰르를?'

믿기가 힘들었다. 움직이지도 못하는 모둔이 어떻게 가온까지 사냥을 포기한 콰르 보스를 처리할 수 있단 말인가?

−네. 놈의 독을 계속 흡수해 두었거든요. 그리고 마비독도 포함되어 있지만 산성독에 가까운 그 독은 놈에게도 치명적이에요.

'설마 열매에 독이라도 주입하려고?'

−네. 뇌전 능력으로 체내의 독을 태워 버릴 수 있는 플고렌스라면 몰라도 이제까지 모은 놈의 독을 모두 집어넣을 테니 일단 먹기만 하면 입안부터 시작해서 위나 장기 등 연약한 조직을 녹이고 뼈까지 녹여 버릴 정도로 강력하거든요.

'그럼 그 방법으로 놈을 죽여 버리지 그랬어?'

−그럴 경우 다른 두 놈이 더 빠르게 강해질 테니까요. 플고렌스가 방출하는 전격은 정말 끔찍하다고요. 수시로 제 본신을 대상으로 열매를 재촉하기 위해서 전류를 방출하거든요.

'좋아. 잠깐 생각을 해 보자.'

희한한 일이다. 사냥을 포기했더니 해결 방안이 나오다니 말이다.

그래도 모둔 덕분에 콰르라도 사냥할 수 있는 방법이 나왔으니 이왕이면 플고렌스 보스를 사냥할 수 있다면 좋겠다.

가온은 짧은 고민 끝에 마누를 불러냈다.

'마누야, 플고렌스 보스가 방출하는 전류를 네가 흡수할

수 있겠니? 그게 아니라도 잠깐 막아 줄 수 있을까?'

아주 짧은 시간 동안 놈이 방출하는 전류만 막을 수 있더라도 충분히 놈을 사냥할 수 있었다.

-저도 생각해 봤는데 아무래도 어려울 것 같아요. 제가 한 번에 흡수할 수 있는 한도를 한참이나 넘어서거든요.

그 순간 그 당시에는 왜 그런 선택을 했는지 모르겠지만 갑자기 고대 유적지에서 들고 나온 두 책 중 하나가 떠올랐다. 바로 뇌전신공이었다.

미안해하는 마누를 돌려보낸 가온은 아공간에서 뇌전신공이 기재된 책을 꺼냈다.

물론 내용은 알고 있었다. 스킬북이 아니라서 달달 외웠다.

하지만 아는 것과 행하는 것은 전혀 달랐다. 다른 것도 아니고 뇌전을 다루는 내용이 아닌가.

무엇보다 뇌전에 대한 이해도가 떨어졌는데 그에 대한 해결책이 없지는 않았다.

'지력을 높여 보자.'

지력은 이해력, 암기력, 상상력, 사고력 등을 총칭한 지적 능력을 의미한다. 그러니 지력을 높이면 뇌전 신공에 대한 이해도가 높아져서 익히는 것이 가능할지도 모른다.

문제는 지력을 높였음에도 뇌전신공을 제대로 이해하지 못하는 경우인데, 그래도 지력이 높아졌기에 자신에게는 손해가 아니다. 다만 갈수록 레벨업이 어려워질 텐데 여유 포인트가 사라지는 건 좀 아까웠다.

일단 가능성을 찾은 가온은 상태창을 열어서 바로 여유 포인트 중 50을 지력에 투자했다.

여유 포인트가 30으로 줄어드는 동시에 지력이 150이 되었다.

그러자 머리가 깨질 듯 아파서 가온은 자신도 모르게 두 손으로 머리를 부여잡고 이를 악물었다.

머릿속이 하얗게 변했다가 벼락이 치듯 날카로운 무언가가 순식간에 머릿속을 치달리기도 했고, 어느 순간에는 뇌가 익어 버릴 것처럼 머리가 뜨거워지기도 했다.

처음 느껴 보는 생소하고 강렬한 통증을 수반한 그런 급격한 변화는 그리 오래지 않아서 끝이 났다.

'이제 끝났나?'

더 이상 머리에서 통증이 느껴지지 않았을 때 질끈 감았던 눈을 뜬 가온은 가장 먼저 머릿속이 마치 청뇌 명상법을 운용한 직후처럼 맑고 깨끗한 상태라는 사실을 깨달았다.

하지만 그 밖의 다른 변화는 전혀 알 수가 없었다. 그래서 지력이 급격히 높아진 효과를 확인하기 위해서 다시 눈을 감고 뇌전신공의 내용을 떠올렸다.

'된다! 이해가 돼!'

뜬구름을 잡는 것 같았던 내용이 일목요연하게 이해가 되고 있었다.

일단 뇌전신공은 플고렌스가 방전하는 것과는 전혀 달랐다. 전자기력을 다루는 것은 비슷했지만 플고렌스가 몸 주위로 전류를 방출하는 것과 달리 일정한 목표를 향해 전류를 흘릴 수 있었다.

뇌전신공의 요체는 두 가지였다. 하나는 체내의 한곳에 의지에 반응하는 양전하와 음전하를 안정적으로 모아 두는 과정이었고 다른 하나는 의지에 순응하는 뇌전의 목표물 사이의 공간을 장악하여 전하가 움직일 수 있는 전기장으로 만드는 것이다.

뇌전이라는 것은 음전하가 많은 곳에서 양전하가 많은 곳으로 이동하는 것을 현상이다.

'자연현상을 이렇게 인간의 육체와 의지를 이용하여 구현할 수 있다니 정말 대단한 신공이네.'

지력이 높아진 효과는 대단했다. 이제까지 이해라는 과정이 없이 펼쳤던 마법들에 대해서도 새롭게 깨닫게 되는 것들이 엄청나게 많았으니 말이다.

-온, 괜찮아요?

뇌전신공에 정신을 쏙 빼놓고 있었던 가온은 모둔의 의념에 정신을 차렸다.

'아! 괜찮아. 뭐 할 게 있어서…….'

-그게 뭔데요? 저는 온이 죽은 줄 알았어요.

'그건 나중에 얘기해 줄게. 일단 할 일이 있으니까 조금만 기다려 줘.'

–알겠어요.

모둔이 조용히 물러나자 가온은 먼저 뇌전신공의 내용대로 명치 부위를 중심으로 하는 뇌전신공을 운용했다.

뇌전신공은 특이하게도 마나의 이동로가 둘이었는데 하나는 양의 성질의 가진 마나가 운행하고 다른 하나는 음의 성질을 가진 마나가 운행하는 길이었다.

그렇게 두 경로를 통해서 미들오션이라고 말하는 명치 부위의 마나포인트에 돌아온 마나들은 융합되지 않고 서로 반발하면서 마치 태극 문양처럼 쌓이기 시작했다.

'됐다!'

첫 행공으로 음양의 성질을 가진 마나가 태극 문양처럼 균형을 이룬, 이른바 뇌전 핵을 만들어 낸 가온은 핵이 빠르게 회전을 하는 것을 인지할 수 있었다.

다음은 뇌전이 흐르는 길, 즉 자신과 목표 사이에 전기장을 만드는 일인데, 이건 의지가 관여하는 영역이다.

뇌전은 본래 의지가 관여할 수 없지만 뇌전신공을 통해서 인위적으로 만들어 낸 전류는 달랐다. 강한 의지로 일시적으로 전기장을 생성하고 전류의 흐름을 조종할 수 있었다.

얼마 후 가온은 10미터 거리에 매달린, 안 익은 열매 하나를 손가락으로 가리키면서 뇌전을 방출해 봤다.

츠츠즛!

각기 다른 성질의 마나들이 제각기 다른 경로를 통해 손가락 끝으로 이동하더니 밖으로 나오는 순간 서로 반응을 해서 뇌전이 되었다.

가온이 내뻗은 손가락 끝에서 시퍼런 뇌전 한 가닥이 빠져나오는가 싶더니 순식간에 지그재그로 움직여 열매에 닿았다. 그리고 그 열매는 시커멓게 타 버리더니 이내 재로 변해서 먼지처럼 사라졌다.

"됐다!"

10미터나 떨어져 있는 모둔의 열매를 새까맣게 태워 버릴 정도로 위력적인 뇌전을 사용할 수 있게 된 것이다.

–설마 온도 플고렌스처럼 뇌전을 사용할 수 있는 거예요?

곁에서 지켜보던 모둔이 깜짝 놀라 물었다.

'후후후. 아마도.'

아직은 큰 위력을 기대할 수 없지만 마법을 쓰는 것도 아니면서 인간의 연약한 몸으로 뇌전을 사용할 수 있게 된 것이다.

보스 사냥(2)

그때 모둔이 묘한 얼굴로 물었다.

-혹시 마나의 양이 늘어나면 뇌전 능력도 높아지나요?

'그거야 당연하지.'

뇌전신공에 필요한 마나는 마나오션의 마나가 아니다. 음과 양의 성질로 나뉘어 미들오션에 자리를 잡은 새로운 성질의 마나였다.

-그럼 제가 맺은 열매의 씨앗을 먹어요.

'네 열매의 씨앗을? 익은 것이 안 보이는데.'

모둔의 본체인 거대한 나무 위를 여러 번 선회했기에 그 사실을 이미 알고 있었다. 딱 하나가 익었는데 얼마 전에 떨어진 것이다.

－열매는 제가 익힐 수 있어요. 쟤들한테는 더 이상 주고 싶지 않아서 먹지 못하도록 오랫동안 익지 않도록 했거든요. 그리고 익었을 때 과육이 빨리 썩도록 했고 더불어 독까지 주입했는데도 소용이 없었지만 말이에요.

 '그럼 내게 준다는 열매는 독이 없는 거야?'

 －네.

 모둔은 세 쌍의 날개를 움직여 멀리 있는 가지의 끝부분에 달린 열매로 이동했는데 그녀의 손이 닿자 새파랗던 열매의 색깔이 순식간에 노랗게 변하더니 그녀의 손에 떨어졌다.

 다시 순간이동을 하듯 날아온 모둔은 그것을 가온에게 건네주었다.

 '과육을 부숴야 하나?'

 －아뇨. 그냥 먹어도 돼요. 씨앗에는 못 미치는 수준이지만 과육에도 마나가 담겨 있거든요.

 가온은 모둔의 말에 물렁물렁한 촉감의 노란 과일을 쳐다봤다. 굉장히 달콤한 냄새가 나서 금방 입안에 침이 고일 정도였다.

 '모둔이 굳이 내게 거짓말을 할 이유가 없지.'

 가온은 바로 열매를 입에 넣고 한 입 물어뜯었다.

 아삭!

 기분 좋은 소리와 함께 입안에 들어온 열매 조각은 씹는 맛은 물론 달콤한 맛과 기분을 좋게 만드는 향기까지 났다.

전에 분할 의식이 깃든 나무의 열매를 먹었을 때도 굉장히 맛있다고 생각했지만 본체의 열매는 그것과는 비교할 수 없을 정도로 맛과 향이 뛰어났다.

한번 씹어 먹기 시작하자 너무 맛있어서 순식간에 주먹 2개 크기의 과육을 먹어 치웠다.

'중독될 정도로 맛있네.'

-호호호. 그렇죠. 원래 모든 동물이 좋아할 수 있는 맛과 향을 가지고 있었는데 저놈들 때문에 그만…….

가온의 소감을 들은 모둔이 기쁜 듯 활짝 웃었다.

'이 안에 있는 씨앗을 어떻게 먹으면 되는 거야? 그냥 먹으면 독이 있는 것 같은데.'

녹스에게 부탁해도 되지만 그렇게 물었다.

-원래 쟤들 때문이 아니더라도 소화가 되지 않도록 일부러 껍질이나 씨에 독을 함유하도록 했지만 지금 그 씨앗은 독이 없어요.

모둔은 콰르 때문에 독을 다루는 능력이 생긴 모양이다.

뭐 독이 있어도 상관은 없었다. 독 내성이 있기 때문에 극독만 아니면 얼마든지 해독할 수 있었다.

가온은 악력으로 단단한 겉씨를 부수고 큰 콩알 크기의 속씨를 집어 들었다.

'씨에서도 맛있는 냄새가 나네.'

식욕을 자극하는 냄새에 참지 못하고 속 씨를 입안에 넣고 씹던 가온의 눈이 커졌다.

'씨도 지난번에 먹었던 것보다 훨씬 맛있어!'

굉장히 고소하고 달콤하면서도 새콤함과 짠맛 그리고 쓴맛까지 포함된 맛의 향연이 느껴진 것이다.

결론은 아주 맛있다는 것이다. 목으로 넘기기 싫어서 몇 번이나 더 씹을 정도로 말이다.

씹던 씨앗을 목으로 넘긴 가온은 그 자세로 바로 연공에 들어갔다. 물론 뇌전신공이었다.

얼마 후 반개했던 눈을 뜬 가온은 자신의 상태를 확인하고 깜짝 놀랐다.

'뇌전기의 양이 열 배 가까이 늘어났어!'

음과 양의 성질로 분리한 채 축적한 뇌전기가 엄청나게 불어나 있었고 뇌전신공에 필요한 마나로드들이 서너 배 이상 넓어지고 탄력이 높아졌다.

이건 뇌전신공의 효과가 아니었다. 특히 마나로드가 기존의 마나로드에 가깝게 확장된 것은 엄청난 순도를 가진 뇌전기로 인해서 생긴 효과였다.

'양과 음이라…….'

팽창하는 성질을 가진 양 속성의 마나가 마나로드를 넓히며 손상을 주면, 수축과 진정의 성질을 가진 음 속성의 마나가 즉각 치료를 하고 그 과정이 수없이 반복되면서 벌어진 변화에 가온은 뭔가 떠오를 듯 말 듯 머리가 간질간질했지만

예지몽으로
히든랭커

지금 당장은 정리가 되지 않았다.

－어때요?

'엄청나네.'

대답을 하면서 상태창을 확인해 보니 스텟란에 뇌전기 항목이 따로 생겼고 수치가 벌써 280이나 되었다.

－더 드릴 테니까 내성이 있는지 확인해 보세요. 저놈들의 경우에는 내성이 있어서 갈수록 효과가 줄어들더라고요.

'고마워.'

가온은 모둔에게 새로운 열매를 받아서 단숨에 먹어 치우고 뇌전신공을 연공하는 것을 반복했는데, 다섯 개를 연거푸 먹고 나자 뇌전기 증진의 효과가 크게 떨어졌다.

대신 오행 마나 연공술과 청류 마나서킷을 연공했는데 2개까지는 효과가 컸지만 그 이후부터는 급격히 낮아졌다.

'이 던전에서 살아온 콰르와 플고렌스는 모둔의 열매는 물론 그 전에 떨어져서 늪 바닥에 쌓인 수많은 씨앗을 먹고 진화를 했고, 블러드히루도는 놈들의 피를 흡수해서 진화를 했구나.'

아무리 내성이 있어서 성장 및 마나 증진 효과가 떨어진다고 해도 열매나 씨앗을 먹은 숫자가 수백 개가 넘어가면 보스들처럼 괴물이 될 수밖에 없었다.

아무튼 모둔이 주는 열매들을 먹어 치우고 바로 연공을 한 후에 확인한 상태창의 내용은 엄청나게 변해 있었다.

근력 : 167 민첩 : 238 체력 : 410
감각 : 181 지력 : 150 마나 : 3,587
마력 : 2,857 관찰력 : 100 집중 : 100
재생력 : 335 신성력 : 88 정령력 : 2,950
뇌전기 : 1,114

일단 체력이 엄청나게 높아졌다. 무려 150이 넘게 올랐으니 말이다.

무엇보다 눈을 크게 만든 변화는 마나, 마력, 재생력, 정령력이 엄청나게 높아졌다는 사실이다. 마나는 700이 넘게 높아졌고 마력과 정령력은 두 배 이상 올랐다.

이제 막 생성된 뇌전기는 무려 1천이 넘었는데 특이한 것은 재생력까지 높아졌다는 사실이다. 그건 모둔의 씨앗에 강한 생명력이 담겨 있다는 것을 의미했다.

변화는 그것만이 아니었다.

화 속성력 : 41 독 속성력 : 54 수 속성력 : 38
풍 속성력 : 33 토 속성력 : 38 금 속성력 : 35
화염 내성 : 74 독 내성 : 72 그 외 내성 : 25

기존의 화, 독 속성력에 더해서 수, 풍, 토, 금 속성력이 추가되었으며 기존의 속성력이 30% 내외 높아졌다.

화염 내성과 독 내성 수치도 70대를 상회했으며 다른 내성도 10에서 25로 높아졌다.

'엄청나네!'

입이 떡 벌어질 정도였다.

'이 정도면 소드마스터의 그것과 비교해도 밀리지 않을 것 같은데.'

예지몽에서나 지금이나 소드마스터는 본 적도, 그런 존재의 상태창도 확인해 보지 못했지만 그 정도로 엄청난 내용이었다.

—어때요?

너무 놀라서 잠시 멍한 얼굴을 하고 있었던 가온은 그제야 정신을 차렸다.

'모둔, 네 덕분에 많은 것을 얻었어.'

—호호호. 그건 제가 잘 알아요. 처음 봤을 때만 해도 몸에서 마나가 방출되고 있었는데, 지금은 전혀 느낄 수가 없거든요.

'그런 변화가 있었다고?'

자신은 정말 몰랐다. 평소의 자신이 마나를 방출하는 줄 말이다.

그 얘기는 이제 마나를 자신이 완벽하게 제어할 수 있게 되었다는 말이다. 자신도 모르게 마나를 방출하는 것은 평소에 운용하는 마나의 양을 마나로드가 완벽하게 수용하지 못할 때 나타는 현상이라는 내용이 담긴 책을 고대 유적 안에서 읽었다.

가온은 단검 한 자루를 꺼내어 검사를 생성했다.

"우오오!"

자신도 모르게 탄성이 터졌다. 순식간에 검사가 생성된 것도 놀랍지만 검사라고 하기엔 두꺼운 유형화된 검기가 검첨 밖으로 손바닥 길이만큼 튀어나왔다.

'무기의 돌출된 한 점으로 빠져나온 실 형태의 검기를 검사라고 부른다면 검강은 검기가 검신을 연장한 것처럼 오러가 검신의 행태로 생성된다고 했지.'

가온은 이전처럼 의도적으로 검첨에 마나를 모으지 않고 검신 전체에 넓게 퍼트려 균일하게 밀도를 높였다.

지력이 높아져서 그런지 마나를 제어하는 것이 굉장히 쉬워졌다. 마음먹은 대로 마나가 움직였다.

얼마 후 검신이 두꺼워지고 검신의 폭이 넓어졌다.

'전검강이다!'

검신이 길게 늘어나는 것을 검강이라고 부르는데, 그 직전에는 검신 밖으로 나온 오러가 유형화되어 검신이 굵어지거나 검 폭이 넓어진다.

그리고 검강과 같이 제대로 된 검의 모습으로 유형화가 된 것이 아니라 마치 검 자체가 두꺼워지고 커진 것 같은 이런 검기를 전검강이라고 부른다.

예지몽으로
히든랭커

이젠 정말 검강이 코앞이다.

그렇게 가온이 자신의 놀라운 발전에 취해 있을 때 마나가 빠르게 소진되었다.

'3천 대 중반인 마나로도 겨우 이 정도밖에 구현할 수 없다니.'

검강을 자유자재로 펼치는 소드마스터라는 작자들은 대체 얼마나 괴물인 건지 확실하게 알 수 있었다.

─그 정도라면 콰르를 사냥할 수도 있을 것 같네요.

'그래?'

─뭍이라면 말이죠.

가온은 감탄하는 기색이 역력한 모둔의 말에 한껏 뿌듯해졌지만 이내 허탈해졌다.

맞는 말이다. 수중이라면 설사 자신이 검강을 사용할 수 있다고 해도 놈을 상대하는 건 결코 쉽지 않았다.

─아무튼 아까 말하신 것처럼 플고렌스를 상대할 수 있게 되었나요?

'확실하지는 않지만 그럴 수 있을 것 같아.'

자신의 뇌전신공만으로는 절대로 이렇게 말할 수 없었다. 녹스를 믿기에 이렇게 말할 수 있는 것이다.

─그럼 당장 시작했으면 좋겠어요. 더 이상 저것들이 제 뿌리를 물어뜯고 뇌전으로 지지는 것을 참을 수 없거든요.

수면 밖에서는 보이지 않았지만 모둔은 그동안 당한 것이 많았는지 이를 부득부득 갈았다.

'놈들이 왜 그런 거야?'

─당연히 익은 열매를 내놓으라는 거죠. 아주 오래전에 배가 고픈 콰르가 제 뿌리를 물어뜯어먹기에 열매를 익혀서 떨어뜨린 후부터는 조금만 배가 고프면 이렇게 괴롭혀요. 플고렌스도 마찬가지고요. 배은망덕한 놈들이에요.

그렇다면 두 놈은 진화를 통해서 높은 수준은 아닐지 몰라도 영성이 생긴 모양이다.

'좋아! 그럼 시작하자고. 일단 독이 함유된 열매를 몇 번 떨어뜨려서 놈들의 능력부터 좀 떨어뜨리고.'

가온의 의념에 모둔이 고개를 끄덕였다.

콰르 보스와 플고렌스 보스는 벌써 다섯 번째 떨어지는 열매를 인지했음에도 서로 거리를 둔 채 움직이지 않았다.

네 번에 걸친 열매 쟁탈전으로 인해서 놈들의 동체 곳곳에는 상처가 가득했다. 살이 뭉텅 떨어져 나간 곳들은 물론 콰르의 경우에는 뇌전에 당한 듯 시커멓게 변한 부위들도 많았다.

그건 플고렌스 보스 역시 마찬가지였다. 뼈가 드러날 정도로 깊은 상처들이 곳곳에 보였고 중독이 되어 썩어 들어가는 부위들도 꽤 많았다.

상처야 시간이 지나면 다시 새살이 돋아나고 독도 사라질 테지만, 네 차례에 걸친 격렬하고 치열한 싸움은 두 보스를 많이 지치게 만들었다.

그때 콰르 보스가 있는 쪽으로 잘 익은 과일 하나가 떨어졌다.

영성이 트인 두 보스는 굳이 싸울 필요가 없게 되자 휴전을 하듯 따로 열매를 향해 접근해서 서로의 눈치를 보며 삼켰다.

지난 네 번과 달리 이번에는 싸우지 않고 바로 먹어서 그런지 열매 본연의 다섯 가지 맛을 제대로 즐길 수 있어 놈들도 만족했다.

그런데 얼마 후 두 놈이 발광을 하기 시작했다. 입안의 연약한 살부터 시작해서 목구멍과 위장 등 장기들이 녹아내리기 시작한 것이다.

쿠오오!

콰르와 플고렌스 보스는 참을 수 없는 고통과 함께 열매에 독을 집어넣은 나무에 대한 분노를 느꼈다.

영성이 발달한 두 놈은 이것이 나무의 짓이라는 사실을 잘 알고 있었다.

아주 오래전에도 열매를 빨리 떨어뜨리라고 나무뿌리를 물어뜯고 뇌전을 방출한 적이 있었는데, 그때 이렇게 독이 들어 있는 과일을 떨어뜨린 적이 있었다.

그때도 이렇게 연약한 입안과 장기 등의 조직이 녹아서 재생시키는 데 한참이 걸렸었다.

플고렌스 보스는 콰르 보스보다 더 분노했다. 콰르 보스는 독에 대한 내성이 높지만, 놈은 그렇지 않아서 훨씬 더 고통 스럽고 견디기 힘들었기 때문이다.

놈은 바로 바닥의 드러난 뿌리에 뺨을 대고 방전하기 시작 했다.

츠즈즈즈.

수십만 볼트에 달하는 엄청난 고압 전류가 뺨을 통해서 방 출되어 드러난 뿌리를 감전시켰다. 그리고 그 전류는 화석화 된 두꺼운 외피가 아니라 뿌리와 연결된 내부를 통해 나무 전체로 퍼져 나갔다.

─지금이에요!

모둔은 정령체가 희미해질 정도로 강력한 충격을 받았지 만 이를 악물고 외쳤다.

모둔의 외침이 아니더라도 마누와 그녀의 등에 손을 대고 있는 가온은 이미 준비가 되어 있었다. 모둔의 본체인 나무 와 닿아 있는 마누의 몸을 통해 엄청난 전류가 흘러들어 오 고 있었다.

그 전류는 마누가 1차로 흡수를 하고 적당량은 가온에게, 그리고 그 이외의 것은 외부로 방출했다. 1차 성장을 한 마 누는 그 정도의 뇌전 제어 능력은 가지고 있었다.

'흡!'

뇌전신공에는 뇌전기를 이용해서 충전 및 방전을 할 수 있는 비결도 있었지만, 외부의 전기를 흡수할 수 있는 요결도 있었다.

집중력을 최고조로 올린 가온은 마누가 자신에게 흘린 전류를 양전하와 음전하로 분리해서 각자의 마나로드를 경유시킨 후 미들오션에 쌓기 시작했다.

뇌전신공을 이제 막 익힌 상태이기 때문에 마누처럼 바로 플고렌스가 방출하고 있는 고압전류는 흡수하지 못했지만, 지금은 다르다. 일단 마누가 1차로 흡수한 후 자신에게 적절한 전류를 흘려주고 있었기 때문이다.

그럼에도 불구하고 전류의 흐름은 워낙 빨라서 분리하는 과정부터 쉽지가 않았다. 그래서 타임 슬로 스킬까지 펼쳤다.

플고렌스 보스는 어지간히 분노했는지 모둔의 본체가 견디지 못할 정도의 고압전류를 지속해서 방출하고 있었다. 아마 끝장을 보려는 모양인 것 같았다.

하지만 상황은 놈의 의도대로 되지 않았다. 이 정도면 최소한 나뭇가지와 잎이 새까맣게 타 버릴 거라고 생각했는데 나무에서 느껴지는 생기는 생각만큼 떨어지지 않았다.

놈은 더욱 분노해서 더 많은 전류를 방출했다. 오랜 세월을 이곳에서 살아오면서 무수히 진화시킨 발전기관의 출력을 더욱 높였다.

안 그래도 콰르 보스와 놈 그리고 블러드히루도는 조만간 이 좁은 곳을 나가기로 했다. 과일과 피를 두고 항상 싸우는 사이지만, 밖에서 주기적으로 들어오는 인간의 존재를 알게 된 이후 바깥에 대한 갈망이 커진 것이다.

게다가 숫자는 빠르게 늘어나는데 갈수록 잡아먹을 물고 기가 줄어들고 있었다.

그렇기 때문에 나무를 대상으로 본인이 방출 가능한 최대 출력으로 고압전류를 방출하는 것이다. 강렬한 독 때문에 장 기가 녹아내리는 끔찍한 고통에 몸부림을 치던 콰르 보스조 차 멀리 떨어질 정도의 강력한 전류였다.

하지만 시간이 지나도 플고렌스 보스가 감지하는 나무의 생기는 그대로였다. 분노에 사로잡힌 플고렌스 보스는 연속 해서 방전을 했고 그 시간은 거의 1시간이 넘게 이어졌다.

플고렌스 보스가 비록 모둔의 본체가 맺은 열매를 수없이 많이 먹고 수없이 진화를 했다지만, 놈의 발전기관은 더 이 상 전기를 생산해 내지 못하는 상황에 이르렀다.

결국 플고렌스 보스는 방전을 멈추었다.

그 순간 눈을 감고 오직 전류를 흡수하는 데 집중했던 마 누와 가온의 눈이 번쩍 뜨였다.

'마누, 너?'

ㅡ호호호. 또 한 번 성장을 했네요.

마누의 날개는 어느새 세 쌍이 되어 있었고 몸도 훨씬 더 선명해졌을 뿐 아니라 보통의 인간 여자와 비슷하게 커져 있었다.

은은한 푸른색 뇌전에 감싸인 마누의 성숙한 모습은 너무나 고혹적이어서 가온까지 마음이 흔들릴 정도였다.

처음 봤을 때만 해도 크기가 인형처럼 작아서 별생각이 없었는데 보통 여자처럼 변하자 전혀 다른 느낌이었다.

푸른 전격에 휩싸여 있기는 하지만 너무나 아름답거니와 동시에 섹시하기까지 했다.

─이게 모두 온 님 덕분이에요. 고마워요!

와락!

수만 송이의 꽃이 일제히 피어나듯 화려한 미소와 함께 그의 품으로 뛰어든 마누의 몸에서는 말로 형용할 수 없는 자극적이면서도 심혼을 흔드는 향기가 났다.

순간적으로 감전을 우려했지만 자신에게 귀속된 존재라서 그런지 그런 일은 벌어지지 않았다.

'꼭 사람 같아.'

이전에는 그가 만지면 만질 수는 있었지만 형체만 있지 그 속은 비어 있는 것 같았던 마누였는데, 지금은 마치 인간의 육체처럼 밀착이 되는 순간 몸의 굴곡은 물론 부드러우면서도 풍만한 감촉까지 느낄 수 있었다.

그렇게 마누를 안고 있으니 무척 당황스러운 육체 반응이 일어났다. 혈류가 빨라지고 하복부 한 곳이 단단해지기 시작한 것이다.

억지로 마음을 가라앉힌 가온은 내심 식은땀을 흘렸다.

그래도 다행히 마누는 자신의 반응을 인지하지 못한 것 같았다.

자연 정령은 정령계의 정령과 달리 실체화를 할 수 있다고 했는데, 지금 상태가 그런 것 같았다.

순간 자연 정령과 계약을 맺은 정령사 중 일부가 정령과 부부처럼 산다는 말이 이해가 갔다. 인간 여자와 다를 바가 전혀 없었던 것이다. 아니, 오히려 더 매력적일 수도 있었다.

―그런데 온의 상태는 어때요?

그러고 보니 자신의 상태를 확인하지 못했다.

아직 품에 안겨 있는 마누의 존재도 잊고 상태창을 확인한 가온의 눈이 찢어질 듯 커졌다.

'정령력은 5천이 넘었고 뇌전기는 무려 8천에 육박하다니!'

이래도 되나 싶을 정도로 엄청난 변화였다.

미들오션을 심안으로 확인해 보니 태극 문양을 이루고 있는 뇌전핵이 이전에 비해 열 배는 더 커져 있었고, 뇌전기의 이동 통로인 마나로드 역시 현저히 확장된 상태였다.

믿어지지 않는 성장에 눈만 끔뻑거리고 있을 때 존재 자체를 잊고 있었던 모둔의 의념이 들려왔다.

―지금이에요! 지금 당장 플고렌스를 처치해야만 해요.

모둔의 의념에 정신을 차린 가온은 곧바로 마누와 함께 나무 아래로 뛰어내렸다.

콰르 보스가 멀리 떨어진 곳으로 도망치고 플고렌스 보스는 방전만 했기 때문인지 나무 주위의 물은 어느 정도 맑아져 있었다.

풍덩!

물속으로 들어간 가온은 모둔의 본체 뿌리 근처에서 미동도 하지 않고 기력을 회복하고 있는 플고렌스 보스의 모습을 볼 수 있었다.

'마누, 놈의 입안으로 들어가서 지져 버려!'

플고렌스 보스는 입 주변이 독으로 인해서 거의 녹아 버린 상태라서 주둥이를 벌리고 있는 상태였다.

놈은 마누의 접근을 알아차렸지만 모든 힘을 소진했기에 발전에 필요한 세포들이 몰려 있는 꼬리 쪽의 근육을 거의 사용할 수 없었다.

마누는 그런 플고렌스 보스의 입안으로 들어가더니 바로 목을 통과해서 심장 부위로 향했다.

놈은 본능적으로 위험을 감지하고 있는 힘을 다해서 마누를 뱉어 내려고 했지만 강력한 산성독에 녹아 버린 조직과 기관 그리고 힘을 잃은 근육들은 아직 채 재생이 되지 않은 상태였다.

츠즈즈즈.

어떻게든 마누를 몸 밖으로 뱉어 내려고 하던 플고렌스 보스는 순식간에 시퍼런 뇌전에 휩싸였다.

 그러자 이제까지 제대로 움직이지 못했다는 것은 거짓인 듯 격렬하게 몸을 움직였다. 심장이 고압전류에 감전되면서 느끼는 끔찍한 고통이 잠재력까지 끌어낸 모양이다.

 플고렌스 보스는 어떻게든 심장을 보호하고 전류를 흡수하기 위해서 안간힘을 썼다. 놈 역시 진화를 통해서 전류를 흡수할 수 있는 능력을 가지게 된 것이다.

 만약 마누만이었다면 그 시도는 성공했을지도 모른다. 그만큼 오랫동안 살아온 놈의 뇌전 관련 능력은 엄청났으니 말이다.

 하지만 놈이 파악하지 못한 존재가 있었다. 바로 은신 스킬로 몸을 감춘 채 다가오는 가온이었다.

 몸 상태가 정상이었다면 능히 가온의 존재와 접근을 감지했을 테지만, 지금은 마누로 인해서 목숨이 경각에 달린 상황이라 전혀 알아차리지 못했다.

 플고렌스 보스의 머리 바로 위로 접근한 가온은 흑검에 마나를 주입하기 시작했다. 균일하면서도 최대한 밀도를 높인 마나는 순식간에 오러로 바뀌었고 검날이 두 배로 확장되었다.

 그렇게 준비를 했지만 한 가지를 더 했다. 바로 속박 마법을 건 것이다.

보통 때라면 아예 마법에 걸리지도 않았을 테지만 마누의 전격 공격을 받고 있는 놈의 현재 상태는 거의 최악이다.

전격에 휩싸인 놈의 몸이 순간적으로 굳는 것을 확인한 가온은 연속 베기와 강격 스킬을 사용해서 물을 가르고 플고렌스 보스의 목 부위를 내려치기 시작했다.

예상한 대로 놈은 금방 속박을 풀어내고 격렬하게 몸을 뒤흔들었지만, 마나와 체력을 모두 소진한 상태라서 흑검의 검기가 놈의 목 부위를 연속해서 베는 것을 막을 수가 없었다.

마나와 체력을 모두 소진한 상태라고 해도 오랜 세월 동안 살아온 놈의 피부는 오우거의 그것보다 더 질겼고 뼈 역시 강철보다 수십 배 더 단단했다.

하지만 속박 마법이 걸리고 풀어지는 그 짧은 시간 동안 흑검은 무려 10연격씩 놈의 목 부위를 가격했고, 결국 10여 차례에 걸친 공격에 놈의 목이 동체에서 떨어져 나갔다.

－쳇! 너무해요, 제가 막 심장을 태워 버리기 직전이었는데.

동체 밖으로 빠져나온 마누가 투덜거렸지만 가온은 자신이 해 놓고도 그 결과를 믿기가 힘들었다.

방전 능력도 그렇지만 플고렌스 보스의 동체는 직경이 4미터에 이르렀고, 길이는 100미터가 훨씬 넘었다.

－이제 쾨르 보스 차례네요.

마누가 그렇게 말하는 순간 가온은 들려오는 안내음들을

무시하고 죽은 플고렌스 보스의 머리통과 동체를 대상으로 파워 드레인 스킬을 사용한 후 아공간에 집어넣었다.

가온이 급하게 마나 연공과 마력서킷을 통해 파워 드레인으로 흡수한 플고렌스의 마나를 자신의 것으로 만들고 난 직후 마누가 급하게 의념을 보내왔다.

－놈이 도망쳐요!

그동안 자신이 모둔의 본체에 주입한 독의 정수에 당했지만, 높은 재생력과 치료 능력으로 녹은 장기와 조직을 재생시키는 한편 해독을 하던 콰르 보스는 자신과 거의 비슷한 능력을 지닌 플고렌스 보스가 생소한 두 존재에 의해 죽는 것을 인지하고 도망치기 시작했다.

놈이 작정을 하고 도망을 치기 시작하자 가온은 난감했다. 동체의 길이만 100미터가 넘어가고 한 번 몸을 접었다가 펼 때마다 엄청난 거리를 순간 이동하듯 움직이는 놈을 따라잡을 자신이 없었기 때문이다.

'이런!'

가장 강력한 블러드히루도 보스도 사냥했고 전격 때문에 골치가 아픈 플고렌스 보스도 사냥했다. 이제 콰르 보스 한 마리만 남았는데 절대로 놓치면 안 된다.

급박한 상황이라 정령들밖에 생각이 안 났다.

'카오스, 놈을 붙잡아!'

가온의 지시가 떨어지는 순간 늪 바닥이 솟구치며 단단한 벽이 나타났다.

콰직!

콰르 보스의 거대한 머리통이 벽을 강타하며 벽은 부서지고 놈은 그 자리에 멈추었다.

다급해진 놈은 추진력을 얻기 위해서 그 거대한 동체를 수십 번 접었다. 수없이 진화를 했을 테지만 그래 봐야 종 자체를 뛰어넘지 못한 놈은 이렇게 뱀 특유의 사행운동으로만 이동할 수 있었다.

그때 카오스가 바닥의 흙을 끌어 올려 놈의 굵은 다리들을 단단히 붙잡았다.

보통의 뱀은 이미 다리가 퇴화되었지만 놈의 경우는 굵고 짧은 네 쌍의 다리를 이용해서 포유류처럼 움직일 수도 있었다.

그런데 그게 놈이 도망치는 것을 방해했다. 1차 진화를 한 카오스가 놈을 잠시지만 콘크리트보다 단단하게 붙잡은 것이다.

놈은 접었던 몸을 제대로 펴지도 못하고 바닥에 깊이 박힌 발을 꺼내기 위해서 안간힘을 썼지만 카오스도 가진 능력을 모두 발휘하고 있어 쉽사리 벗어날 수 없었다.

그때 마누가 놈에게 도착했다.

츠즈즈즈.

마누가 방출한 뇌전이 두 줄기로 갈라진 놈의 혀를 타고 내부로 흘러들어 갔다.

　안 그래도 자신의 것이었던 강력한 산성독에 녹았다가 이제 막 재생되기 시작한 연약한 조직과 장기는 물론 근육까지 뇌전에 노출되자 몸이 빳빳하게 굳었다.

　심지어 완전히 해독을 하지 못한 상태라서 지금은 독 능력을 쓸 수 없는 콰르였다.

　그런 놈을 처리하는 건 전 검강까지 생성할 수 있게 된 가온에게 어려운 일이 아니었다.

　가온은 플고렌스 보스의 그것보다 훨씬 더 질기고 두꺼운 콰르 보스의 비늘을 생각해서 놈의 미간을 향해 흑검의 검첨에 생성된 뭉그러진 형태의 유형화된 오러가 날아갔다.

　'일점 찌르기!'

　금방이라도 도망칠 것 같아서 급하게 만든 전 검강이었다.

　그래서일까 안 당해도 될 내상을 입고 말았다.

　'큭!'

　방어막과 가죽까지 쉽게 뚫고 들어간 강철보다 더 단단한 두개골을 부수지 못하면서 흑검에 강한 반발력이 느껴지는 것과 동시에 가온의 몸이 뒤로 튕겨지며 입에서 선홍색 피가 흘러나왔다.

　두개골을 한 번에 뚫지 못했기 때문에 오히려 반발력에 자신이 내상을 입은 것이다.

하지만 내상은 심각하지 않았다. 모둔 덕분에 크게 상승한 재생력과 앙헬이 먹여 준 로열젤리로 인해 금방 내상은 치료되었다.

가온만 내상을 입은 것은 아니다. 쾨르 보스 역시 머리에 강력한 충격을 받고 반쯤은 기절한 상태였다. 유형화된 검에 실린 마나의 일부가 놈의 두개골을 투과해서 뇌에 영향을 준 것이다.

'그래. 얼마나 뼈가 단단한지 한번 해 보자!'

가온은 자신이 가진 모든 에너지를 치환 반지를 통해 마나로 바꾸고 흑검에 주입했다.

위이이잉.

끝없이 그의 마나를 먹어 치운 흑검의 변화는 물속에서도 선명하게 보였다. 흑검의 검첨에서 뻗어 나간 팔뚝 길이의 검사가 순식간에 덩치를 키우는가 싶더니 이내 흑검과 동일한 형태의 검신이 생성된 것이다.

가온은 이것이 진정한 오러 블레이드는 아닐 수 있지만 그래도 오러 블레이드의 위력은 낼 수 있을 거라고 믿었다.

'버프! 속박!'

파앗!

아까와 달리 이번에는 자신에게 버프 스킬을 쓰고 놈에게 속박 마법까지 건 상태에서 제대로 형상을 갖춘 오러 블레이드가 쾨르 보스를 향해 화살처럼 날아갔다.

놈은 이제야 정신을 차리고 어떻게든 머리를 움직여서 공격을 피하려고 했지만, 마누에 의해서 감전이 된 상태였고 속박 마법에 걸린 상태라서 꼼짝도 할 수 없었다.

푸욱!

모든 역량을 모아서 가한 일점 찌르기가 통했다.

이전에 급하게 만들었던 전 검강과 달리 이번에 가온이 생성한 것은 완벽한 검의 형상을 하고 있는 오러 블레이드였다.

무엇이든 베어 버리고 부순다는 위력답게 놈의 단단한 두개골 뼈를 뚫고 들어간 오러 블레이드는 놈의 뇌를 완전히 헤집어 버렸다.

결국 콰르 보스의 거대한 머리통이 아래로 떨어졌다.

─결국 온 님이 끝장을 내셨네요. 축하드려요!

어느새 콰르의 몸에서 빠져나온 마누가 가온의 품에 안기며 축하의 말을 전했다.

'마누 덕분에 죽일 수 있었어. 고마워.'

빈말이 아니라 마누가 아니었다면 자신이 아무리 오러 블레이드를 사용했다고 하더라도 놈을 죽일 수 없었을 것이다. 물론 독이 든 열매로 놈이 제대로 된 역량을 펼치지 못하게 만든 모둔의 덕분이기도 했다.

급하게 파워 드레인 스킬을 마친 후 콰르 보스의 사체를 챙긴 가온은 다시 날아서 모둔의 본체 위로 올라왔다.

－성공하실 줄 알았어요!

모둔이 어지간히 기쁜지 가온의 주위를 날아다니면서 호들갑을 떨었다.

이제까지 봤던 이미지와는 사뭇 다른 행동인데 그만큼 기쁘다는 방증일 것이다.

－이제 제 모든 것을 담은 씨앗을 만들게요.

'아! 그 전에 열매들을 익혀 주면 안 될까?'

－열매를요? 온에겐 더 이상 필요하지 않을 텐데요.

'사용할 데가 있어서 그래.'

－어차피 제가 이곳을 떠나면 사라질 테니 그것도 좋겠네요. 그럼 아래쪽에 있는 가지들에 달린 것들부터 익게 만들테니 온 님이 받아서 보관하세요.

모둔은 그 말과 함께 아직 새파란 열매들을 익히기 시작했다.

가온은 제대로 익어서 달콤한 향을 내뿜기 시작하는 열매들을 부지런히 따서 아공간에 챙겨 넣기 시작했다. 아공간에 넣으면 썩을 염려가 없었다.

그렇게 매달린 열매들을 모두 챙긴 가온은 모둔에게 잠깐 양해를 구하고 파워 드레인으로 흡수한 콰르 보스의 마나를 자신의 것으로 순화시키기로 했다.

－괜찮아요. 저도 이곳을 떠나기 전에 준비할 것이 있으니까요.

그렇게 연공을 하고 난 결과는 예상대로 대단했다. 콰르에 앞서 플고렌스 보스에게서 흡수한 것까지 합산된 것이다.

'마나가 1,814가 늘었고 마력도 1,547 늘었네.'

엄청난 증가 폭이었지만 먼저 경험한 것들이 있었기에 놀람은 덜했다.

대신 스텟의 변화가 더 눈에 들어왔다. 근력부터 시작해서 재생력까지 육체 관련 능력이 평균 50 가까이 늘어난 것이다.

그렇게 상태를 확인한 가온은 아까 들었던 안내음의 내용들을 확인했다.

—던전 밖으로 나갔을 때 인간과 수생생물에게 굉장히 위험한 존재가 되었을 플고렌스 보스를 처치하는 업적을 세웠습니다. 보상으로 칭호와 아이템을 획득합니다.

—탄 대륙의 생태계를 파괴할 수 있는 위협적인 변종 생물인 플로렌스들을 모두 처치하여 루가 50,000명예 포인트를 선물합니다!

—레벨이 21 상승합니다!

—던전 밖으로 나갔을 때 인간과 수생생물에게 굉장히 위험한 존재가 되었을 콰르 보스를 처치하는 업적을 세웠습니다. 보상으로 특성과 스킬을 획득합니다.

—탄 대륙의 생태계를 파괴할 수 있는 위협적인 변종 생물인 콰르 무리를 처치하여 루가 50,000명예 포인트를 선물합니다!

-레벨이 18 상승합니다!

이건 그야말로 대박 중의 대박이었다. 레벨이 무려 39나 상승했으니 말이다.

게다가 마계 생물이었던 블러드히루도와 달리 변종 생물이면서도 루가 아주 위협적이라 간주했던 모양인지, 총 10만이라는 명예 포인트를 얻을 수 있었다.

'이렇게 되면 명예 포인트만 무려 20만이 넘는구나.'

역시 투자를 해야 수익을 창출할 수 있었다.

기쁜 마음으로 칭호 보상을 확인해 보았다.

인어의 후예

등급 : 서사

상세

-모든 수생 생물을 상대로 전투력 30% 상승.

-입수할 경우 아가미와 물갈퀴가 생성되어 물속에서도 뭍에서와 마찬가지로 호흡하고 움직일 수 있다.

-수 속성력 +50

'이건 크다!'

서사 등급의 칭호답게 대상의 범위도 넓고 전투력 상승도 크게 다가왔지만, 물속에서도 자유롭게 움직일 수 있다는 내용이 더 크게 다가왔다.

가온은 이 던전과 비슷한 환경의 늪이나 물속에서도 호흡을 할 수 있다는 점이 무엇보다 마음에 들었다.

　블러드히루도 보스를 사냥했을 때와 달리 두 가지 보상만 나온 것이 이상했던 가온은 내용을 확인하고 충분히 만족했다.

　다음은 아이템이다.

뇌전검

등급 : 서사

상세

－플고렌스 보스의 본으로 만들어진 본 소드로 마나를 주입하면 검에 뇌전이 흐른다.

－검술의 경지가 높아지면 뇌전을 발출할 수 있으며 뇌전 막을 생성할 수도 있다.

－벼락을 흡수하여 축적할 수 있다.

　마나를 주입하자 즉시 시퍼런 뇌전을 방출하는 뇌전검은 아주 마음에 들었다. 하지만 흑검 대신 쓰기에는 좀 무리가 있었다. 남들의 눈이 쏠리는 것을 별로 좋아하지 않는 가온이 항상 사용하기에는 너무 튀기 때문이다.

　'그래도 서사 등급의 아이템이니 언젠가 유용하게 쓸 일이 있겠지.'

　충분히 만족한 가온은 뇌전검을 아공간에 수납했다.

다음은 콰르 보스를 사냥하고 얻은 특성이었다.

천독지체

등급 – S
상세
−기존의 독 내성이 존재하므로 추가 효과에 의해서 모든 종류의 독에 90%
의 내성을 가진다. 다양한 독을 경험하고 극복할 때마다 내성이 강해진다.
−독의 종류나 독성에 따라서 다르지만 스스로 해독할 수 있다.
−마나를 통해서 독을 감지하고 종류를 판별할 수 있다.
−체내에 독을 쌓을 경우 피부를 통해서 배출할 수 있으며 독무의 형태로
상대를 중독시킬 수 있다.

'엄청난 것이 나왔네!'

무려 S등급의 특성답게 내용이 아주 알찼다. 던전을 찾는
도중이나 던전에 서식할 수 있는 수많은 독물들에 대해 원천
적인 대비가 되는 능력이었다. 90%의 독 내성이라면 중독을
걱정할 필요가 없었다. 마지막으로 스킬을 확인했다.

마나탄

등급 : A
상세
−마나 100을 손가락 끝에 모아서 콩알 크기의 오러로 만든 후 초당 200미
터의 속도로 발사할 수 있다.
−스킬 레벨이 높아질 때마다 소요되는 마나와 속도가 2배로 증가하며 부
가적인 효과가 추가된다.

간단한 내용이었지만 가온은 주먹을 불끈 쥐었다. 아마 콰르가 독액을 발사하는 스킬이 있기 때문에 나온 것 같은데 초당 500미터의 속도라면 음속보다 더 빨랐다.

당연히 동체시력을 넘어서는 속도였기에 상대는 알면서 피하기 어려웠다.

만약 블러드히루도 보스를 만나기 전에 이 스킬을 익혔다면 죽을 위기에 몰리지 않고 비교적 쉽게 사냥할 수도 있었을 것 같았다.

특히 그냥 마나가 아니라 속성을 가진 마나만을 사용할 경우 그 위력은 더욱 올라갈 수 있었다.

예컨대 화 속성의 마나로 마나탄을 만들어서 발출한다면 마나탄이 지나간 곳은 타 버릴 것이다.

'자주 사용해야겠네.'

한 번에 소모되는 마나의 양이 많기는 하지만 모둔의 열매 덕분에 더 이상 마나가 부족할까 봐 걱정할 필요는 없었다.

그래도 지금의 마나탄 스킬로는 보스를 처리하기는 힘들 것 같았다.

'지르자!'

잠시 고민하던 가온은 그 자리에서 바로 갓상점을 열어서 스킬 강화권을 구입했다. 갓상점의 아이템과 스킬을 둘러볼 때 스킬 강화권을 본 것이 떠올랐다.

일단 1레벨에서 2레벨로 올리는 강화권과 2레벨에서 3레

예지몽으로
히든랭커

벨로 올리는 강화권을 각각 1만 포인트와 2만 포인트를 주고 구입했다.

그 자리에서 바로 스킬을 3레벨까지 강화하고 스킬을 확인하니 내용이 좀 바뀌어 있었다.

일단 소요되는 마나는 200으로 증가했고 속도 역시 초당 800미터로 높아졌다.

마나탄의 속도가 초당 900미터인 총탄과 비슷해진 것이니 어지간한 놈들은 보고서도 피하기 힘들 것이다.

내친김에 4레벨로 만들어 볼까도 생각했지만 가격도 4만 포인트나 되는 데에다 이 정도면 충분히 위력적이라고 생각해서 멈추었다.

그렇게 보상을 모두 확인한 가온은 자신의 모든 것이 담긴 씨앗을 들고 기다리고 있던 모둔에게 사과를 했다.

-아니에요. 이곳을 떠날 수 있게 되어 너무나 자유롭고 홀가분해요. 그리고 온 님의 시야와 감각을 통해서 세상을 구경할 수 있게 되어서 얼마나 기쁜지 몰라요.

'그런데 이 던전이 부서지면 너는 다시 이곳으로 오진 않겠지?'

-네. 그리고 제가 없으면 설사 이 공간이 다시 만들어진다고 해도 지금처럼 강력한 콰르나 플고렌스 그리고 블러드히루도는 더 이상 나타나지 않을 거예요.

맞는 말이다. 세 존재가 진화를 한 것은 모두 모둔이 맺은 열매 덕분이었으니 말이다.

'그럼 이제 내 생명의 아공간에 가서 지내도록 해.'

―네. 그리고 그곳에서 제 본체가 충분히 성장하기 전까지는 지금처럼 정령체로 현신하기 힘들 것 같아요.

'알았어. 카오스! 아까는 고생했어. 모둔을 생명의 아공간으로 안내해 줘. 모둔의 본체를 자랄 수 있는 적당한 곳을 찾아 주면 더 좋고.'

―알았어. 그 정도야 어려운 일이 아니지.

카오스가 선선히 그의 부탁을 수락하자 이제는 생기가 전혀 느껴지지 않는 철심목을 돌아보았다. 싱싱했던 잎들은 모두 떨어져서 앙상한 가지만 남아 있었다.

'모둔, 이 나무를 챙겨도 될까?'

―왜요? 제가 씨앗으로 옮기면서 이젠 죽은 상태인데요.

'쓸 일이 있을까 싶어서.'

―알았어요. 그럼 뿌리를 없앨게요.

이제 남은 것은 차원석을 챙기는 것이다. 이전에는 부숴 버렸지만 생명의 아공간을 확장하기 위해서는 차원석이 필요했기 때문에 그럴 필요가 없었다.

모둔이 버린 본체까지 챙기자 모든 일이 끝났다.

차원석은 모둔이 말한 대로 본체의 뿌리 속에 있었다. 그것만 챙기면 던전은 깨끗하게 클리어되는 것이다.

그런데 클리어를 잠시 미뤄야 할 상황이 생겼다.

─획득한 명예 포인트가 200,000이 넘었습니다. 구매자의 등급이 '중급'으로 상승하며 새로운 상품들을 구매할 수 있는 자격을 획득했습니다.

갓상점과 관련된 안내음의 내용이었다.

'내 등급이 초급이었구나.'

물건만 사고팔았지 자세하게 살펴보지 않아서 그런 것도 모르고 있었다.

가온은 당장 갓상점을 살펴보고 싶었지만 이미 등급이 올랐으니 언제 확인해도 되는 일이었다. 지금쯤 자신을 눈 빠지게 기다릴 대원들과 생존자들이 생각나자 그 마음을 접었다.

가온은 차원석을 따로 챙겼다. 차원석을 부수어야 던전이 클리어되는 건 아니다. 해당 장소에서 사라지면 그 던전은 붕괴가 되며 새로운 차원석이 만들어지면 다시 생성되는 방식이다.

차원석을 챙긴 이유가 있었다. 그걸로 생명의 아공간을 확장할 수 있기 때문이었다.

가온이 차원석을 챙겨 생명의 아공간에 집어넣는 순간 던전 클리어를 알리는 안내음이 들렸다.

─차원의 파편 던전이 클리어되었습니다. 해당 던전은 더 이상 생성되지 않습니다. 보상은 던전을 벗어나면 따로 안내합니다.

　안내음을 들은 가온은 크게 기뻐했다.
　이제 더 이상 콰르나 플고렌스가 다시 나타나는 일은 없을 것이니, 오크라강에 기대어 사는 수많은 사람들은 안전한 삶을 되찾을 수 있을 것이다.
　아니, 생성이 되더라도 진화의 원천이자 촉매 역할을 해 온 모둔이라는 존재가 없으니 그다지 위험하지 않았을 것 같았다.
　자신은 그저 던전이 경험치 여섯 배가 적용되는 곳이라서 앞으로도 계속 던전을 공략할 생각이지만 그 결과로 수많은 사람들의 생존과 삶에 긍정적인 영향을 주고 있다고 생각하니 무척 뿌듯했다.
　잠시 후 흥분을 진정시킨 가온은 투명 날개를 전력으로 사용해서 사람들이 있는 섬을 향해 날아갔다. 뗏목으로 던전 입구까지 가려면 서둘러야만 했다.
　물론 던전이 소멸될 때까지 던전을 빠져나가지 못해도 상관은 없었다. 자동적으로 던전 밖으로 튕겨 나가니 말이다.
　물론 던전이 완전히 소멸될 때까지 하루 정도의 시간이 걸리기 때문에 나갈 시간은 충분했다.

새로운 의뢰

던전을 빠져나와 미리 대기하고 있던 배 위로 올라온 사람들의 얼굴은 더없이 환했다.

"으하하하!"

던전 클리어에 대한 공헌도로 레벨이 단숨에 8이나 오른 바로부터 시작해서 플레이어들이 가장 기뻐했다. 그들은 레벨업은 물론이고 스킬이나 아이템까지 획득했으니 말이다.

다른 대원들은 늪 던전을 벗어난 것만 해도 기쁜 것 같았다. 그만큼 제대로 자신의 역량을 발휘할 수 없는 늪 던전이 지겨웠으니 말이다.

물론 가장 기뻐한 사람들이야 당연히 생존자들이다. 그들은 바깥 공기를 맡는 것조차 감격스러운 듯 처음에는 기뻐서

울고 웃다가 이내 복잡한 얼굴이 되었다.

그들은 밖에서는 나름 힘을 주고 살았었는데 던전에 들어와서는 너무 무력했다. 콰르도, 플고렌스도, 블러드히루도도 그들의 역량으로는 도저히 사냥할 수가 없었던 것이다.

사냥을 하기는커녕 생존을 걱정해야 했던 시간들과 곧 만날 가족과 친지를 떠올리자 말로는 표현할 수 없는 복잡한 감회가 엄습한 것이다.

노라와 말톤은 돌아가지 않고 던전이 위치한 강심과 가까운 강변에 배를 정박시켜 놓고 기다리고 있었다가 익숙한 사람들을 보자 미칠 듯 좋아했다.

헤테처럼 가족도 있었지만, 생존자 대부분은 용병 길드와 모험가 길드 등 세이런의 실질적인 무력을 담당하던 인재들이었기에 더욱 반가워했다.

"이제 우리 세이런이 살아날 수 있게 되었어!"

"크하하하! 당연한 말씀!"

생존자들을 한 명씩 끌어안으며 진심으로 반기는 노라와 말톤의 얼굴은 붉게 상기되어 있었다.

물류는 물론 인적 자원의 이동도 극도로 제한된 상황에서 그동안 던전을 공략했던 이들이 세이런의 거의 모든 전력이었다. 그래서 그들의 부재로 인해서 세이런은 제대로 주위의 마수나 몬스터를 토벌할 수 없었는데, 이제 상황을 바꿀 수 있게 된 것이다.

가장 마지막에 던전을 빠져나온 가온은 '인어의 후예' 칭호의 실질적인 효과를 확인하고 정말 깜짝 놀랐다.

'이게 아가미로 호흡을 하는 거구나.'

귀 뒷부분에 생겨난 아가미는 물에 녹아 있는 산소를 걸러서 폐로 보내고 이산화탄소를 내보냈다. 코로 호흡을 하지 않아도 아무런 불편이 없었다.

그게 전부가 아니었다. 손가락과 발가락 사이에 생겨난 갈퀴는 물속에서 자유롭게 움직일 수 있도록 해 주었고 몸 곳곳에 공기가 찬 것처럼 몸이 너무나 가벼웠다.

그렇게 칭호 효과를 몸으로 확인한 가온은 던전을 나왔을 때 들렸던 안내음의 내용을 떠올리며 활짝 미소를 지었다.

—이레귤러의 산실이 되고 있었던 차원의 파편 던전을 클리어하는 위업을 달성했습니다! 위대한 칭호를 획득했습니다!

—레벨이 10 상승합니다!

내용을 듣던 가온의 눈매가 좁아졌다.

'보상이 달랑 칭호 하나라고?'

이건 좀 문제가 있었다. 물론 레벨이 단숨에 10이나 상승한 것이나 무척 기뻤지만 말이다.

바로 칭호를 확인해 보았다.

포인트 이레귤러

등급 : Undefined
상세
-레벨업 시 랜덤으로 포인트를 획득한다.
-획득하는 포인트의 범위는 0~10.

이름이 아주 이상했지만 내용을 확인한 가온은 자신도 모르게 입을 크게 벌렸다가 물을 먹고 격하게 기침을 할 정도로 놀랐다.

내용 자체는 단순했지만 그 의미는 엄청나게 컸다.

'재수가 좋으면 1레벨에 10포인트를 얻을 수 있다는 거네. 물론 꽝일 수도 있지만……'

이건 어나더 문두스가 진짜 게임이었으면 정말 밸런스를 깨뜨릴 수 있는 효과를 가진 칭호였다. 0이 나올 확률보다 나머지 열 개의 숫자가 나올 확률이 훨씬 더 높을 테니 말이다.

'물론 나야 당연히 최고지만!'

레벨 업보다는 스텟 증가를 더 중요시하는 가온에게는 정말 꼭 필요한 것이어서 다른 보상을 받지 않아도 서운하지 않을 칭호였다.

'던전! 정말 던전이 최고야!'

비록 죽을 뻔한 위기가 몇 번이나 있었지만 가온에게 있어 던전은 그야말로 성장의 요람이나 다름없었다.

그래서 혹시나 싶어서 상태창을 확인해 보니 역시 이번 레벨업에도 칭호의 효과가 적용되어 있었다.

원래 레벨업 전의 여유 포인트는 69였다. 스킬들을 제대로 쓰기 위해서 스텟에 투자를 했다.

그런데 10레벨이 올랐으니 포인트는 당연히 79가 되어야 정상이지만 지금 상태창에 표기된 포인트는 무려 117이었다. 무려 38이 더 추가된 것이다.

이 정도라면 다른 보상이 전혀 없더라도 전혀 서운하지 않다.

그렇게 보상을 단단히 챙긴 가온이 수면 밖으로 나와 무심결에 코로 호흡을 하는 순간 아가미와 갈퀴는 거짓말처럼 사라졌다.

하지만 가온은 그 순간 그런 변화조차 인지하지 못했다. 배 위에서 자신이 올라오기를 기다리는 사람들 때문이었다.

세이런성은 축제 분위기에 휩싸였다. 던전에 들어갔던 세이런의 뛰어난 헌터와 용병이 절반 이상 살아서 귀환했기 때문이다.

생존자들의 가족과 친지가 기뻐하는 것은 당연했지만 다른 주민들 역시 그들의 귀환을 반겼다.

그들이 살아서 귀환했으니 조만간 주위에 들끓는 마수와

몬스터를 토벌하고 안전한 구역을 확장하게 될 테고, 그렇게 되면 현재의 어려움은 상당 부분 해소가 될 거란 전망은 어린애들도 할 수 있었다.

더구나 수중 던전도 완전히 소멸되었으니 더 이상 콰르나 플고렌스와 같은 괴물이 늘어날 것을 걱정하지 않아도 된다.

차근차근 토벌을 하다 보면 오크라강은 예전처럼 세이런 사람들의 터전으로 돌아올 것이다.

당연히 던전을 클리어했을 뿐 아니라 생존자들을 구출했다고 알려진 가온의 온 클랜은, 그야말로 엄청난 관심의 대상이 되었다. 성에 사는 그 어떤 사람이라도 그들을 보고 싶어 했으며 말 한마디라도 건네고 싶어 했다.

하지만 온 클랜은 여관에서 꿈쩍도 하지 않았다.

귀환한 첫날, 세이런의 자치위원들과 한차례 만난 것을 제외하고는 두문불출하면서 던전에서 얻거나 느낀 점들을 토대로 자신의 실력을 높이느라 여념이 없었던 것이다.

가온이야 한시라도 빨리 왕국의 수도 쪽으로 이동하고 싶었지만, 지금은 대원들에게 아주 중요한 순간이었다.

먼저 급증한 마나를 제대로 제어할 수 있어야만 했다. 가온이 수시로 준 천연 영약은 물론 던전 내에서 줄곧 먹었던 콰르로 인해서 늘어난 마나가 그만큼 많았기 때문이다.

마나를 자신의 것으로 만드는 작업과 동시에 스킬 수련도 해야만 했다.

퍼슨과 패터 그리고 스톤은 던전에서 콰르를 사냥했을 때와 블러드히루도 보스를 상대한 경험을 통해서 마나 운용 능력이 크게 향상되었다.

그들은 고대 유적에서 암기해서 나온 검술과 창술 그리고 궁술의 경지를 높이기 위해서 종일 구슬땀을 흘렸다.

타람과 로에니는 블러드히루도 보스와의 싸움에서 목숨이 경각에 달린 상황을 경험했다. 그리고 그 경험과 고대 유적에서 찾은 검술을 실전에서 사용하면서 벽을 무너뜨릴 수 있게 되었다.

죽음을 목전에 둔 상황을 극복하는 과정에서 의지와 집중력이 강해졌는데, 그것이 마나 운용력을 향상시켜 주었다. 그래서 좀 더 빠르게 검기를 생성할 수 있게 되었고 검기도 더 오래 유지할 수 있게 되었다.

두 사람은 이제 검기 입문자가 아니라 검기 실력자가 된 것이다.

세르나를 비롯한 네 정령사 역시 정령력을 한계까지 사용하는 바람에 정령이 역소환되는 위기를 여러 번 경험했는데, 그것이 정령 마법에 대한 깨달음을 주었다.

사실 그들은 이제까지 정령과 정령 마법을 전투를 보조하는 정도로만 사용해 왔는데, 던전에서 콰르와 블러드히루도 보스와의 싸움을 겪으며 생각이 달라졌다.

사용하기에 따라서 자신들의 주력이라고 생각했던 무기술

보다 정령들과 정령 마법들이 가장 효율적인 전투력이자 자신의 생명을 지켜 줄 수 있는 최고의 조력자라는 점을 깨달은 것이다.

네 사람은 다양한 상황을 상정하고 정령들을 소환해서 정령 마법의 조합을 달리해 가면서 상황 해결 능력을 키우는 데 주력했다.

플레이어 대원들은 이번 던전을 깨는 과정과 클리어에 따른 보상으로 얻은 스킬들을 익히는 데 전념했다. 던전에서 많은 것을 얻었지만 아직 갈 길이 멀었다는 사실을 깨달은 것이다.

나름 실력에 자신했지만 탄 대륙 사람들, 특히 가온에 비하면 너무나 존재감이 없었다.

모두들 이번 던전 클리어 과정에서 공헌한 바가 거의 없다고 자평했다. 그들로서는 버스가 아니라 비행기를 탄 것이나 다름없었다.

"우리가 운이 좋았어. 하지만 언제까지 대장님에게만 의지할 수는 없지. 우리와 온 대장님을 비교하는 건 무리가 있지만 수련을 통해서 스킬 레벨을 높이는 것이 대장님에게 받은 은혜를 갚는 일이 될 거야."

여섯 명은 긴 토론 끝에 그런 결과를 도출했다.

던전을 혼자 깬 것이나 다름없는 가온과 같은 괴물도 언제 어떤 상황에서도 펼칠 수 있도록 끊임없이 스킬들을 반복해서 수련하고 최선을 다해서 대련을 하는데, 자신들은 너무 레벨업에만 신경을 쓰고 있다는 사실을 깨달은 것이다.

마론 역시 던전을 통해 자신의 역량 부족을 실감했다. 그래서 같은 마법사인 헤븐힐 일행과 함께 시간을 보내며 효율적인 마법 공격을 고민했다.

넷 다 3서클 마법사에 불과하지만 힘을 합하면 5서클에 준하는 위력을 발휘할 수 있다는 사실을 이번 던전에서 깨달은 것이다.

샐리는 랄프에게 마나 운용과 다양한 병기술을 가르치는 한편, 예전의 실력을 되찾기 위해서 땀을 흘리며 수련했다.

가온 역시 이번 던전에서 느낀 점들이 많았다.

'스킬은 올라운더라고 해도 될 만큼 다양하고 많은데 레벨이 너무 낮아!'

마법을 포함한 스킬들은 하나같이 마음에 든다. 올라운더를 추구하는 자신에게는 꼭 필요한 스킬들이었다.

그런데 스킬 레벨이 낮아서 제대로 활용하지 못하고 있었다. 자주 사용을 해야 레벨이 오를 텐데 종류가 많다 보니 신경을 못 쓴 스킬들이 너무 많았다.

이래서는 한 우물을 파는 것이 훨씬 더 나은 상황이다. 스킬의 등급이 부끄러울 정도이니 말이다.

'이 기회에 스킬 레벨들을 좀 올리자.'

겸사겸사 스킬 간의 연계까지 연구해 가면서 수련을 진득하게 할 생각이다.

마침 여관에는 전용 지하 연무장이 있었다. 원래 여관 건물이 이곳을 떠나 수도로 진출한 거대 용병단의 본부였다.

이렇게 수련을 할 생각을 한 것은 수도까지 안전하게 운항할 수 있는 대형 마력선이 보름 후에나 건조되기 때문이었다.

사실 콰르 정도는 가온에게 이제 그리 위험하지 않았지만 오크라강에 기대어 사는 이들에게는 거대한 동체와 독무 그리고 전기 능력을 가진 콰르나 플고렌스에도 안전한 배의 존재는 꼭 필요했다.

필요성을 절감해서 그런지 수련의 열기는 대단했다. 식사 시간을 제외하고는 서로 대화도 거의 하지 않고 자신의 스킬을 갈고닦는 데 여념이 없었다.

모두가 열심이기는 했지만 가온이 가장 바빴다.

타람과 로에니부터 시작해서 가장 실력이 낮은 랄프까지 가온의 가르침과 조언이 필요했기 때문이다.

이제 막 검기를 제대로 사용할 수 있게 된 타람과 로에니에게는 실전을 방불케 하는 대련을 통해서 검기의 수발과 새로 익히고 있는 고대의 검술을 제대로 펼칠 수 있도록 도와주었다.

그 결과 불과 열흘 만에 두 사람은 검기에 능숙해지고 효

과적인 마나 운용을 통해서 검기를 더 오래 지속해서 사용할
수 있게 되었다.

이제 막 자신만의 고유한 무술을 펼칠 수 있게 된 퍼슨과
패터 그리고 스톤의 경우에는 초식의 시범부터 마나 운용
까지 상세한 가르침을 베풀었다. 세 사람이 익히는 검술과
창술 그리고 궁술의 요체를 먼저 깨달았기 때문이다.

그들의 열의와 상세한 가온의 가르침이 통했는지 세 사람
은 입문 단계를 넘어 무기에 통해서 능숙하게 빛을 방출하고
오래 지속해서 사용할 수 있는 경지에 들어섰다.

세 사람 중 스톤의 성장이 발군이었다. 오랫동안 궁술을
수련해 와서 그런지 그는 비교적 쉽게 화살에 마나를 주입해
서 빛을 방출하는 단계에 올라선 것이다.

퍼슨과 패터도 그런 스톤의 급성장에 자극을 받았는지 밤
낮없이 수련에 매진했고 덕분에 완숙한 검광 실력을 가지게
되었다.

마론과 헤븐힐 일행은 개인적인 마법 수련 외에도 이른바
결합 마법이라는 합공을 시도했다.

예를 들어 뇌전 마법을 쓰기 전에 수계 마법을 펼친다든가
화계 마법 공격과 함께 풍계 마법을 쓰는 등 마법 공격의 위
력을 높이는 데 주력했다.

특히 언데드를 상대로 매디가 홀리파워를 펼치면 화계 마
법과 풍계 마법을 함께 펼쳐서 신성력이 가득한 불을 사방으

로 넓게 퍼트리는 방식의 합공은 무척이나 위력적이었다.

그렇게 마법사들의 합공만 시도된 것이 아니었다. 정령사들 역시 정령 간의 연계 공격이나 합동 공격을 위한 다양한 방식의 조합을 시도했다.

그중 몇 가지 조합은 하급 정령들로 중급 정령이 펼친 정령 마법의 위력을 상회할 정도로 놀라운 성과를 얻기도 해서 정령사들의 수련에 강한 동기를 부여했다.

샐리의 재활 수련과 랄프의 수련도 큰 성과가 있었다. 완벽하게 해주에 성공한 샐리는 벌써 검광 입문 단계에 이르렀고 가온의 세심한 지도로 이전보다 더 위력적인 검술을 펼칠 수 있게 되었다.

랄프는 타고난 괴력에 마나 운용력까지 더해 다양한 중병기들에 빠르게 익숙해져서 아직 신강 단계임에도 불구하고 파괴력에 있어서는 검광 단계와 비근할 정도의 무력을 손에 넣게 되었다.

특히 거대한 방패와 중병기를 자유자재로 사용할 수 있게 되어 어지간한 마수나 몬스터는 혼자서도 사냥할 정도로 비약적인 성장을 하고 있었다.

하지만 대원들의 성장에서 빼놓을 수 없는 중대한 요소가 둘이나 있었다.

하나는 콰르의 고기였다. 던전의 생존자들이 말한 것처럼 콰르의 고기를 섭취하고 마나 연공을 하면 2 내지 3의 마나가 증진되었기 때문에 대원들의 능력이 더욱 빠르게 올라갈 수 있었다.

다른 하나는 허니비의 꿀로 만든 비약이었다. 새벽, 오전, 오후, 저녁 수련을 마칠 때마다 지급되는 비약은 체력과 마나를 급속도로 충전시켜 줄 뿐 아니라 마나까지 증진시켜 주었다.

그러니 열흘이라는 짧은 시간에도 불구하고 대원들의 기량이 눈에 띄게 성장할 수밖에 없었다.

온 클랜이 수련을 위해서 칩거한 지 열흘이 지났다.

세이런성 주민의 시선과 관심은 아직도 그들이 묵고 있는 여관에 쏠려 있었지만 온 클랜은 한 명도 밖으로 나오지 않았다.

자치 위원회에서는 가온과 협의한 대로 던전 클리어 과정에서 온 클랜원들이 부상을 입어서 치료를 받고 있으니 방문을 금한다고 공표를 했기에 누구도 무례를 범하지 않았다.

그런데 오늘 온 클랜이 묵고 있는 여관을 방문한 손님들이 있었다. 노라를 포함한 세이런 자치위원회 위원들이었다.

가온은 자신을 포함해서 클랜원 모두가 시간을 금처럼 사용하면서 수련에 집중하고 있었지만, 그들의 방문까지는 막을 수 없었다.

"아무런 전언도 없이 이곳에는 어쩐 일이십니까?"

귀환한 날 가온은 찾아와서 감사하는 자치 위원들에게 보름 동안 아무런 방해도 하지 말아 달라는 부탁을 했었다.

그런데 대원들이 한창 수련에 매진해서 그 결실이 눈에 들어오는 타이밍에 이들이 방해한 것이다. 당연히 그의 목소리에는 불쾌감이 묻어 나왔다.

자신은 몰라도 수련에 집중하고 있는 다른 대원들에게는 천금과도 같은 시간이었던 것이다.

"그, 그게······."

돌아가면서 맡는 자치 위원장 자리에 앉아 있는 선원 길드의 길드장은 차가운 가온의 태도에 주눅이 들었다.

지난번에 만났을 때는 검기 실력자라는 소문과 다르게 약간 무표정한 얼굴이기는 했지만 온화한 분위기였는데, 오늘은 산전수전을 다 경험하고 길드장이 된 그가 주눅이 들 정도로 강한 기세를 방출하고 있었다.

"한창 수련 중이었을 텐데 미리 전언도 하지 않고 방문한 저희 불찰입니다. 죄송해요!"

분위기가 이상하게 흐를 것 같아 보이자 가온과 안면이 있는 노라가 급하게 끼어들어서 사과를 해 왔다.

그녀의 말에 찾아온 자치 위원들은 비로소 가온의 차가운 반응을 이해할 수 있었다. 그들 역시 해당 분야에서는 인정을 받을 정도의 실력자들이기에 수련에 방해를 받을 때 얼마나 불쾌한지 이해할 수 있었다.

"죄송합니다!"

가온은 자치 위원들의 진심 어린 사과를 받고서야 겨우 마음을 풀었다.

"……후유! 대원들의 수련이 한창이어서 좀 예민했나 봅니다. 찾아오신 용건이 뭡니까?"

"그게…… 대형 마력선의 진수식이 좀 연기될 것 같습니다."

자치 위원장이 미안한 얼굴로 대답했다.

원래 온 클랜은 강철 마력선이 완성되면 바로 진수식을 하고 수도로 출발하는 것이 계획이었다.

"공정율이 아주 높다고 들은 것 같은데요?"

"그게, 마무리에 꼭 필요한 재료가 소진되어 재료를 추가로 만들어야 해서 말입니다."

"어쩌다가요?"

"사실은 근처에서 쉽게 구할 수 있는 것들이라 미리 준비를 해 두지 않았는데 본성 인근을 후와들이 장악하면서 구하기가 어려워졌습니다."

그런 거라면 이해가 갔다. 지금 성 밖은 후와의 영역이 되어 버리는 바람에 주민들이 굶주릴 때마다 캐 먹었던 얌과 같은 구황작물조차 구할 수 없는 상황이니 말이다.

"그래도 던전에 갇혀 있던 이들이 나왔으니 구하는 건 그리 어렵지 않을 것 같습니다."

"얼마나 걸리겠습니까?"

"최대 보름 정도 잡으면 될 것 같습니다."

뭐 그 정도면 충분히 참을 수 있었다. 한창 대원들이 수련에 빠져 있는 상황이니 어쩌면 좋은 기회일 수도 있었다.

"알겠습니다. 그럼 그렇게 알고 있겠습니다."

"그, 그런데 한 가지 부탁이 있습니다."

막 일어서려는 가온을 보고 자치 위원장이 식은땀을 흘리며 말을 꺼냈다.

"부탁이라고요?"

"네. 사실은 빠르게 영역을 확장하는 후와 때문에 어려움이 많습니다. 이제 막 물고기를 잡기 시작했는데, 강변의 카농 나무 위에서 열매를 던지는 바람에 어부들이 다치는 일도 많이 발생하고, 무엇보다 주민들의 유일한 벌이인 벌목을 하지 못하는 것이 가장 큰 문제입니다."

자치 위원장의 장황한 설명을 듣지 않아도 강을 따라서 빠르게 영역을 확장하는 후와로 인해서 세이런은 심각한 위기를 맞고 있었다.

강변의 나무 위에서 돌이나 단단한 카농 열매를 던지는 방식으로 어부들을 공격하는 것도 문제지만, 강과 가까운 숲이 놈들의 영역이 되면서 유일한 벌이인 벌목이 불가능해졌을 뿐 아니라 식량을 구하는 것이 어려워졌다.

일단 숲에서 사냥이 불가능해졌고 얌이나 카사바와 같은 구황작물들도 재배하기가 힘들어졌다. 놈들은 영역에 남달리 집착을 하기 때문에 초식동물과 같은 만만한 사냥감이 아니면 무자비하게 공격을 하는 습성이 있었기 때문이다.

"후와를 사냥해 달라는 겁니까?"

"네. 적어도 세이런에서 위아래 쪽으로 걸어서 하루 거리에 있는 후와는 토벌을 해야 할 것 같습니다."

"우리 인원으로 그 거리 안에 있는 후와를 모두 사냥하라는 겁니까?"

"그게, 어려운 일인지는 잘 알지만 저희를 좀 도와주십시오. 뱃길이 열린다고 해도 벌목과 사냥을 하지 못하면 저희 세이런은 말라 죽고 말 겁니다."

수중 던전이 소멸되었다고는 해도 오크라강에 서식하는 콰르와 플고렌스는 여전했고, 어업은 세이런만 가능한 게 아니다. 당연히 물고기 잡이 정도로는 세이런의 수많은 사람들을 먹여 살릴 수 없었다.

"강 하류 쪽은 그래도 무리 규모가 작아서 저희 세이런의 모든 역량을 동원하면 어떻게든 토벌이 가능할 수도 있지만 상류 쪽은 워낙 큰 무리가 자리를 잡고 있어서 저희들로는 무리입니다."

"허어, 참. 정말 세이런 측에서는 우리 온 클랜의 전력으로는 그 일이 가능할 것으로 봅니까?"

이계인 대원들까지 합쳐도 열 명이 조금 넘는 온 클랜의 전력을 너무 과대평가하는 것이 아닌가 싶어 헛웃음이 나왔다.

"온 대장님, 꼭 좀 부탁드립니다. 온 클랜은 비록 인원은 적지만 검기를 다룰 수 있는 실력자가 셋이나 되는 데다 마법사도 네 명이나 되는 소수 정예잖습니까."

"대형 용병단에서도 감히 공략할 엄두도 내지 못하고 살아남기에 급급했던 수중 던전을 온 클랜이 혼자 클리어하셨잖아요. 그리고 온 클랜만이 아니라 저희 성의 전력을 총동원해서 도울 거예요."

보다 못한 노라가 쩔쩔매면서 의뢰를 하는 위원장을 지원했다.

가온은 두 사람의 칭찬에 내심 간지러운 기분이 들었지만 사실이기는 했다.

'숫자가 문제지만 세이런 측에서 200명 정도만 지원해 준다면 충분히 사냥할 수 있을 것 같기는 한데…….'

잠깐 생각해 봤는데 기습의 묘를 살린다면 충분히 가능한 일이기는 했다. 이전에도 그렇게 처리한 적이 있기도 했다.

"검기 입문자 이상인 20여 명을 포함해서 500명 정도는 지원해 드릴 수 있습니다. 그리고 총의뢰금은 3만 골드입니다. 선금으로 1만 골드를 드리겠습니다."

아주 작정을 했는지 보수까지 엄청났다.

안 그래도 흡정 장갑을 구입하느라고 아공간에 있는 현금과 아이템을 갓상점에 팔아 치운 가온은 거금에 마음이 흔들렸다.

"쉬운 일도 아니고 한창 수련 중이니 일단 대원들의 의견을 들어 보고 결정하겠습니다."

가온이 그렇게 대답을 하자 비로소 자치위원들의 얼굴이 밝아졌다. 이 정도라면 의뢰를 받아들이겠다는 것이나 마찬가지라는 사실을 그들도 잘 아는 것이다.

사실 가온이 의뢰를 받아들이는 쪽으로 마음이 기운 데는 돈도 돈이지만 따로 이유가 있었다.

'사람들이 무슨 죄야.'

후와는 변종 마수다. 놈들 때문에 수없이 많은 사람이 오랫동안 살아온 터전과 친인들을 잃고 이 성을 포함한 몇 개의 안전 지역으로 피난을 해야만 했다.

후와에게 다른 유감은 없었지만 인간을 위협해서 내쫓는 정도가 아니라 고블린이나 오크처럼 마구 학살을 하고 심지어 잡아먹기까지 하는 놈들이니, 이 기회에 어느 정도 정리를 해도 좋을 것 같았다.

게다가 후와는 다소 쉽게 명예 포인트를 벌 수 있는 사냥감이었다.

콰르와 플고렌스의 경우 천연 영약이라서 사냥을 해도 갓상점으로 넘기기가 아까웠지만 후와는 아니다.

'후와 정도의 상대라면 수련의 결과를 확인하는 데도 좋지.'

평소에 높은 나무 위에서 생활을 한다는 점이 좀 위협적이기는 했지만, 고대 유적과 던전을 통해서 성장한 대원들에게 좋은 경험치를 얻게 해 줄 거라고 믿었다.

'무엇보다 내 성장도 확인해 봐야 해.'

지난 열흘 동안 대원들만 성장한 것은 아니다. 자신 역시 자신이 보유한 스킬들을 거의 빼놓지 않고 전심전력으로 수련을 했기 때문에 스킬 레벨들이 거의 다 오른 상태여서 확인을 해 보고 싶었다.

한창 수련 중인 대원들을 소집해서 새로운 의뢰 건을 꺼내자 의외의 반응이 나왔다.

"하지요!"

"안 그래도 몸이 근질근질했습니다!"

몇 명은 수련의 재미에 푹 빠져 별생각이 없는 것 같았지만, 나머지 사람들은 후와 정도라면 충분히 자신의 향상된 기량을 확인할 수 있는 상대라고 생각해서인지 반응이 열렬했다.

일단 의뢰를 수락하기로 결정된 직후 바로가 생각하지 못했던 얘기를 꺼냈다.

"그래도 일단 조사를 좀 해야 할 것 같습니다."

"뭘 조사한다는 거야?"

"그동안 후와에 대해서 들은 사실들을 떠올리다 보니 좀 이상한 부분이 있어서요."

"그게 뭐지?"

마론이 눈을 빛내며 물었다.

"후와가 이 세상에 출현한 지 그리 오래되지 않았다고 들었는데, 이렇게 무섭게 영역을 확장하고 있는 것이 이상하지 않습니까?"

생각해 보면 그랬다. 고블린이나 오크 정도라면 모르지만 기존에 숲을 지배하던 스밀로돈이나 블랙 레오파드 혹은 샤벨 타이거와 같은 마수는 물론이고 트롤이나 오우거와 같은 거대 몬스터들이 놈들에게 밀린 것은 확실히 이상했다.

"무엇보다 이상한 점은 후와의 숫자가 너무 빨리 늘어난다는 점입니다. 보통 한 무리는 최소한 수천 마리로 이루어졌고, 보통 후와와 비슷한 유인원 종류가 성체가 되려면 최소 5년 이상이 걸린다는 점을 고려하면 확장세가 말이 안 됩니다."

"으음. 듣고 보니 확실히 이상하긴 하네."

"바로의 말이 맞아. 어디선가 원숭이로 대표되는 유인원 종류의 새끼가 어미에게서 독립을 하는 건 7~8세 사이라고 들었어. 그런데 사람들로부터 후와의 새끼를 봤다는 얘기는 그 어디에서도 들어 본 적이 없어요."

후와에 대해서 먼저 알고 있었던 마론이나 샐리가 먼저 바로의 의견에 동조했다.

"헐! 그럼 혹시 후와가 나오는 던전이 있는 건가?"

"만약 그렇다면 하나가 아니고 여러 개이거나 하나라도 엄청나게 큰 대형 던전일 가능성이 있네."

헤븐힐과 매디의 의견까지 나오자 온 클랜원들은 후와가 빠져나오는 던전의 존재를 강하게 의심했다. 그렇지 않고서는 무섭게 늘어나는 후와의 개체수를 이해할 수 없었다.

"호오! 던전이란 말이지."

"일단 던전부터 박살 내야겠네!"

던전이 있을 가능성이 언급되자 가장 흥분한 것은 콜과 드골 그리고 무조였다.

"그럼 가장 먼저 후와가 출현한 곳부터 조사를 해야겠네."

"이곳에도 후와를 피해서 피난을 온 이들이 있을 테니 그들로부터 정보를 얻어야겠어요!"

얘기를 하다 보니 의뢰의 방향이 자연스럽게 정해졌다.

"그런데 후와는 어떻게 상대할 생각입니까? 지난번처럼 대장님 혼자서 사냥을 하는 건 무리가 있습니다."

퍼슨의 말에 사람들은 짧게 생각할 시간을 가졌고 바로가 가장 먼저 입을 열었다.

"이번에도 벌목을 하는 건 어떨까요?"

"벌목을요?"

"놈들이 다른 마수나 몬스터를 압도하는 건 높은 나무 위에서 돌이나 단단한 열매를 던질 수 있기 때문입니다. 그러니 놈들의 영역인 숲으로 들어가는 것보다 놈들을 끌어내는 편이 상대하기가 편하지 않겠습니까?"

바로의 의견을 듣자 사람들은 지난번에 후와가 습격을 해왔을 때 벌목을 한 상태로 놈들을 상대했던 기억을 떠올리며 고개를 끄덕였다.

"좋은 생각이기는 한데 너무 시간이 오래 걸리지 않을까?"

후와의 영역이 얼마나 넓을 지를 고려하면 퍼슨의 질문도 중요했다.

그런데 바로가 그 질문에 대답을 하기 전에 가온의 머릿속에 빠르게 지나가는 생각이 있었다.

"좋은 의견입니다. 어차피 세이런 사람들도 앞으로 살아가려면 벌목을 해야 합니다. 그러니 시간이 좀 더 걸리더라도 아예 이곳 사람들과 힘을 합쳐서 의뢰를 수행하는 것으로 합시다."

세이런성, 아니 오크라강을 따라 자라는 나무들은 보통 곧게 자라고 단단하며 벌레에 강한 수종이 많아서 건축 자재로 인기가 높다고 들었다.

특히 강변에 많이 자라는 카농 나무는 목질이 단단하고 금방 자라기 때문에 건축용으로 많이 사용한다고 했다.

문제는 카농 나무 숲의 주인이 후와이기 때문에 벌목을 할 수 없다는 것이다.

세이런성이 현재의 위기를 벗어나기 위해서는 후와를 토벌하는 것이 가장 중요했지만 생활을 고려하면 벌목 작업이 함께 진행되면 더 나을 것이다.

벌목한 나무를 옮기는 것은 그리 어렵지 않다. 나무를 통나무로 다듬은 후 뗏목으로 엮어서 오크라강을 통해 필요한 지역으로 나르기 때문이다.

"지능이 높은 것으로 알려진 후와도 나무의 중요성을 잘 알고 있을 거 같아요. 나무가 잘려 나가면 놈들이 자신하는 투척 공격이 무산된다는 점도 알고 있을 테니, 벌목 작업을 시작하면 해당 영역의 무리는 틀림없이 공격을 해 올 거예요. 그렇게 되면 우리는 토벌 시간을 줄일 수 있을 거예요."

후와를 토벌하는 전술이 정해지는 데에는 매디의 의견이 결정적이었다.

그렇게 후와 토벌 의뢰가 시작되었다.

다음 권으로 이어집니다

예지몽으로
히든랭커